로쟈의 한국문학 수업

한 그루의 나무가 모여 푸른 숲을 이루듯이
청림의 책들은 삶을 풍요롭게 합니다.

세계 문학의 흐름으로 읽는
한국소설 10
— 여성작가 편 —

로쟈의 한국문학 수업

이현우 지음

추수밭

세계문학의 바다를 건너
다시 만난 한국현대문학

이 책은 한국현대문학, 더 구체적으로는 한국현대소설에 대한 강의를 묶어서 펴낸 결과다. 러시아문학을 전공하고 대학 안팎에서 러시아문학뿐 아니라 세계문학을 강의한 지 24년째로 접어들었다. 20대 후반에 시작한 일인데 어느새 오십을 넘긴 나이가 되었다. 그동안 여러 권의 강의록을 출간했고 앞으로도 이런 작업은 계속 이어질 예정이다. 그럼에도 이번 책은 나름대로 특별한 의미를 갖는 책이다.

우선 이 책은 한국문학을 주제로 하는 나의 첫 책이다. 주로 세계문학 강의를 진행해왔지만 한국문학작품도 간헐적으로 다루고는 했다. 《춘향전》 같은 고전과 이광수의 《무정》 등이 여러 차례 다뤄진 작품이다. 그렇지만 한국문학만 집중적으로 강의하는 기회를 만든 지는 얼마 되지 않았다. 순전히 개인적인 이유에서였는데 지난 2017년, 대학 입학 30년을 맞아 '한국문학 다시 읽기'를 기획했다. 다시 읽기의 제안은 다른 누구보다도 나 자신에게 건넨 것이었다.

대학교 1학년 첫 학기에 '문학개론', 그리고 둘째 학기에 '한국근대문학의 이해' 같은 강의를 들으며 나는 막연하게 생각했던 한국문학에 입문했다. 낯익은 작가와 작품도 있었지만 고등학교 때까지 읽지 않았던 새로운 작품이 대다수였다. 첫사랑의 느낌까지는 아니더라도 모든 작가와의 만남이 첫 데이트의 설렘을 가져다주었다.

그때 들은 강의와 읽은 책들이 내게는 한국문학과의 본격적인 첫 만남이었다. 한국현대시를 개별 시인들의 시집으로 진지하게 읽어나가기 시작한 것도 대학교 1학년 여름방학 때부터였기에 그해가 모든 문학공부의 원년이었다. 그리고 30년이 흘렀다.

50대에 이르러 나는 내가 문학에 대해 무엇을 알게 되었는지, 어떤 생각을 갖게 되었는지 점검하고 싶었다. 거기에 덧붙여서 한 독자로서 한국문학에 대해 갖고 있는 생각과 견해를 정리하고 싶었다. 내게는 30년의 시간을 되새김질하는 동시에 한국문학에 대한 소통과 교감의 장을 마련할 수 있는 기회가 되었다. 강의에서 다룬 작가 가운데는 30년 만에 재회한 경우도 있고 30년 전에도 만나지 못했다가 이번에야 비로소 마주한 경우도 있다. 어느 경우이건 한국현대사와 함께 한국현대문학사를 나름대로 음미해볼 수 있는 기회였다.

한국문학을 따로 전공하지 않았고 실제 현장비평에도 관여하지 않은 처지에서 한국문학에 대해 특별한 발언권을 주장할 수는 없다. 그렇지만 강의를 기획하면서 세계문학에 관한 오랜 강의 경험이 한국문학에 대한 색다른 견해와 평가를 갖게 해주지 않을까라는 일말의 기대가 있었다. 세르반테스의《돈키호테》이후에 전개된 근현대의 세계소설사에 대해 폭넓게 강의해오면서 나름대로의 안목을 갖게 되었고, 가령 러시아문학에 대해서도 새로운 시각으로 바라볼 수 있었다. 근대적 변화(근대 혁명)가 갖는 보편성을 각 나라의 문학이 공유하는 동시에 불균등한 발전과정에서 비롯되는 상대적 차이를 또한 보여준다는 점이 요체다.

자명해 보이는 주장이지만 이러한 안목에서 세계문학사를 통괄적으로 바라보면서 각 국민문학의 대표작들을 평가하고 그 성취를 음미하는 일은 드물었다. 한국문학도 바로 그러한 관점에서 새롭게 바라볼 수 있다고 생각한다. 적어도 나는 30년 전과는 다르게 읽을 수 있었고 더 잘 이해할 수 있었다. 부족한 대로 이 책이 세계문학의 흐름으로 한국문학을 읽는 새로운 시도가 될 수 있기를 바란다.

전체적으로 반영론적인 관점에서 작품을 읽고 평가하려고 했다. 작품을 시대적 맥락과 작가의 전기적 맥락에 비추어 읽고자 했다. 물론 이것은 한 가지 독법일 뿐이지만 동시에 기본적인 독법이라고 생각한다. 작품의 핵심이 무엇인지 먼저 일별해본 다음에 세부사항이나 특이점에 주목할 수 있을 것이다. 이런 독법 자체가 특별할 것은 없지만 작품의 해석이나 평가에서는 새로운 점도 없지 않기를 바란다. 비록 강의에서 다룬 작품들에 관한 여러 비평과 문학사의 기술을 참고하기도 했지만 가급적 나의 주관적 견해를 앞세우고자 했다. 그것이 얼마나 주관적인지, 혹은 얼마만큼 상호주관적으로 수용할 만한 것인지는 내가 판단하기 어렵다. 책에 대한 반응을 통해서 확인해보려고 한다.

여느 강의록과 마찬가지로 이 책 또한 여러 사람의 도움으로 책의 모양새를 갖추게 되었다. 실제 강의는 작가당 90분씩 이루어졌는데 녹취된 강의내용을 정리해준 이영혜 님에게 특별히 감사를 전한다. 나에게 유익한 경험이었던 것만큼이나 독자에게도 유익한 읽을거리가 된다면 더 바랄 나위가 없겠다. 기회가 닿는다면 또 다른 한국문학 수업을 통해서 다시 만날 수 있기를 기대한다.

2020년 1월

이현우

남성작가와 여성작가로
나누어 살펴본 한국현대문학

《로쟈의 한국문학 수업》은 한국현대소설에 대한 강의를 두 권으로 나누어 펴낸 것이다. 실제 강의가 편의상, 남성작가와 여성작가에 대한 강의로 나눠서 진행되었고 그에 따라 책의 구성도 '남성작가 편'과 '여성작가 편'으로 이루어지게 되었다. '편의상'이라고 한 것은 책의 분량을 고려한 결과이기도 해서다.

2020년 초에 남성작가 편을 《로쟈의 한국 현대문학 수업》으로 펴낸 뒤, 여성작가 편은 책에 대한 반응을 보고 진행하려고 했다. 그러던 중에 책에 사용한 작품 인용의 저작권 문제로 책을 개정해야 하는 상황이 되어 남성작가 편은 이번에 표지와 체제 일부를 바꿔서 개정판으로 삼게 되었다. 의도한 것은 아니지만 결과적으로는 내용을 한

번 더 가다듬은 개정판을 펴내게 돼 다행스럽게 생각한다. 내용이 크게 개정된 것은 아니지만 표현을 좀 더 정확하게 다듬었고 착오들을 바로잡았다. 적어도 한국현대문학에 대한 한 가지 입문서나 해설서로서 의의를 가질 수 있게끔 했다.

남성작가 편의 초판은 1950년대 손창섭부터 1990년대 이승우까지 작가 10인의 대표작을 골라서 다루었는데 개정판에서는 여성작가 편과 마찬가지로 1960년대 이후 한국현대문학에 대한 강의가 되게끔 손창섭을 제외했다. 대신에 이문구, 김원일, 김훈에 대한 강의를 포함해서 12강이 되도록 했다. 한편 여성작가 편은 1960년대 강신재부터 2010년대 황정은까지 10인의 작가를 골랐다. 실제 강의에서는 식민지 시대의 대표작가로 강경애의 《인간 문제》를 다루기도 했지만 역시나 기간을 남성작가 편과 맞추기 위해서 제외했다. 해방 이전 시기의 문학을 가리키는 '한국근대문학'에 대한 강의는 언젠가 따로 책으로 엮어낼 수 있기를 기대한다.

어떤 주제에 대해서 '충분한' 강의를 한다는 것은 어려운 일이다. 다만 나로서는 내가 읽은 한국문학에 대한 인식과 이해를 한 차례 정리하고 싶었고, 또 그것이 일반 독자가 한국문학을 읽는 데 유익한 참고가 되면 좋겠다는 생각을 했다. 한국현대문학에 대해서는 이미 많은 연구논저가 나와 있다. 문학사를 다룬 책도 여러 종이 나와 있고, 여기에서 다루는 작가들 중 일부에 대해서는 축적된 연구의 양도 부족하지 않은 편이다. 전공자나 전문 독자라면 그런 책들을 직접 참고할 수 있을 것이다. 내가 이 책의 독자로 염두에 둔 이들은, 실제 강의의 수강자들과 마찬가지로 한국문학에 관심은 갖고 있지만 그렇다고 '전공'하거나 '연구'할 의향까지는 갖고 있지 않은 일반 독자다. 그런 독자들에게 현재 출간돼 있는 문학사나 비평서들은 너무 전문적이라는 인상을 준다. 아주 어렵지 않으면서도 작가나 작품에 대한 조금은 심도 있는 이해를 제공해주는 교양서가 필요하다고 생각하는 이유다.

거기에 덧붙여서 이 책에서는 줄곧 한국문학과 세계문학을 견주고자 했다. 더 정확히는, 한국문학을 세계문학이라는 확장된 맥락 속에서 보려고 했다. 그런 시각은 러시아문학을 전공하고 오랫동안 세계 각국의 문학을 일반 청중을 대상으로 강의하면서 자연스레 체득한 것이기도 하다. 근대 내지는 현대('modern'을 우리말로는 '근대'로도, '현대'로도 옮긴다)의 대표 장르로서 장편소설novel을 기준으로 하여 작가와 작품을 재평가하고, 더 나아가 문학사를 다시 새로운 시각으로 바라보고자 했다.

이 책이 목적과 용도에 잘 맞는 책인가는 독자가 판단할 문제이지만, 적어도 그런 문제의식을 갖고서 강의를 진행했고 또 책으로 펴낸다는 사실은 밝힐 수 있다. 한 차례의 강의로 이런 의도를 모두 담아내는 건 불가능한 일이지만 일보 전진을 위한 교두보 정도는 될 수 있기를 바란다. 아울러 보통의 독자가 책을 통해서 한국현대문학의 전개과정에 대한 조감도를 그려볼 수 있고, 개별 작품에 흥미를 갖게 된다면 저자로선 더 바랄 것이 없겠다.

　책이 나오기까지 애쓰신 모든 분들께 감사를 전한다.

2021년 1월
이현우

차례

1장 • 1960년대 I ——————— 강신재《젊은 느티나무》
'비누 냄새'로부터 시작된 '여성적인 것'에 대한 탐색

2장 • 1960년대 II ——————— 박경리《김약국의 딸들》
근대적 문제의식을 거부하고 '생명사상'으로 돌아서다

3장 • 1960년대 III ——————— 전혜린《그리고 아무 말도 하지 않았다》
한국현대문학이 결여하고 있던 '전혜린'이라는 텍스트

10장 • 2010년대 ─────────── 황정은 《계속해보겠습니다》
자폐적 세계에서 사회로 나아가려는 작가의 출사표

1장

| 1960년대 I |

강신재
《젊은 느티나무》

'비누 냄새'로부터 시작된
'여성적인 것'에 대한 탐색

강신재

• 1949년 – 단편 〈정순이〉, 〈얼굴〉 발표 및 등단
• 1950년 – 단편 〈안개〉 발표
• 1960년 – 단편 〈젊은 느티나무〉 발표
• 1962년 – 단편 〈황량한 날의 동화〉 발표

사랑과 윤리 사이에서 갈등하는 숙희의 내면을 보여주는 것이 《젊은 느티나무》다. 전통적인 한국소설에서는 이루지 못할 사랑이기 때문에 주인공이 자살함으로 이야기가 끝난다. 이 작품의 의의는 사랑과 윤리 사이의 긴장 상태를 포기하지 않고 오래 끌고 간다는 데 있다. 햄릿이 복수를 주저하면서 작품을 길게 끌고 가는 것과 비슷하다. 이것이 근대적 인물이다.

감수성의 혁명이자 '냄새의 혁명'

2001년에 세상을 떠난 강신재는 상당히 늦게까지 작품 활동을 한 편이다. 1990년대까지 세 권짜리 역사소설《명성황후》를 쓰는 등 활발하게 활동했고, 2001년에도 작품집을 출간했다. 작가 연보를 보면 수십 종의 장편소설이 있는데 대부분은 통속적인 작품이다. 그래서 지금 유의미하게 들여다볼 수 있는 장편소설은 거의 남아 있지 않다. 《명성황후》나 역사소설 정도가 있는데 그런 장편보다는 단편 작가로 문학사에는 이름이 남아 있다. 그 가운데 가장 유명한 작품이《젊은 느티나무》로 1960년에《사상계》에 발표가 됐다. 이 작품이《사상계》에 처음 발표한 단편이고 그 다음에 두 편을 더 발표한다.

《사상계》가 1960년대 한국 지식사회에서 가졌던 위상을 고려하면, 거기에 작품이 수록되었다는 의미도 크다. 1960년대에는《젊은 느티나무》가 고등학교 교실에서도 널리 읽혔다고 한다. 유명한 첫 문장 "그에게서는 언제나 비누 냄새가 난다"는 1960년대 문학의 신호탄으로 여겨지기도 한다. 비누 냄새는, 대개 분 냄새나 아주까리 냄새가 풍기던 전 시대와 대비되기 때문이다. 비누 냄새와 함께 1960년대 문학이 시작하는 것이다.

강신재보다 한 세대 다음 작가로 나이 차이도 조금 있는 김승옥의 초기 대표작《무진기행》도 1964년《사상계》에 발표된다. 강신재가 1960년대 문학의 물꼬를 트고 나서 '감수성의 혁명'이라고도 불린 김승옥의 작품들이 나오는데, 강신재의 이 작품에도 '감수성의 혁명'이라는 말을 적용할 수 있지 않을까 싶다. 혹은 비누 냄새를 한국 문학에 처음 도입했다는 점에서 '냄새의 혁명'이라고나 할까. 한국전쟁 후 폐허가 된 1950년대부터 사회·경제 재건이 시작되는데 한국 문학도 마찬가지여서, 그 이전 시대와는 현격한 단절을 드러낸다.

이러한 단절의 배경에는 암흑기가 있다. 1930년대 말부터 해방을 맞기까지 일제 하에서 창작활동이 상당히 많은 제약을 받았고 그 시기에 활동했던 작가들은 친일 부역행위에 내몰리면서 한국문학사는 암흑기를 맞는다. 해방 이후에 분단이 되고 이 시기에 한국문학도 둘로 쪼개지게 된다. 대략 해방 이전 한국문학의 유력한 시인·작가의 3분의 2가 북한으로, 3분의 1 정도가 남한으로 갈리게 된 것이다. 양적으로만 그렇고 비중 면에서는 이보다 훨씬 더 큰 차이가 난다. 남한에는 서정주, 김동리, 청록파 시인들 정도가 남고 나머지 대부분의 중량감 있는 중견작가들과 비평가들이 북한에 자진 월북하거나 납북된다. 한국전쟁을 거치면서 그런 경향은 더 강화된다.

그래서 이 시기에는 강신재도, 박경리도 모두 김동리의 추천으로 등단한다. 남한에서는 시에서 서정주, 소설에서 김동리 두 사람이 거의 전권을 행사했다. 남한 문단의 패권을 이 두 시인·작가가 독점하게 되면서, 한국문학에서 특이한 풍경을 만들어낸다. 이 두 시인·작가의 공통점은 비근대 내지는 초근대적이라는 것이다. 이들의 작품 자체는 근대문학 범주에 들어가지 않는다. 숨겨진 근대성, 근대성에 대한 일종의 대항을 작품에서 읽을 수는 있지만 작품 자체가 근대성을 반영하고 있지는 않다. 그래서 나타나는 것이 토속적인 작품세계다. 김동리 문학뿐 아니라 서정주도 후기에는 《신라초》, 《질마재 신화》 등 대표 시집을 보면 근대 이전 시대로 돌아간다. 방향성이라는 측면에서, 근대를 관통해 나아가는 것이 아니라 근대의 문턱에서 머뭇거리거나 아니면 퇴행하는 양상을 보여주는 그런 작가이고 시인이다.

여기에 맞서는 경향들이 1960년대에 접어들면서 등장하게 되는데, 시에서는 김수영, 박인환 등이 모더니즘의 세례를 받고서 서정주와 맞서고자 한다. 소설에서는 젊은 성향의 작가들이 김동리의 추천으로 작품 활동을 시작하기는 했어도 스승과는 다른 문학적 세계를 개척해 나간다. 여성작가로는 강신재 같은 경우가 대표적이다. 그러나 강신재의 이름을 우리가 오래 기억하지 못하는 것은 초기의 번득이는 대표작 이후에 발표한 장편소설들이 우리에게 거의 알려져 있지 않기 때문이다. 그렇게 거의 잊힌 작가이지만, 좀 더 연구가 진전되면 나중에라도 이 작가가 지닌 의의가 정확하게 해명될 것이라 기대한다.

전후 한국 문단의 이런 분위기 속에서 1960년대를 맞으면서, 그 다음 세대 작가들이 새로운 작품을 가지고 등장한다. 이때부터 한국 사회는 두 번째 근대화로 접어든 시기라고 할 수 있는데, 1960년대 작가들 앞에 놓인 과제는 이와 관련되어 있다. 4·19혁명은 정치적 차원에서의 근대를 만들어 낸 혁명이었다. 우리는 민주공화국이라는 정치체제의 경험을 가지고 있지 않다. 우리가 선택했다기보다는 군정 하에서 이식된 것이기 때문에 해방과 마찬가지로 외부에서 주어진 것이었는데, 그것을 우리가 쟁취한 것으로 바꿔 놓은 사건이 4·19이다. 5·16군사정변은 정치적으로는 퇴행이지만, 경제적인 면에서는 이른바 '제1차 경제개발 5개년 계획'을 통해 강제적인 근대화로 이행해 간다. 이것이 1960년대이고, 따라서 1960년대 문학은 이것을 다루어야 했다. 더이상 김동리나 서정주의 문학으로는 달라진 시대를 담아낼 수 없었던 것이다. 1960년대 작가들은 매우 중요한 문턱에 서 있었던 셈이고, 그런 조건은 작가들에게 뭔가 한 몫 할 수 있는 좋은 기회이기도 했다. 그리고 이런 기대에 부응하는 작가가 누구였던가를 제대로 평가하고 확인해 둘 필요가 있다.

강신재는 1924년생으로 박경리보다 두 살 더 많다. 등단은 스물다섯 살이 되던 1949년에 한다. 1950년대는 한국문학사에서 그 전 시대와 견줘 많은 여성작가들이 등장한 시기다. 박경리, 박완서 이전에 강신재 말고도 여성작가들이 여럿 등장한다. 일제강점기에는 이제서야 재발견되는 여성작가들이 손에 꼽을 정도로 있긴 했다. 해방기에는 강경애 정도가 대표성을 갖는 작가지만, 강경애조차도 당대 문단에서는 제대로 대우받지 못하고 소외되었던 작가다. 그러다가 1950년대에 여러 여성작가들이 등장하게 되는데, 사실 이름이 남아 있는 작가들은 많지 않다. 한때 인기를 끌고 많이 회자되었다지만 현재성을 가지고 여전히 읽히는 작가는 드문데, 그 가운데 살아남은 이름이 한무숙과 강신재이다. 두 사람은 비슷한 시기에 등단해서 활동했다.

〈안개〉 속에서 나타나는 엘리트 남성의 이중성

강신재는 1949년에 등단해서 1950년대 내내 작품을 쓰다가 1960년에 문제작《젊은 느티나무》를 발표한다.《젊은 느티나무》를 살펴보기 전에, 1950년대 작품 가운데 인상적이면서 재미있는 작품으로는 〈안개〉를 꼽을 수 있다. 주인공이 여성작가라는 점에서 이 작품의 줄거리가 얼마나 자전적인 것인지 궁금하다. 〈안개〉의 주인공 성혜는 어쩌다 등단을 하게 된다. 책상 위에 신간 잡지와 함께 백 원짜리 아흔 장이 포개져 놓여 있는데, 성혜는 기뻐하지 않고 걱정을 한다. 시를 쓰는 남편이 좋아할지 의구심이 들기 때문이다. 그래서 살림살이가 넉넉지 않은데도 여학교 교사 자격을 가지고 있는 성혜가 밖에 나가서 일하는 것을 원하지 않는 남편의 자존심이 상할까 염려한다. 소설을 써서 투고할 때는 채택돼서 잡지에 실리기를 기대했겠지만, 막상 기대했던 일이 실현되고 원고료를 받고 보니 "굳이 설명을 하고 변명을 늘어놓고 결국 용서를 빌어야 한다는 생각"에 우울해진 것이다.

성혜의 남편 형식은 시인이기도 하고 자칭 자유주의적인 인물이며 문화적 취향도 남 못지않은 인물로 그려진다. 밖에서는 그렇게 행세한다. 그런데 안에 들어오면 대단히 봉건적이다. "예펜네가 밤낮 바깥으루 나돌아 댕기"는 것을 "불쾌"하고 "불결"해하는 상당히 고지식하고 한편으로 친숙한 남편상이기도 하다. 집안에서 하는 일은 괜찮지만 밖에 나가서 하는 일은 안 된다는 것이다. 집에서 하는 일은 품삯이 적어서 살림에 보탬이 안 되는데 그런 것만 강요를 한

다. 그러니까 위선이다. 이 작품에 전형적으로 드러나는 이런 이중
성은 아마도 일반적이었을 것이다. 시기적으로는 1940년대 말에서
1950년대 초에 해당한다.

성혜는 남편이 불쾌하게 생각할 것을 염두에 두면서 저녁 밥상머
리에서 소설을 발표하게 돼 원고료가 왔다는 이야기를 꺼낸다. 형식
은 무엇을 어떻게 말해야 좋을지 모르는 듯한 얼굴로 머뭇대며 대응
을 못한다. 좋다든가 축하한다든가 아니면 불쾌하다든가 뭔가 반응
이 있어야 할 텐데 뜨뜻미지근하게 넘어간다. 무관심하게 식사만 하
고 있는 남편의 반응이 예상에 어긋나서, 그냥 이렇게 싱겁게 지나가
나 싶었는데 너무 성급한 판단이었다. 다음날 저녁 때 술 취해서 들
어온 형식은 정돈되지 않은 집안부터 양복바지 다리미질까지 온갖
트집을 잡기 시작한다. 그때나 지금이나 시인은 '시 좀 쓰네' 하면서
문화인 행세를 하는 것이지 밥벌이가 안 된다. 심사가 뒤틀려서 이제
자기가 수발들어야 되느냐며 "드러누워서 얻어먹을 신세가 되었"다
는 둥, "예펜네 덕택에 일약 유명해지겠다"는 둥 자조적으로 냉소한
다. 끝내 "쏘다니기 불편할 텐데 이 기회에 이혼이나 하면" 어떻겠냐
고 비야냥댄다.

아주 적나라하다. 1950년 시점에서 시인이나 소설가라고 하면 대
개 대학까지 나온 최고 엘리트다. 그 부부 사이에서 벌어지는 일들이
다. 강경애의 〈원고료 이백 원〉이라는 작품과 견줄 만한데, 강경애의
작품은 아내가 갑작스럽게 큰돈이 생기니까 그간에 못 샀던 것들을
사볼까 해서 여러 가지 궁리를 하다가 남편에게서 어려운 친구를 도

와주자는 이야기를 듣고 눈물 흘리다가 뺨까지 얻어맞고 잘못했다고 싹싹 비는 이야기였다. 그러나 여기서는 역할이 전도되어 있고 남편상이 달라진다.

성혜는 이혼하자는 말에 대뜸 그러자고 맞장구치는 게 아니라 말은 하지 못했지만, "다시는 절대로 안 쓰겠다"는 말을 해야 한다고 생각한다. 남편이 쓰는 시를 자신이 한마디도 이해하지 못하는 건 수준이 낮아서라고 생각하는 인물이기 때문이다. 작품 말미에 가서야 뭔가 고상한 일을 하고 있겠거니 짐작만 하던 남편의 실상을 파악하게 되지만, 아직은 어쩌다 둘이 반목하더라도 어떻게든 남편의 비위를 맞추려고 하는 아내다.

그런데 그렇게 심사가 뒤틀려 트집을 잡던 남편이 며칠 지나고 나서 태도가 완전히 달라진다. 아내의 소설에 참견하기 시작한 것이다. 아내가 쓰는 원고를 "일일이 읽어보고 붉은 잉크로 주를 달아서" 고치거나 긴 구절을 새로 삽입하기도 하고, 아내의 구상을 털어놓게 하고는 "가혹한 악평"을 퍼붓는가 하면 아예 자기가 제시하는 주제로 써 보라고 채근하기도 한다. 화를 내면서 그냥 방치하는 게 아니라 적극적으로 가르치려 드는 남편의 변화가 성혜로서는 "지극히 감사해야 할" 일이었지만, "한 줄의 글도 제 마음에 차게" 써지지 않는 통에 두 번째 작품을 쓰는 데 극심한 어려움을 겪는다. 겨우 완성한 작품을 잡지사로 넘기려는데, 마지막까지 형식은 불필요한 대목을 빼라고 시비를 건다. 그런데 성혜가 보기에는 중요한 장면이어서, 편집자에게 자기는 판단이 서지 않으니 생략하는 것이 좋다고 생각되면 빼도 좋다고 따로 적어 보낸다. 남편이 빼라고 했어도 자기는 필요한 것 같다고 고집을 부리는 대신 편집자의 판단에 따르기로 하는 것이다.

비명으로 터져나온 자각, '여성적인 것'의 출발점

그러다가 하루는 형식이 좋은 데를 데려가겠다고 해서 댄스파티에 따라나서게 된다. 시대상과도 관련되어 있는 장면인데, 댄스 열기가 대단하던 시절이었다. 당시의 영화들에도 흔하게 보이고 정비석의 《자유부인》 같은 작품에서도 나온다. 일본에서는 1920년대쯤의 일이다. 미국식 문화가 들어오면서 '무도장 문화'가 형성된 것인데, 우리는 일제 때에도 있었겠지만 1950년대 즈음에 대중화된 것 같다. 댄스파티라고 해서 좀 번듯한 집에 가는가 했더니 명동 뒷골목의 허름한 다방에서 전축을 틀어놓고 춤을 추는 것이다. 남편은 아무 여자들하고 어울려 몹시 서투른 춤을 추기 시작한다. 1950년대 사교문화를 보여주는 시대상의 지표라고 할 수 있다. 그렇게 춤을 추면서 여자들에게 치근대니까 여자들이 귀찮아한다. 성혜는 여자들이 "시인이 뭐 저 따위냐"며 자기들끼리 형식의 흉을 보는 걸 듣기도 한다.

그때 최 선생이라는 잡지사 편집자가 여기에 들어온다. 명동이니까 문인들이 오다가다 들르기도 하는 아지트인가 본데, 형식이 최 선생에게 알은 체를 하자 부부라는 것을 아는 편집자가 두 번째 소설을 실었다고 말을 꺼낸다. 그러면서 뺄지 말지를 편집자 판단에 맡긴 내용을 빼지 않고 원고대로 살려서 넣었다고 말한다. 그런데 남편은 자기 자랑을 하느라 최 선생이 하는 말을 못 알아듣고는 엉뚱한 소리를 늘어놓는다. 자기가 빼라고 한 장면을 뺀 덕에 호평을 받는다고 착각한 것이다. 첫 작품보다 낫다는 평을 전하자 자기가 코치하며 공을 더 들였다고 공치사를 하면서 자신의 감각을 뻐기는 것을 듣고 있으려니 성혜는 얼굴이 화끈거린다. "참을 수 없는 수치, 분격, 그리고 어떻게 할 바를 모르는 초려"가 뒤섞이며 성혜의 가슴을 짓누른다.

자기 도취에 빠져 횡설수설하던 남편이 퍼뜩 정신이 들어 가로등 불빛에 잡지를 뒤적이는 것을 보며 성혜는 형식의 모습이 "한 개의 기괴한 피에로"라는 것을 깨닫는다. 그리고 이 작품의 결론은 "소설도, 공부도, 남편도, 사는 것도" 다 싫다는 울음 섞인 마음속 외침으로 끝난다. 이것은 남편에 대한, 가부장제적 사고에 대한 비판이자 강신재 작가의 문학적 선언으로 읽힌다. 처음에 성혜는 시인인 남편을 존중하고 따르려는 태도를 가지고 있었다. 그래서 판단을 유보하기는 하지만 남편의 참견도 들어 주려고 했다. 그런데 마지막에 비로소 피에로에 불과한 남편의 실체를 알게 된다. 그리고 비명으로 작품이 끝난다.

이 작품의 제목이 '안개'인 것은 에피소드가 벌어지는 배경이 "땅을 기던 짙은 안개가 전선주를 휘감으며 연기같이 뭉게뭉게 올라가고" 있는 것으로 묘사되기 때문이다. "노란 그 빛이 초연硝煙과도 같이 처참해 보이는 짙은 밤안개"는 성혜에게 끼는 밤안개이다. 말하자면 현실이 다 무너져 버린 것이다. 안개 속에서 내가 무엇을 해야 하고 어떻게 판단해야 하는지에 대한 감각이 제로가 돼 버린다. 시계 제로, 아무것도 안 보이는 상태가 이 작품의 출발점이다.

여기서 새로 출발해야 한다. 남성 또는 남편적인 것을 거부했기 때문에 그 다음에 기대할 수 있는 것은 여성적인 것의 새로운 활로이다. 그것을 강신재가 제시해야 했고 그것이 강신재 문학의 과제다. 그리고 10년 뒤에 발표한 작품이《젊은 느티나무》다. 하지만 강신재는 뭔가 새로운 출구를 찾지는 못한 것으로 보인다.《젊은 느티나무》가 어떤 출구를 찾은 것처럼, 그 문턱에 있는 것처럼 보이는 작품이기는 하다. 그런데 이후에 나온 작품들이 작품을 받쳐 주지는 못하는 것으로 보인다.

강신재의 장편은 자료를 통해서 간접적으로 접했기 때문에 정확하게 판단하기 어렵지만, 중산층 가정의 여러 가지 치정적인 문제들을 다룬 통속적인 서사의 작품들이다. 정보가 좀 더 필요하긴 한데, 문제적인 작품이라기보다는 생계형 작품이라 해야 할지, 어쨌든 잘 이해가 안 되는 작품들을 쓴다. 역사소설들도 그렇다. 통상 작가들이 역사소설로 빠지는 것은 호구지책인 경우가 많다. 김동인이 일제말에 문장력만 있으면 쓸 수 있는 야담류 소설을 쓴 것이 대표적이다.

근대인의 내면은 어떻게 만들어지는가

근대문학 또는 문학적 근대라는 것은 근대인을 그려야 하는데, 괴테의 《젊은 베르테르의 슬픔》에서도 드러나듯 근대인은 내면을 가진 존재이다. 내면을 갖는 것은 가치의 중심이 이원화되어 있다는 것이다. 〈안개〉에서 성혜가 내면을 갖게 되는 것은 남편에게만 의지하면서 살 수가 없어 남편을 떠나게 되기 때문이다. 하나의 가치 중심이 있지만 이것이 전부가 아니기 때문에 다른 것을 찾아야 한다. 이러한 이중성 혹은 양가성이 마음의 폭을 갖게 하고 내면을 만들어 낸다.

안톤 체호프의 단편 〈귀여운 여인〉에서 주인공 귀여운 여인은 결혼할 때마다 남편에게 열중한다. 남편에게 중요한 것은 자기에게도 중요한 것이라 여기며 남편이 생각하는 것은 다 따라한다. 극장주와 결혼했을 때는 노상 "사람들이 공연을 안 본다, 문화적 교양이 없다, 왜 극장에 가지 않느냐" 이런 걱정을 한다. 그다음에 목재상과 결혼을 하고서는 나무 이야기만 한다. 그렇게 가치 중심이 하나인 채로 살면 마음이 얇아지게 된다. 내면을 갖게 되지 않는다. 생각할 것이 없기 때문이다. 다르게 이야기하면 사람이 순수하고 단순해진다.

그런데 두 가지 중심을 갖게 되면 마음이 공간화가 된다. 이것이냐 저것이냐 망설이게 된다. 강신재가 여성의 심리를 묘사하게 되는 것은 이런 상황에 처해 있기 때문이다. 성혜도 남편에게 순응하고자 했던 첫 단계와는 달리, 남편도 싫고 사는 것도 다 싫게 되면서 내면을 갖게 된다. 그렇게 확장된 내면을 지닌 주인공들로 장편이 만들어질 수 있다. 그것이 근대소설이다.

1960년대 작가들은 그런 과제를 떠안고 있다. 근대인의 초상을 그릴 것, 그리고 그 초상을 어느 정도의 규모로 만들어낼 것, 이것이 과제이다. 아쉽게도 강신재도, 김승옥도 거기에 이르지 못한다. 한국문학은 항상 단편에서만 그런 것을 보여준다. 단편은 이런 전모를 다드러내기에는 적합한 장르가 아니다. 계속 머뭇거리고 주저하는 것 자체가 어느 정도 분량을 요구하기 때문에 단편으로는 충분하지 않고 장편이 되어야 하는 것이다. 그런데 장편으로 갈 수 있고 가야만하는 어떤 상황에서 멈춰 버린다. 그리고 급하게 일단락 짓게 된다. 그것이 한국문학의 빈곤을 가져 왔다.

강신재도 뛰어난 단편을 쓴 작가가 왜 장편으로 넘어가서 그렇게 통속적인 작품만 썼는가가 문제적이다. 단편의 문제의식을 장편으로까지 확장시켜 나가지 않고 장편은 다른 용도로 쓴 것이다. 강신재에게서 아쉬운 부분이다.

〈안개〉가 출발점이라고 한다면《젊은 느티나무》에서 강신재는 무엇을 발견하게 됐는가. 근대문학의 조건이기도 한데, 새로 시작해야 하기 때문에 가장 적합한 주인공의 나이가 청년기이다. 다 청년이어야 하는 것이다. 새로운 세대의 인물들이 이전 시대와 단절하고 새로운 가치관·세계관을 추구하며 새로운 시대를 열어 나가는 것을 보여줘야 한다. 이것이 근대소설이다. 단편이긴 하지만《젊은 느티나무》도 이러한 기준을 갖고서 읽어볼 필요가 있다.

운명과 사랑 사이에서 갈등하는 내면

《젊은 느티나무》는 매우 세련된 작품이다. 1960년 1월에 발표된 소설이라고 믿기지 않을 정도로 세련되고 서구적이다. 비누가 약간 걸리기는 하지만 지금 봐도 낡아 보이지 않는다. 주인공 숙희가 화자로 등장하는데, 내용은 부모의 재혼으로 생긴 오빠에 대한 사랑, 금지된 사랑이다. 이 사랑은 가부장제 가족제도 때문에 금지되어 있는 것이지, 혈연적으로는 남남이므로 생물학적으로는 아무 문제가 없다. 의붓남매니까 결혼할 수 없다는 것은 문화적인 금기일 뿐이다. 이 작품의 의의는 스물두 살 현규와 열여덟 살 고등학생 숙희의 풋풋한 사랑 이야기 속에서 이 나이 때의 내면 심리를 자세하게 묘사하고 있다는 것이다. 왜 내면이 생기는가. 사랑하지만 용인되지 않기 때문이다. 그렇다면 포기하거나 자기감정만을 밀어붙이거나 둘 중에 하나다. 그런데 포기하지도 않고 밀어붙이지도 못하면서 계속 머뭇거린다. 이 어중간한 상태가 내면을 드러내는 서사를 낳게 된다.

여주인공 숙희는 엄마가 재혼한 의붓아버지의 아들 현규를 사랑하는데 피 한 방울 섞이지 않았지만 법적으로는 남매지간이기 때문에 소설 속 남녀 주인공의 사랑은 근친상간적인 성격을 갖게 된다. 그리고 이런 사랑은 사회 금기를 위협하는 것이기 때문에 허용되지 않는다. 그래서 머뭇거리게 된다.

여기에서 머뭇거린다는 것이 중요하다. 사랑과 윤리 사이에서 갈등하는 숙희의 내면을 보여주는 것이 《젊은 느티나무》다. 이것을 소설로 쓴다는 것 자체가 의미가 있다. 전 시대만 하더라도 이것은 문젯거리가 안 되기 때문이다. 전통적인 한국소설이라면 이런 상황에서 보통은 이루지 못할 사랑이기 때문에 자살하고 끝난다. 이 작품의 의의는 이 긴장 상태에서 둘 다 포기하지 않고 오래 끌고 간다는 데 있다. 햄릿이 복수를 주저하면서 작품을 길게 끌고 가는 것과 비슷하다. 이것이 근대적 인물이다.

그래서 숙희는 오빠를 오빠라고 부르고 싶어 하지 않는다. 그저 "오빠라는 명칭을 가진 사람"이라 생각한다. 현규도 숙희를 여동생으로 생각하지 않고 여자로 생각한다. 오누이이긴 하지만 이것을 받아들이기는 거부한다. 《햄릿》에서도 숙부가 엄마와 재혼했으니 새아버지가 되는데 햄릿이 아버지라고 부르기를 거부한다. 그래서 애매한 상태가 된다. 클로디어스는 아들이라고 부르려고 하지만 햄릿으로부터 거부당한다.

이 작품에서도 오빠라고 부르는 것에 대한 거부감이 이 작품의 서사를 가능하게 한다. 이것을 수용한다면 자기감정을 접어야 하는데, 그 감정을 포기하지 않는 것이다. 그래서 숙희가 특이한 인물이다. 오빠 현규가 아닌 남자 현규를 사랑하기에, 오빠라고 부르면 "즐거움"을 느낄 수가 없다. 그러나 그렇게 불러야만 하는 것이 자신의 운명이다. 운명이냐 사랑이냐 사이의 선택인 것이다.

작품에서는 숙희가 최대한 버티는 것으로 묘사된다. 최대한 버티긴 하지만 더 버텨야 한다. 장편이 될 때까지 버텨야 한다. 그래야 근대 장편소설이 나올 수 있다. 그러려면 이야기를 더 집어넣어야 한

다. 여기엔 작가의 역량이 필요하다. 그랬다면 이 작가가 문학사에서
다른 위상을 갖게 되지 않았을까 싶다. 장편 분량을 쓴다는 것이 중
요한 의미가 있기 때문에 그렇다. 그런데 장편에 대한 폄하적 태도를
상당 기간 동안 극복하지 못한다.

경제학과 대학교수인 의붓아버지는 아버지라고 부르지 않고 '무
슈 리'라고 부른다. 어머니나 아버지와의 관계에 대해서는 자세하게
묘사되어 있지 않다. 화자가 열여덟 살 고등학생이기 때문에 납득할
수는 있지만, 이 작품의 약점이라고 할 수도 있다. 단편으로서 이야
기의 단면만을 보여주고 있기 때문이다. 장편소설처럼 전체를 보여
주지는 못한다.

《젊은 느티나무》의 예외적인 해피엔딩

이 작품은 1968년에 영화로도 만들어져 신성일과 문희가 현규와 숙
희를 연기하기도 했다. 이 소설의 강점은 여성작가에게 포착 가능한
여성 심리를 묘사하고 있다는 것이다. 여성의 심리를 여성작가만 그
릴 수 있는 것인가라는 문제를 제기할 수도 있다. 아무래도 여성작가
가 상대적으로 여성 주인공에게 더 많은 관심을 두고 묘사할 수는 있
을 것이다.

숙희는 무엇으로도 바꿀 수 없는 "기쁨"과 "여전히 슬프고 초조
한" 마음 사이에서 "일 분마다 달라지는" 자신의 기분을 정직하게 토

로한다. 또 두 사람이 서로 결합되지 않았을 경우를 가정해서 "세계적인 발레리나가 되어 보석처럼 번쩍이"는 자신이 무대 위에서 "평범한 못생긴 와이프를 데리고 온" 현규를 노려보는 상상을 하고, 가슴아파할 그를 떠올리며 곧 "물거품처럼 사라져" 없어지겠지만 "아주 짧은 동안"이나마 마음속에 담아두기도 한다. 그러다가는 "아무것도 바라지 말고 식모처럼 그저 봉사만 하는 일에 감사를 느끼자는 생각"으로 이어지고 "슬픈 마음이 들기도 전에" 눈물을 떨구고 만다.

여고생적인 상상이다. 이런 것을 '여성심리'라 말하는 것이다. 이 단편의 내용을 채우는 것은 이런 상념들이다. 이 사랑을 포기할 것인가 밀어붙일 것인가 결정하기 이전에 머뭇거리는 상황이다. 앞서 말한 대로 이것이 이 작품의 의의다.

중간에 당연히 조력자가 등장한다. 지수라는 옆집 총각인데 의과대학 학생이고 장관 아들이다. 두 주인공과 모두 아는 사이이고 현규와 함께 테니스를 친다. 지수가 숙희에게 좋아한다는 연애편지를 보냈다가 엄마에게 들키게 되고 현규도 알게 되는데, 현규의 반응이 좀 특이하다. 벌컥 화를 내며 뺨을 때리고는 방에서 나가 버린다. 왜 그랬을까. 질투 때문이다. 그 사건으로 현규도 숙희를 마음에 두고 있다는 것을 숙희가 알게 된다. '좋은 아이니 잘 해보라'고 오빠 같은 태도로 덕담을 했다면 적잖이 실망했을 텐데 오히려 불같이 화를 내니까 한 대 맞고도 너무 기뻐한다. 그 "부풀어오르는 기쁨"을 "소리내며 흐르는 환희의 분류가 내 몸속에서 조금도 새어 나가지 못하도록 새우처럼 팔다리를 꼬부려 붙였다"고 묘사해낸다. 이제 서로의 마음까지는 확인을 했으니 둘 사이에는 장애가 없다. 그런데 사회적 제도라는 장애가 남아 있고, 그래서 다음 단계로 넘어가게 된다.

아버지가 미국에 가 있는데 어머니도 잠시 다녀와야 한다고 해서 집에 두 사람만 남게 된다. 옳다구나 할 수도 있겠지만, 제약 때문에 오히려 더 힘들어질 수도 있어 숙희는 서울을 떠나 시골에 있는 할머니댁으로 간다. 작품의 마지막은 시골로 숙희를 찾아온 현규와 재회하는 장면인데, 현규 쪽으로 내달린 것 같은 착각을 느낀 숙희가 실은 그 반대편의 "젊은 느티나무 둥치"를 부둥켜안는다. 서로 감격적인 포옹을 해야 하는데, 현규를 붙들 수 없으니까 나무를 붙든 것이다. 시적인 장면이고, 감정의 승화이기도 하다.

현규는 숙희에게 "나무를 놓지 말라"고 말하며, "길이 없지 않다"고 해법을 제시한다. 한국에서는 두 사람의 관계가 허용되지 않겠지만 서로 공부해서 외국 나가서는 얼마든지 같이 살 수 있다는 것이다. 숙희는 끄덕인다. 막혀서 더 나갈 수가 없는 지점에서 활로를 찾은 것이다. "삶은 끝나지 않았"고 "그를 더 사랑해도 되는" 것이라며, 젊은 느티나무를 안은 숙희가 "온 하늘로 퍼져가는 웃음"을 웃는 것이 이 작품의 결말이다.

강신재의 작품 가운데서도 이런 해피엔딩은 아주 예외적인 것으로 짐작된다. 뭔가에 막혀 있긴 하지만 두 사람의 사랑이 허용되는 것으로, 더 사랑해도 되는 것으로, 작가로서는 소설을 더 써도 되는 것으로 나아가는 결말이다. 이 작품이 예외적인 것은, 이 작가의 소설들이 그러한 방향으로 나아가지 않기 때문이다. 다른 소설들에서는 모두 사랑이 실패하는 것으로, 어떤 출구가 없는 것으로 그린다.

《사상계》에 두 번째로 실린 작품은 〈황량한 날의 동화〉인데, 사랑의 환멸을 다루고 있다. 강신재는 《젊은 느티나무》에서 갑자기 〈황량한 날의 동화〉로 간다. 이 작품에서는 두 약대생 명순과 한수가 대학시절 서로 사랑을 했다가 한수가 아편에 중독되어 폐인이 된다. 명순은 사랑이라는 감정에 대해 "섹스가 일으키는 트라불"이며 "하찮은 시정詩情"이라 규정할 수 있다고 생각한다. 모든 시는 "과장을 일삼고 우상을 만들어 '완전한 인생'을 꿈꾸는" 것이라는 뜻이다. 당시로서는 꽤 과격한 발언이었을 것이다. 두 주인공은 작품 속에서 사랑의 실상을 겪게 된다. 명순이 외출했다가 돌아와 죽어 있는 한수를 보는 것이 마지막 장면이다.

아마도 《사상계》에 실린 첫 작품 《젊은 느티나무》에 대한 반응이 좋아서 재차 지면을 준 것으로 추정된다. 《사상계》는 당시에 가장 권위 있는 잡지였고 1966년 《창작과 비평》이 나오기 이전까지는 한국 지성계의 간판이어서, 여느 문학잡지에 실리는 것과는 중량감이 달랐다. 그런데 여기에 이런 작품을 싣는 것은 상당히 뜨악하다. 《사상계》에는 세 번째 작품 이후 더는 강신재의 작품이 실리지 않는다. 그럴 만하다. 세 번째 작품 〈강물이 있는 풍경〉에서는, 젊은 연인들이 자살하는 것으로 그려지고 있다. 이것은 전형적인 퇴행이다. 고전소설에도 부지기수로 있다. 가로막히게 되니까 자살하는 것이다. 이것을 현대 버전으로 다시 쓴다는 것은 별 의미가 없다.

강신재가 보여준 가능성과 한계

《젊은 느티나무》의 마지막 장면에서 "더 사랑하여도 되는 것"이라고 쓰고서도, 새로운 남녀관계의 상을 만들어내지 못한 채 결혼에 대한 혹은 남성에 대한 전적인 혐오로 나아간다. 그런 점에서《젊은 느티나무》의 예외적인 결말은 아쉬움을 남긴다. 근대성과의 대결이라는 관점에서 보면, 연애소설로서의 근대소설은 삼각관계를 다룬 연애소설이다. 연애소설이 단순한 연애소설로 끝나는 것이 아니라 동시에 새로운 사랑의 형태를 발명하는 것이다. 그것이 근대소설의 주요한 과제이기도 하다. 연애소설로서의 근대소설을 쓰는 것이다. 그런데 연애서사가 막혀 버리면 근대소설이 나오지 않는다.

《젊은 느티나무》의 속편이 나왔어야 한다. 우리가 기대할 수 있는 것은 여기서 더 나아간 사랑인 것이다. 물론 그것은 제도나 관습 너머에 있는 새로운 사랑이다. 새로운 모델을 보여줬어야 했는데 그 길로 나아가지 못한 것이다. 강신재는 추상적이거나 관념적으로 사랑의 기쁨이나 슬픔을 이야기하지 않고 아주 구체적이고 감각적인 묘사를 보여주고 있어서 '감정의 점묘화가'라는 평도 들었다. 디테일한 세부 묘사는 소설가로서 강점이다. 그러나 감정 묘사를 했다는 것만으로 평가할 수 있는 것은 아니다. 그런 묘사를 가능하게 만든 조건을 음미해봐야 한다.

강신재가《젊은 느티나무》에서 멈췄다는 평가가 작가에게 인색할 수는 있지만, 실제로 여기서 한 발짝도 나가지 못했기 때문에 타

당성이 있다. 이 작품의 문학과지성사판 해설에서는 강신재의 대표
작으로 《젊은 느티나무》가 꼽히지만 그 이후에도 작품을 많이 썼는
데 달랑 이 작품 한 편으로 기억된다면 작가로서는 조금 억울하게 생
각할 수도 있겠다고 한다. 억울해도 할 수 없다. 문학사에서는 작가
들이 각자의 몫과 역할을 가지고 들어오다 그리고 빠져나간다. 작품
을 많이 썼다고 다 기록해 주지 않는다.

　1960년대 독자들은 강신재가 동시대 작가여서 작품들을 읽었겠
지만 지금은 이미 그런 의미를 갖고 있지 않다. 당시에는 '행복을 믿
지 않는 작가', '감정의 냉장고', '남성기피증 환자' 등의 평을 받았다
고 한다. 그런 점에서 강신재의 포지션은 특이하다. 박경리나 박완서
문학은 친숙하지만, 강신재 문학은 이질적이다. 강신재는 1950년대
의 모더니티를 대표하는 작가로 보인다. 박경리나 박완서는 이런 모
더니티를 보여주기보다는 조금 더 전통적이다. 여성상도 마찬가지다.

　강신재는 여성 주인공 말고도 넓은 관심을 가지고 있었고 1972년
에 발표한 〈달오達伍는 산山으로〉는 초기의 감각적이고 서정적인 소
설에서 벗어나 사회 비판적 인식이 중심이 되는 소설에 집중하는 모
습을 보인다고 평가받기도 한다. 이 작가의 전모를 두고 이야기하는
것은 아니지만, 여기에는 착각이 있다. 연애소설 말고 다른 종류의 소
설을 쓰는 것이 아니라, 연애소설로 사회 비판도 할 수 있다.

　사랑을 통해서도 아주 많은 것을 다룰 수 있다. 그래서 연애소설
이 중요하다. 스탕달의 《적과 흑》도 연애소설이지만, 획기적인 작품
으로서 의미가 있다. 1830년작인데 근대소설이 되려면 그 정도 규모

가 필요하다. 1960년대에 그런 작품이 나왔어야 했다. 되짚어 보자면 그런 작품이 바로 눈에 띄지 않는 것이 1960년대 문학의 아쉬운 부분이다. 후보가 없지는 않았다. 김승옥이나 강신재 같은 작가가 그럴 만한 작가적 기량도 있었고 또한 이런 문제의 단초를 보여준 작품을 쓰기도 했기 때문이다. 거기서 더 나아가지 못했다는 점이 아쉬운 것이다.

　강신재는 재능과 한계를 동시에 보여주었다.《젊은 느티나무》에서 한계를 보기는 어렵다. 이 작품에서 보여준 것은 가능성이지만, 거기서 더 나아가지 못하고 가능성으로 끝났다는 점에서 한계가 있었다.

2장

| 1960년대 Ⅱ |

박경리

《김약국의 딸들》

근대적 문제의식을 거부하고
'생명사상'으로 돌아서다

박경리

근대적 서사란 다른 것이 아니라 장사꾼들이 승승장구하는 이야기다. 장사꾼들은 의리냐 이익이냐 사이에서 이익을 선택하고 부자가 된다. 그런데 전근대적 정서를 따르는 박경리는 이런 계층들을 긍정적으로 그리지 않는다. 생명사상에 근거한 그의 문학은 근대, 자본주의, 그리고 이들의 이기주의와 폭력성을 모두 동일시하면서 통째로 거부하는 태도를 보여준다.

근대소설의 서두 뒤에 이어지는 고소설적 전개

1962년에 발표된《김약국의 딸들》은 연재소설이 주류였던 당시로서는 예외적인 전작 장편이다. 박경리는 데뷔한 이후에 상당히 많은 분량의 작품을 썼다. 문학잡지뿐 아니라 여성지까지 지면을 가리지 않고 작품들을 발표했다. 그러다가 전작 장편으로《김약국의 딸들》을 쓴 후, 1960년대 말부터《토지》를 쓴다. 박경리의 문학은 전반적으로 대작《토지》로 대변된다. 그 이전 작품들은 다《토지》에 이르는 여정으로 간주된다. 작품의 높낮이가 있는데 과정으로서 의미가 있다. 그런 가운데서 가장 좋은 평을 받았던 작품이《김약국의 딸들》이다. 1963년에 유현목 감독이 영화로 만들어 화제가 되기도 했고, 드라마로도 만들어졌다. 1990년대에《토지》가 완결되고 박경리의 작품을 다시 찾아 읽는 사람이 많아지면서《김약국의 딸들》이 베스트셀러에 오르기도 했다. 이 작품의 성취와 함께 어떤 한계도 눈여겨보게 되는데 형성기의 작품이기 때문에 자연스럽게 그런 것이 노출된다.

이 작품은 러시아어로도 번역되어 있다. 2012년 박경리문학상을 수상하게 된 올리츠카야가 방한했었는데 수상소감에서《김약국의 딸들》을 읽어봤다고 말한 적이 있다. 그 이후에《토지》1부가 러시아어로 번역되었다. 2018년 페테르부르크에 박경리 기념 동상이 세워지기도 했다. 러시아에 한국작가의 동상이 세워진 것은 이례적이다.

10여 년 전부터 고은이 노벨문학상 후보로 꼽히곤 하는데, 그 이전에는 박경리가 가장 유력한 작가였다. 1980~1990년대 내내 후보로 언급이 됐었는데,《토지》같은 대작을 가지고 있다는 것이 자주 추천을 받은 이유일 것이다. 그런데 그것이 약점이기도 했다. 일본어 완역본이 있는지는 모르겠는데, 완역본이 거의 없다. 완역하기가 어려운 작품이기 때문에 영어 번역본도 그렇고 대개 1부만 번역되는 형편이다.

다른 여성작가들에 대해서도 두루 살펴보고 판단할 문제이긴 하지만, 박경리가 문단에서 거리감을 갖고 있었기 때문에 작품 세계도 상당히 다르다. 예상하기 어려웠던 작품을 쓴 것으로 보인다. 한국 문단의 주류와는 거리감이 있고, 같은 세대인 강신재와도 상당한 거리감을 느끼게 된다. 일단 작품이 다루는 시기 자체가 지나간 과거의 역사여서 그렇다.

《김약국의 딸들》을 처음 읽었을 때는 앞부분을 보고 놀랐다. 통영에 대해 묘사한 장면이 나오는데 통영의 모든 것을 쓰고 있다. 통영 출신 작가여야 가능한 작업이기도 한데, 통영이 근대사에서 갖는 지리적인 의미를 염두에 두면서 "조선의 나폴리"로 불리던 통영을 아주 세밀하게 묘사하고 있다.

그리고 놀라운 것은, 다음 장면에서 너무 고리타분한 이야기가 바로 이어진다는 것이다. 결혼 전 아내에게 연정을 품고 있던 남자가 찾아오니까 남편이 죽이겠다고 칼 들고 나가고 아내는 비상 먹고 죽는 이야기가 전개되는데, 어떻게 근대적 풍경으로 서두를 뗀 다음에 갑자기 칼 들고 나오는 이야기가 바로 이어질 수 있을까. 뭔가 혼재되어 있다는 인상이다.

제목에서도 언급되는 아버지 김약국은 거의 존재감이 없다. 도스
토옙스키의《카라마조프 가의 형제들》을 보면 아버지의 존재감이 있
다. 근대 가족사 소설이라고 하면 그런 아버지가 버티고 있어야 한
다. 한 가계를 일으켜 세운 인물이기 때문에, 웬만한 성격이 아니면
안 된다. 대단히 억압적이고 폭력적이며 부도덕하기도 한 문제적 성
격을 가진 인물이 집안을 일으켜 세운다. 보통 그런 인물들이 가장
으로 나온다. 그리고 그다음 세대의 아들들이나 딸들이 그것을 극복
해 가는 과정 혹은 몰락해 가는 과정을 다룬다. 그런데 박경리의 설
정은 특이하다. 앞부분에 성수의 부모 이야기가 나오는데, 20년 전의
비극적인 가족사를 담고 있다. 아내의 연인을 죽인 아버지가 사라진
것으로 처리하고 있는데 이 대목이 여기서 왜 필요한지 모르겠다. 나
중에 플래시백으로 처리해도 되고 아니면 작가가 요약해도 되는데,
그것을 굳이 장면화해서 긴 분량으로 앞에 배치할 필요가 있는가. 또
한 분량을 압축할 수 있는 작품이기도 하다. 불필요한 대사가 너무
많다.

　　앞부분에서 경탄했던 것은 묘사가 이루어지고 있기 때문이다. 통
영에 대해 여기는 뭐가 있고 어떤 곳이라는 묘사를 상세하게 한다.
그런데 그다음에 "이 고을에 김봉제金奉齊 형제가 살고 있었다"는 문
장부터는 거의 고소설 양식으로 간다. 근대소설에 적합한 서두 뒤에
곧바로 고소설적인 이야기가 이어지는 것이다. 고소설은 대개 치정
소설이다. 한편으론 이것이 한국적인 정서가 아닌가도 싶다. 우리가
이것을 얼마나 극복하고 있는가도 생각해볼 문제이다.

이 작품에서는 셋째딸 용란이 '욕망의 화신'처럼 나온다. 남편이 성적인 불능이어서 한돌과 애욕관계를 계속 이어가다가 결국 어머니와 한돌이 남편에게 죽임을 당하고 자신은 정신이상자가 된다. 이것은 근대소설이 아니다. 근대소설이라면 근대인을 주로 다루어야 한다. 용란을 근대적 욕망의 주체라고 평하는 시각도 있는데, 동의하기가 어렵다. 한돌과 용란이 풀밭에서 뒹굴다가는, 함께 "물에 빠져 죽어" 버리자느니 "죽긴 왜 죽나"며 돈 벌어 같이 살자느니 하는 장면이 있는데, 이런 것이 기본 정서다. 이런 장면에서 얼마나 벗어나고 있는가도 근대소설의 한 가지 척도라고 생각한다. 근대소설의 주인공은 내면을 갖고 있는 인간이어야 한다. 내면을 갖고 있는 인간은 재 보고 판단한다. 그래서 머뭇거리는 태도를 보여준다. 알고리즘이 그렇게 단순하지 않다. 한두 단계 갔다가 바로 결론으로 빠지는 게 아니라 이것도 생각해 보고 저것도 생각해 보느라 복잡해진다. 이 작품에는 그런 인물이 등장하지 않는다. 용빈이 그런 인물에 가까운 후보인데, 용빈이라는 인물을 충분히 발전시키고 있지 않기 때문이다.

이 작품의 결말은 끝이 아니라 '다음 편에 계속' 같은 느낌이다. 김약국의 다섯 딸 가운데 맏딸과 셋째딸이 치정과 관련해서 비극적인 삶을 살게 된다. 넷째딸도 마찬가지다. 둘째딸과 막내가 아직 종료되지 않은 운명을 앞에 두고 있다. 그 이후의 이야기가 나와야 한다. 여기서 더 나아가야 하는데, 배를 타고 통영을 떠나는 것으로 끝나 버린다. 작가의 최초 구상이 무엇이었는지 미스테리하다. 근대소설의 주인공 후보가 있기는 한데, 작품은 거의 고소설을 쓰고 있다.

이것이《토지》에까지 연결되는 박경리적 세계관이다. 근대성에
대한 완고한 부정과 거부가 있다. 돈에 대한 거부감과도 통하는데,
부의 축적 또는 부를 축적해 가는 과정에 대한 부정적 인식이 있다.
이것이 박경리식 정신주의로, 나중에는 생명사상으로 이어지게 된
다. 근대성을 통과하지 않은 생명사상은 좀 미심쩍다. 근대 이전의
세계관은 모든 가치는 땅에서 나오고 인간적 노동이 그것을 만들어
낸다는 농경적 세계관이다. 이 작품에서도 그런 것을 느낄 수 있다.
여자들이 여러 생업 활동을 하는데, 돈이 있는 사람들은 돈을 굴려서
돈을 번다. 그것이 자본주의다. 그런데 박경리는 그에 대한 거부감이
너무 강해서 좀체 이해해 보려고 하지 않고 아예 닫아 버린다. 비판
하려면 그것을 통과해야 하는데, 통과하기 전에 이건 아니라고 못박
아 두는 것이다.

장편소설임에도 밀도가 떨어지는 이유

이 작품에서 근대소설의 주인공으로 적합한 것은 정국주의 집안이
다. 상승하는 집안이기 때문이다. 근대소설은 몰락해 가는 계급이 아
니라 상승하는 부르주아계급을 주로 다룬다. 유력한 부잣집이 둘이
었다가 김약국의 부가 정국주에게로 넘어간다. 그 과정을 보여주는
것은 근대소설의 정석이다. 근대소설이라면 이 과정을 잘 보여줘야
한다. 그러려면 정국주 집안의 이야기를 해야 한다. 그랬다면 이 작

품의 규모에 맞는 밀도를 갖게 됐을 것이다. 그런데 너무 김약국 집안 이야기만 쓰고 있어 균형이 맞지 않는 것이다. 또 용빈의 연인이었던 정홍섭은 용빈과 혼담까지 오고 갔지만, 가세가 기울자 바로 부잣집 여자와 결혼하고 유학을 떠난다. 근대소설이라면 그 이야기를 본격적으로 다뤄야 한다. 정국주 집안의 이야기를 썼다면 이 문제가 드러났을 것이다. 혹은 두 집안을 대비시키기라도 했다면 한국적 근대화의 모습이나 문제점이 드러날 수도 있다. 그런데 이 작품에서는 부정적인 인물로만 처리하면서 배제하고 있다.

이 점이 박경리 문학이 보편성을 갖는 데 장애 요인이라고 생각한다. '상승하는 부르주아 계급의 이야기'라는 것은 근대소설의 일반적인 구도다. 서유럽을 비롯해서 일본, 동아시아 어디에서나 이런 과정을 거쳤으며, 한국도 마찬가지다. 한국 자본주의도 그렇게 성장하는데, 이런 집안들이 더 크게 되면 재벌가가 된다. 그것이 20세기 후반의 한국을 만들고, 사회를 지배한다. 왜 그 과정을 다루지 못하는가. 그 점이 아쉽다. 이러한 경향은 한국 여성문학의 한 가지 전형일 수도 있다. 근대에 대한 거부로서의 문학이다. 생명사상도 마찬가지다. 《토지》에서도 이런 한계를 다시 확인할 수 있다. 《김약국의 딸들》은 그에 대한 예고로서 읽을 수 있다.

《김약국의 딸들》은 《토지》로 건너가기 위한 징검다리 성격의 작품이지만 동시에 이전에 쓴 작품들을 응집하고 있는 작품이기도 하다. 이전에는 여성의 불운한 개인사를 다룬 단편들을 많이 썼다. 그것을 한 집안의 이야기로 다 다루려다 보니 딸이 다섯 정도 필요해진 것이다. 그런 의미에서 중간 결산적인 성격을 갖고 있다. 좀 이르긴 하지만 박경리 문학의 모태가 무엇인가를 확인할 수 있게 해주는 작품이다. 그래서 여러 가지 요소가 섞여 있다. 근대소설적인 문제의식도 있고 그에 미달하는 문제점들도 있다. 그러나 박경리 문학의 여정에서 보자면 초기 단계에서의 문제적인 양상들을 하나로 응집시켜 놓았다는 점과《토지》로 넘어가기 위한 이정표 역할을 한다는 점 등을 이 작품의 의의로 짚어볼 수 있다.

이 작품은 김봉제 형제의 이야기로 시작할 게 아니라 성수의 이야기로 시작해야 한다. 그 바람에 이십 년을 바로 건너뛰게 되는데 이런 소설도 거의 유례가 없을 것이다. 게다가 선뜻 납득되지 않는 에피소드를 쓰면서 묘사를 하지 않고 왜 계속 대화만 하게 하는지도 짚어야 한다. 모델이 아니라 반면교사로 삼아야 한다. 소설에서는 대화도 잘 활용해야 한다. 뭔가 임팩트가 있어야 한다. 우리 고소설 스타일에 대한 오마주라고 하면 이해는 되지만, 그래서 밀도가 약한 작품이 만들어졌다.

이것은 이 작품만의 문제가 아니라 한국문학이 전반적으로 가지고 있는 문제이다. 단편에 비해 장편이 취약한 것도 그래서이다. 단편은 짧기 때문에 티가 덜 나지만 장편으로 늘리게 되면 농도가 분량을 감당 못 해서, 마치 희석주를 마시는 것 같은 느낌이 있다. 전반적으로 한국작가들이 장편에 대한 감이 부족하다. 일제강점기 때부터 계속된 고질적인 문제다. 단편으로만 트레이닝을 하고 장편은 인정해 주지 않았다. 장편은 돈벌이로 쓰는 것으로 생각했다. 연재소설들도 다 마찬가지다. 그래서 장편소설은 대중소설, 통속소설과 같은 말이었다.

한국문학에서 '장편대망론'이라는 이야기가 나온 지 10여 년 됐다. 물론 본격 장편을 말하는 것이다. 우리의 문학 출판문화는 문학잡지 중심인데, 잡지에는 장편도 연재가 되기는 하지만 통상은 단편 위주로 꾸려진다. 단편은 우리가 꽤 수준이 높다고 자부하고 있는데, 장편에서는 좋은 작품이 드물다. 건너뛰어서 대하소설들은 좀 있다. 그런데 독자들은 단편보다는 장편 쪽에 있다. 그나마 장편소설에 대한 반응이 계속 있어 왔다. 독자들은 장편만 읽는데 작가들은 계속 단편만 써내는 불균형이 빚어지는 것이다. 한국문학이 장편에 대한 독자들의 요구를 충족시켜 주지 못하니까 차츰 문학 독자들을 뺏기게 된다. 일본소설들이 대거 유입돼 들어오면서 일본문학에 독자들을 빼앗기고 말았다.

지금도 장르소설들은 전부 일본문학이 장악하고 있다. 문단에서도 문제의식을 느껴서 우리도 장편을 써야 한다는 주장이 나온 게 '장편대망론'인데, 갑자기 요구를 한다고 해서 바로 나오는 것이 아니다. 상당한 시간이 필요하다. 작가를 하루아침에 길러낼 수 있는 것이 아니기 때문이다. 프랑스 같은 경우는 문화가 다른데, 등단 절차가 따로 있지 않고 출판사에 전작 소설을 투고한다. 편집자가 검토해서 괜찮다 싶으면 출간한다. 그렇게 데뷔가 이뤄진다. 출판사에 투고되는 소설이 연간 1만 편 정도 된다. 전부 전작 장편이다. 엄청난 양이 창작되고 있는 것이다. 그리고 그 중에 일부가 출간되고 일부가 주목받는 것이다. 그에 비해 우리는 작품량이 현저하게 부족하다. 작품의 질을 말하기 전에 절대적인 양이 부족하다. 뛰어난 작가들이 쓴 작품이라도 장편은 기대에 미치지 못하는 경우가 자주 있다.

박경리는 왜 근대를 거부하게 되었는가

박경리는 1926년 경남 통영에서 태어났다. 통영은《김약국의 딸들》의 공간적 배경이고 작품에 실제 지명으로 다 나오기 때문에 문학기행도 가능하다.《토지》의 배경이 하동이어서 박경리문학관이 하동에 있는데, 통영에도 박경리기념관이 있다. 불행한 가족사가 있는데 박경리가 가족 이야기에서 벗어나지 못하는 배경이기도 하다. 아버지가 열네 살에 혼인한 네 살 연상의 조강지처를 버리고 새장가를 가는 바람에 버림받고 홀어머니와 성장하게 된다. 그래서 아버지에 대한 원망과 반항심이 각인되어 있다. 아버지가 학비를 대주지 않자 분노한 나머지 아버지와 마주쳐도 목뼈가 부러져라 외면을 한다. 나중에는 임종조차 외면할 만큼 아버지에 대한 증오와 반항심이 뿌리가 깊다. 평범하고 공부를 못하는 아이였던 박경리는 무슨 보상을 받기라도 할 양으로 독서와 시 쓰기에 매달린다.

이것이 태생적 환경이기 때문에 어쩔 수 없다고는 하지만, 문제는 원점에서 거의 몇 걸음 나아가지 못한 것이 아닌가 생각된다. 박경리가 보는 인생살이의 기본 구도가 그렇다. 박경리는 행복한 남녀의 관계가 성사되지 않음으로써 여러 가지로 왜곡되고 꺾이면서 빚어지는 불행들을 주로 다룬다. 성장 배경도 불행했던 데다가 박경리가 젊었을 때의 경험도 일조하게 된다. 1946년에 여고를 졸업하고 결혼을 하는데, 한국전쟁이 터지면서 남편이 감옥에 수감되고 결국 사별하게 된다. 슬하에 남매를 두었는데 아들을 잃기도 한다. 이런 여건 속에서 작품을 쓰게 되었으니, 박경리에게 문학은 그런 자기 운명에 대한 복수이자 화해였을 것이다. 소설을 통해 자신의 불행과 맞대결하는 것이다. 그 불행을 어떻게 해서든 자기가 납득해야 하고, 또한 자기를 납득시킬 수 있어야 하기 때문이다.

더 나아가면 화해까지 갈 수 있는데 여기에는 상당한 시간이 필요하다. 박경리는 어떤 악조건에도 굴하지 않는 자존심을 지닌 젊은 전쟁과부로서 세상과 맞서게 된다. 남편을 잃은 뒤에 아들과 딸을 데리고 고향 통영으로 내려와서 수예점을 열었다. 당시에 여고까지 졸업했으면 엘리트층이라, 이런 가게나 하는 것이 약간 남세스러운 일이었으리라 생각된다. 전통적으로 상업에 대한 거부감이 워낙 강하기도 했다.

근대적 서사란 다른 것이 아니라 장사꾼들이 승승장구 하는 이야기다. 상업자본 다음에 산업자본도 있고 금융자본도 나오지만, 기본은 상인이다. 상인 계급이 지배하고 있는 세상이기 때문에 무시하지 못할 사람들이다. 그런데 조선의 유교적 문화에는 상인과 상업에 대한 절대적인 거부감이 있다. 박경리도 이런 계층을 긍정적으로 그리지 않는다. 그도 그럴 것이 장사꾼들은 항상 이중적인 태도를 갖고 있다. 의리냐 이익이냐 사이에서 보통은 이익을 선택한다. 그래서 부자가 되는 것이다. 의리나 인정 같은 것에 휘둘리지 않는다. 이것이 상인 계급이다. 전근대적 정서에는 이에 대한 거부감이 있다. 거기에다가 일본제국주의도 한통속인데, 거시적인 시각에서 보면 근대 자본주의가 필연적으로 제국주의로 치달은 결과이기 때문이다. 그래서 근대, 자본주의, 그리고 이들의 이기주의와 폭력성을 모두 동일시하면서 통째로 거부하는 태도가 나오게 된다.

그러면 아버지의 세계도 배제가 된다. 남는 것은 포유류적 세계다. 어미와 새끼의 세계, 즉 낳고 기르고 자라게 하는 생명세계다. 앞서 언급했듯, 아버지가 기봉네와 딴살림을 차려 나가고 박경리는 큰 상처를 받게 되는데 이것이 작가의 길로 들어서는 계기가 된다. 이런 경험 때문에 글을 썼다는 것이다. 아버지에 대한 원망과 복수심이 배경에 있기 때문에, 거기에 맞서려는 여성적 주체상을 만들어 내게 된다. 이것이 박경리 문학의 기원이다.

한편 통영에 대해 가졌던 유감도 크다. 30대 초반에 통영에서 가게를 하다가 초등학교 음악교사와 재혼을 했는데, 상대가 총각이어서 지역에서 물의가 빚어졌다고 한다. 지금이라면 별 문제가 아닐 것 같은데, 애 딸린 과부가 총각선생과 결혼을 했으니 온갖 악소문과 질시에 시달렸던 것이다. 그렇게 쫓기듯 고향을 떠나게 되고 그 와중에 아들도 죽는 바람에, 그 이후 50년 동안 한 번도 통영을 다시 찾지 않았다. 그렇게 오랜 세월 동안 고향을 등진 것은 이런 일련의 사건 때문이었다고 한다. 말년에 통영으로 돌아오게 되는데 50년 만의 화해인 셈이다. 박경리의 성격이 얼마나 강한지 짐작할 수 있다.

이념 문제를 회피하는 숙명론적 세계관

박경리는 생전의 인터뷰에서 자신의 문학에 대해 말하며 연민과 사랑을 언급한다. "불쌍한 것들에 대한, 허덕이고 못 먹는 것에 대한, 생명이 가려고 하는 것에 대한 연민, 아파하는 마음이 사랑"이고 자신의 문학정신이라고 이야기한다. 압축하면 생명사상이다. 이것은 옳다 그르다 판단할 수 있는 문제는 아니다. 다만 박경리의 문학이 이런 태도를 반영하고 있다는 것을 염두에 둘 수는 있다.

박경리는 1955년에 김동리의 추천으로 등단한다. 친구가 김동리에게 작품을 한 번 보여주라고 해서 소설을 써서 갖다 줬는데, 아무 언급 없이 습작 원고도 다시 돌려받았다가 나중에서야 작품이 추천됐다고 원고료 받아가라는 이야기를 들었다고 한다. 실은 다 돌려준 게 아니라 한 편 빼놓았는데, 그 작품을 추천한 것이었다. 그 이후에 단기간에 아주 많은 작품들을 쓴다. 단편 가운데는《현대문학》신인상을 받은 〈불신시대〉가 초기 대표작이다. 장편《표류도》를 연재하기도 하는데, 그러면서 차츰 작가로서 안정을 찾는다. 생업이라고 생각해서 열심히 썼던 것 같다. 박경리의 주요 작품들이 전집에 실려 있긴 하지만 빠진 작품들도 많다. 너무 많이 썼기 때문에 걸러서 전집에 담은 것이다. 초기 장편 가운데는《시장과 전장》,《파시》,《김약국의 딸들》세 작품 정도가 대표작으로 꼽히고, 그 가운데서도 가장 많은 주목을 받았던 작품은《김약국의 딸들》이다.

1969년부터는《토지》를 연재한다. 모두 5부작으로 26년 만인

1994년에 완결된다. 《토지》는 규모에 걸맞게 구한말에서 세기를 넘겨 해방에 이르는 역사를 총체적으로 보여준다. 이것은 근대소설이 갖춰야 하는 미덕이다. 그런데 박경리는 동시대 문학이 아니라 그 전 시대를 다룬다는 점에서 특이한 작가이다. 동시대적 경험을 바탕으로 소설 쓰기가 더 쉬운데 그 전사를 다룬다. 그 시기가 자신이 특장을 발휘할 수 있는 시기라고 본 것 같다.

한국의 근대화 과정은 두 단계가 있다. 1910~1945년의 일제강점기 가운데에서도 공장이 들어서고 본격적인 식민지 수탈이 이루어지는 것은 1930년대쯤이다. 그 이전까지는 주로 쌀이나 농산물을 수탈해 갔고 공장을 세워 노동력을 착취하는 것은 1930년대에 가서야 이루어진다. 이것이 식민지 근대다. 두 번째 근대화는 1960~1970년대에 진행되는데, 박경리도 살았던 시대다. 이 시기에 당대의 사회 문제를 다룬 소설을 쓸 수도 있었을 것이다. 그런데 자신이 특기를 발휘할 수 있는 시기는 아니라고 본 것 같고, 주로 그 전시대를 다룬다.

무엇보다도 토지 문제를 다루면서 지주와 소작인의 갈등 문제가 아니라 혈연이나 재산 문제로 초점을 바꾸고 있다는 점이 문제다. 이것이 이 작품의 특징이자 약점이다. 보편성을 갖기가 어렵기 때문이다. 혈연이나 가족 문제는 근대의 문제가 아니다. 근대 이전에도 있어왔던 문제다. 근대의 문제를 다루면서도 초점을 특이하게 맞추고 있는 것이다. 《김약국의 딸들》에서도 김약국이 아니라 정국주에 초점을 맞춰야 한다고 했는데, 이렇게 초점이 잘 맞지 않는 것이 박경리 문학의 특징이다. 대표작으로 꼽히기는 하지만 더 압축했으면 좋았겠다는 생각이다.

강경애의《인간 문제》에서도 높이 평가할 만한 부분은 후반부인데 그 앞에 지주와 소작농이 나오는 내용은 지지부진하다. 후반부가 훨씬 더 생생하고 시대성을 잘 반영하고 있는 작품이다. 당시의 한국 사회가 여전히 농경사회의 모습을 더 많이 가지고 있었기 때문에 그렇게 된 점도 있지만, 작가가 작품을 쓰려고 할 때는 무엇이 중요한지를 잘 판단해야 한다. 어차피 다 보여줄 수가 없기 때문이다.

《김약국의 딸들》이나《토지》에 대한 불만은 주제의 초점을 잘 못 맞추고 있다는 것이다. 근대에 대한 혹은 계급 문제에 대한 거부감 때문에 이 주제를 깊이 다루지 않는다. 혁명이니 투쟁이니 이데올로기니 하는 것에 대한 거부감이기도 하다. 분단 이후 남한문학에서 일반적인 경향이긴 하지만, 박경리 문학에서는 그에 맞서서 생명 같은 것을 더 중요한 가치로 내세우면서 이분법적으로 처리한다. 남북이 분단되면서 현실을 이념과 계급의 문제로 파악하려던 많은 작가들이 월북하거나 납북되는 바람에 남한에는 순문학 작가들이 남게 되고, 이 문제 자체가 인적 구성에서부터 사라져 버렸다. 남한 문학의 고질이라고 생각하는데, 김동리가 대표적이다.

김동리는 문학을 "생의 구경적 형식"이라고 규정했다. 거기에는 근대니 전근대니 하는 것이 없다. 생을 궁극적으로 파악하고자 하기 때문이다. 그 귀결은 대개 숙명론이 된다.《역마》같은 작품이 대표적이다. 역마살 때문에 돌아다니는 삶에는, '주체'라는 것이 들어설 여지가 없다. 운명과 맞선 근대적 주체가 가능하지 않다. 우리의 전통적인 세계관이기도 한데, 그냥 정해진 운명이 있다는 무속적 세계관이다. 번뇌도 번민도 없다. 다 운명으로 수락하고 팔자소관으로 치부하게 되면, 생각할 필요가 없다. 이것이 소설에는 치명적이다. 그런 관점에서는 소설이 나오지 않는다.

주인공이 없는 이상한 소설

우리는 좋은 소설을 쓰거나 읽으려고 할 때 핸디캡을 가지고 있다. 숙명론은 소설과 양립하기 어렵다. 루카치는 로버트 브라우닝의 시구 "나는 나의 영혼을 증명하기 위해서 떠난다I go to prove my soul"를《소설의 이론》의 제사題辭로 삼았다. 이것이 소설이다. 당장 운명론과 충돌한다. 운명론에서는 떠날 필요가 없기 때문이다. 운명에 대해 알고 싶다면 철학관에 가면 된다. 여기서 자기 운명을 증명한다는 것은 시험해 보는 것이다. 미리 주어져 있는 것이 아니라 만들어나가는 것이기 때문이다. 그런 세계관에서 소설이 탄생한다. 그것이 근대소설이다. 그런 점에서 단순한 '이야기'와는 다르다. 그런데 한국적인, 토속적인, 전통적인 세계관은 이런 소설적 세계관과 맞지 않는다.

박경리의 이 작품도 그런 문제에서 자유롭지 않다. 운명에서 벗어나려고 하는 인물이 있기는 하지만 충분히 발전한 모습으로 그려지지 않고 있기 때문에 역시나 운명에 발목 잡혀 있다. 예형론豫型論이라고도 하는데 운명이 정해져 있다는 것이다. 거기서 크게 벗어나지 못한다. 그래서 연구자들은 이 작품을 오히려 그리스 비극에 비유한다. 그리스 비극은 운명 비극이다.

김약국 성수의 운명을 미리 예고하는 부분이 앞부분에 나온다. 비상을 먹고 죽은 엄마의 자식이기 때문에 그 액운에서 벗어나지 못한다는 수군거림이다. 이 집안은 망조가 든 집안이라는 것이다. 그리고 실제로 그렇게 되어 간다. 앞부분에 20년 전 이야기를 배치한 기능적인 이유는 여기에서 찾을 수 있다. 김약국 이야기만 쓰려고 한다면 이 부분이 없어도 된다. 20년 전의 이야기이지만 어머니의 비극적인 죽음이 아들의 운명을 결정짓고 있기 때문에 집어넣은 것이다. 그래서 근대소설답지 않다. "어미가 비상 먹고 죽었다고 타고난 명대로 못 살겠냐"고 반문하긴 하지만 결과적으로 김약국의 운명은 여기서 벗어나지 못하는 것으로 그려진다.

김약국은 내내 어머니의 죽음에 대해 생각한다. 그래서 갖게 된 김약국의 인생관이 있는데, 삶에 대한 아주 냉담한 무관심이다. 적극적인 생의 의지나 활력을 가지고 있지 않은 것이 그가 가진 지배적인 태도이다. "주색에 빠지고 방탕함으로 인생을 죄되게 보낸 탕아蕩兒 이상으로 죄악적"일 만큼이나 타인에게 무관심한 것이 한 인물의 특징은 될 수 있다. 하지만 이런 김약국의 성격은 근대성과는 아무 관계가 없다. 이 문제를 다룰 때 적합한 주인공이 아닌데, 잘못 캐스팅한 것이다. 김약국이 이런 성격을 갖게 된 것은 어머니의 죽음 때문이라고 설정하고 있다. 김동리 같은 작가는 인생을 그렇게 보기 때문에 그의 소설이라면 말이 된다. 문제는 박경리도 그렇게 보고 있는가이다.

어떤 작가는 근대를 중요하다고 생각하지 않는다. 인정하지 않는다. 그런데 근대는 그런 작가들을 근대작가로 인정하지 않는다. 가령 김소월의 시가 근대시가 아닌 것과 비슷하다. 김소월의 시에는 '정신'이라는 것이 없기 때문이다. 〈초혼〉 같은 시가 그렇다. '혼'이라는 것은 근대적 범주가 아니다. '정신' 정도 돼야 근대성과 연결될 수 있다. '정신'이라든가 '의지'라든가 이런 것이 있어야 한다. 김소월의 시에서 '이별의 정한'이라고 하는 것은 체념의 세계다. 이것은 근대와 아무 관계가 없다. 굳이 근대와 관계가 있다면, 시대착오성으로 연결될 수는 있다. 때가 어느 땐데 이런 식으로 쓰느냐는 것이다.

이육사나 윤동주의 시쯤에 와서야 근대성으로 넘어온다. 이들의 시에는 '의지'가 있기 때문이다. 갈등이 있고 고뇌가 있다. 윤동주만 하더라도 시에 "잎새에 이는 바람에도 괴로워"한다고 쓴다. 〈진달래꽃〉의 세계에는 그런 것이 없다. 우리 민요 아리랑의 세계인데 '날 두고 떠나면 발병이나 나라'하는 세계다. 내가 뭘 하겠다는 것이 없다. 더 적극적으로 못 가게 발목을 부러뜨리든가 하는 게 아니라, 자기는 가만히 있고 발병이나 나라고 비는 그런 세계다. 이것이 전근대적인 세계다. 시에서도 근대로 넘어오게 되면 정신을 그리기 때문에, 더 나아가면 정신의 내부 분열을 보이기도 한다. 윤동주의 시도, 이상의 시도 그렇다. 이상의 〈거울〉 같은 시에도 자기분열이 드러난다. 이런 것이 근대시다. 소설은 이것을 더 큰 스케일로 보여주는 것이다.

운명론에 빠지게 되면 이것을 보여줄 수가 없다. 이 작품의 김약국이 그런 경우다. 이미 결정돼 버린 것이다. 물론 그런 불길한 조짐이 어릴 때 영향을 미칠 수는 있다. 하지만 그걸 극복하고 더 나아가는 것을 보여줘야 한다. 그래야 소설의 주인공이 될 수 있다. 그런데 김약국은 그것을 보여주지 못한다. 딸도 다섯이나 낳았지만 제 몫을 하지 못하고, 용빈만이 외지에 나와서 공부도 하는 유일한 근대 여성이다. 그런데 이 작품에서는 조연적 역할에 머물러 있을 뿐 주인공이 되지 못한다. 용빈이 주인공인 소설이 후속편으로 이어져야 한다. 그래서 이상한 작품이다. 주인공이 없는 것이다. 사건적인 차원에서 주인공을 꼽자면 가장 활동적인 인물은 용란이다. 죽고 죽이고 한다. 하지만 그것이 근대적 이야기인가 하는 의구심이 있다. 그것은 이미 고소설, 신소설에서 많이 다뤄졌던 내용이다.

근대소설이 다루어야 할 이원화된 가치 체계

봉제 형제가 있었는데, 동생 봉룡은 칼부림을 벌이고 사라졌고 그의 아내 숙정이 비상 먹고 죽는 바람에 고아가 된 아이를 거둬들인 사람이 백부이다. 아들이 없어서 아들로 삼은 것이다. 백부가 죽기 전에 나귀를 타고 들판을 가면서 "아무리 가물어도 추수가 줄지 않는 상답"이라며 양질의 논이 있다고 자랑스레 보여준다. 여기는 제대로 된 장면이다. 땅을 가지고 있는 집안의 상속자, 즉 지주 부르주아가계를 보여주는 것이다. 그렇다면 성수가 주체가 돼서 집안을 더 번창시키는 과정이 다음 이야기로 이어져야 한다. 그런데 성수에게서 그런 이야기는 다 빠져 있다. 나중에 어장사업에 끼어들었다가 풍랑을 만나서 어이없게 재산을 다 날려먹는다. 이재(재산 관리)에 서투른 것으로 묘사가 돼 있는데, 이러면 곤란하다는 것이다. 근대소설이 되려면, 망할 때 망하더라도 최소한 뭔가 된 다음에 망하든가 해야 한다. 그것을 보여주지 못한다는 것이 이 소설에서 특이한 점이다.

김약국이 주인공으로서 부적합하다면 다른 인물을 주인공으로 캐스팅했어야 한다. 아니면 견뎌 보게라도 했어야 한다. 그런데 박경리가 이런 인물들을 좋아한다. 박경리가 선호하는 유형의 인물들이 있는 것 같은데, 계산에 밝은 인물들은 다 싫어한다. 이 대목에서 우리가 되새겨 볼 문제가 있다. 작가적 세계관과 창작 방법론이 충돌할 때 무엇이 우선시되어야 하는가다. 방법론이다. 그것이 바로 '리얼리즘의 승리'다. 발자크의 성공을 낳은 것은 그의 왕당파적 세계관에도 불구하고 리얼리즘이라는 방법론이 보여주는 승리다. 박경리가 이런 태도를 갖고 있다 하더라도, 그와 무관하게 근대소설이 취하고 있는 방법론을 가지고 작품을 썼어야 한다. 이 방법론은 현실에 대한 묘사이다. 그런데 작가가 가진 사상을 자꾸 작품에 투사하려고 하다 보니 엉뚱한 결과로 이어지는 것 같다. 봉제 영감의 땅에서 나는 소출을 상세히 서술한 대목처럼 묘사가 중심에 와야 하는데, 이런 부분이 너무 적고 주로 대화를 통해 이야기를 끌어간다.

선비적 성품을 지닌 김봉제가 김약국의 주인으로 지방의 부유층에 속하는 인물인 데 반해 봉룡은 아주 충동적인 인물이다. 고소설에서도 흔히 드러나듯 한국인들의 정서가 다소 직정적이다. 생각을 안 한다. 바로 손에 쥐어지는 대로 칼이면 칼, 낫이면 낫을 휘두르며 너 죽고 나 죽자고 달려드는 식이다. 행동을 하기 전에 그것이 나에게 이익이 되는지 계산을 해봐야 한다. 그것이 상인적 마인드고 근대적 에토스다.

근대적 에토스는 마음이 두 개의 중심을 가지고 있다. 마르크스는 가치가 이원화되어 있다고 말한다. 《자본론》의 용어를 끌어오자면, 어떤 상품이건 사용가치가 있고 교환가치가 있는데 이것은 일치하지 않는다. 어떤 것이 아주 요긴한 물건이긴 하지만 저렴할 수도 있고 한편으로는 사용가치가 없는데 너무 고가일 수도 있다. 교환가치는 시장의 수요 같은 것이 정하기 때문이다. 자본주의 이전의 사람들은 사용가치가 중요하다고 생각한다. 이것이 본래적 가치이고 교환가치는 가짜라고 생각한다. 자본가들은 이 불일치를 활용해 그 사이에서 이익을 챙기는 것이다. 사용가치는 변함이 없지만 어떤 물건을 그것이 희소한 지역에 가면 훨씬 비싼 값에 팔 수 있기 때문이다.

가치가 일률적이지 않고 분화되어 있다. 여기에 대한 예민한 감각을 가지고 있어야 한다. 어떤 물건이 본래적인 가치 하나만 가지고 있다면 장사를 할 수 없다. 이런 이원적인 가치관을 전면화하는 것이 자본주의적 마인드다. 이것이 인간의 내면에 오게 되면 돈이냐 사랑이냐, 돈이냐 의리냐 두 가지 중심 사이에서 재게 된다. 본래적인 가치가 있지만 교환가치의 관점에서 가치의 재평가가 항상 이루어진다. 근대는 이런 세계다. 근대소설은 이런 세계를 다루는 것이다. 이것이 리얼리티이기 때문이다.

한국문학에서는 많은 작가들이 이런 것을 혐오한다. 항상 본래적 가치가 있고 어떤 실체가 있다고 생각한다. 그리고 그와 대비되는 왜곡되고 변질된 가짜가 있다고 생각한다. 순수한 가치와 변질된 가치가 있다고 생각한다. 이렇게 생각하면 좋은 소설을 쓰지 못한다. 근대에는 잘 맞지 않는다. 이원적 가치가 전면화되어 있는 것이 자본주의 근대이기 때문에 이것을 비판하고 극복하려면 우회해서는 안 되고 통과해 가야 한다. 이것을 통과해 갔을 때라야 뭔가가 보인다. 멀찌감치 피해 가서 과연 이것을 넘어선 다른 지평을 찾을 수 있을지 의구심이 든다.

작가가 아껴둔 용빈의 이야기는 무엇인가

봉제의 딸 연수는 미모이고 심성은 고왔으나 결핵환자라는 약점 때문에 몰락한 양반가의 강택진과 결혼하고, 강택진은 처가의 재산을 노리고 환심을 사려고 노력한다. 이것이 다 1부의 내용이다. 2부로 가면 아무 의미가 없는 에피소드다. 영향을 미쳐야 의미가 있을 텐데 그런 기능적인 역할을 별로 하지 못하는 인물들이고 에피소드들이다. 1부에 큰 비중으로 들어갈 이유가 없다.

2부는 "한일합병 후 이십 년의 세월이 흘러갔다"는 문장으로 시작한다. 이야기가 쭉 진행되어 오다가 에필로그를 통해 20년 뒤의 시점에서 끝낼 수는 있다. 하지만 중간에 이렇게 건너뛸 경우에는 연결고리가 있어야 한다. 이 작품에서 유일한 연결고리는 성수 부모의 불행한 이야기인데, 그러기에는 분량이 너무 길어서 균형이 맞지 않는다. 같은 분량이라면 차라리 용빈 이야기를 더 써야 한다. 딸이 다섯이나 되어서 고루 안배하려다 보니 용빈 이야기의 비중이 줄어든 게 아닌가 싶다. 주인공을 '딸들'로 뭉뚱그려 놓고 있어 참 애매한 작품이라고 생각한다.《토지》를 쓰기 위한 연습이라면 이해는 되지만, 작품이 이 자체로 완결되어 있는가에 대해 의구심이 있다.

성수가 김약국을 이어받고 결혼해서 아들 하나는 죽고 딸만 다섯이 된다. 다섯 딸의 운명을 여러 가지 보여주는데 다섯이나 필요했는지도 의문이다. 보통은 서넛 정도면 충분히 여러 가지 유형을 묘사할 수 있는데, 다섯이나 등장하면서 서로 중복되기도 한다. 장녀 용숙은 일찍부터 과부가 되는데 아들 치료하느라 병원에 다니다가 의사와 정을 통해 스캔들을 불러일으킨다. 그러면서 "뭐니 해도 큰소리치는 것은 돈"이라며 돈의 노예가 되는 것으로 묘사된다. 하이라이트는 용란 이야기인데, 용숙이나 용빈의 이야기가 더 비중 있게 그려져야 한다. 용란은 그야말로 치정의 인물이다. 애욕의 단계인 동물적인 본성에 이끌려서 정부와 관계를 갖다가 남편에게 들켜서 날벼락을 겪는 이야기로 나아가는데 너무 친숙해서 오히려 낯설다. 서두에서와 같은 이야기가 되풀이되는 것이라 압축할 수도 있는데 너무 길게 쓰고 있다. 둘째딸 용빈은 영민하고 교육을 받아 지적이지만, 애인 홍섭의 배신으로 상처받게 된다. 그냥 다양한 군상 가운데 한 유형으로 제시되고 있을 뿐이다.

하지만 용빈에게는 대표성이 있다. 유일하게 근대식 교육을 받은 여성이기 때문이다. 그런 점에서 용란과 대비가 된다. 그렇다면 자매 간의 대비를 좀 더 분량을 할애해서 쓰는 것도 한 가지 선택지였을 텐데, 특이하게도 용빈의 이야기를 아껴두는 느낌이 든다. 다음 소설에서나 따로 다루려고 제쳐놓은 것인가 싶기도 하다. 그리고 홍섭의 배신이라고는 하지만, 실은 너무 당연한 이야기다. 정국주나 김약국이 모두 유력한 부자여서 정혼한 사이이기 때문이다. 객지에 나와서 공부하다가 서로 가까워지긴 하지만, 한 쪽 집안이 기울어지면 당연히 맺어지지 않는 것이다. 이것은 누구라도 예상할 수 있는 결과다. 이것을 극복하면 낭만적 사랑이 될 텐데, 그런 감정을 발전시켜 가는 에피소드도 없다. 배신에 대해 용빈이 비난하는 감정을 드러내는 것이 고작이다.

용란이 그나마 분명한 캐릭터이다. 꽤 미모이지만 지적 헤아림이 없어서 애욕에 자주 빠지는 인물이다. 마땅한 혼처가 없어 성 불구자인 아편 중독자에게 출가했다가 다시 옛 애인인 한돌에게 빠지는 모습을 보여주는데, 애꿎게도 어머니까지 사위에게 죽임을 당한다. 한 세대가 지나도 치정에 얽힌 살인이 그대로 반복된다. 성수의 아버지도 용란의 남편 연학도 아주 전형적이다. 넷째 용옥도 기구한 여자인데 남편과 별거하다가 시부의 겁간을 피해 도망간다. 이런 사건이 있을 수도 있다. 그런데 왜 근대소설에서 이런 것을 읽어야 하느냐는 것이다. 이런 사건을 중요하게 다루고 있다는 데서, 무엇이 우리의 현실이고 실감인가에 대해 1950년대 작가들이 가지고 있던 세계관인 '숙명론'이 읽힌다.

당시 한국문학에 팽배해 있던 것이 샤머니즘이었다. 비평 쪽에서는 샤머니즘적인 세계관 극복을 과제로 설정하기도 했다. 한국적인 정한론에서 벗어나야 한다는 논의가 많이 나왔다. 그와 대비되는 것이 이기주의, 개인주의, 물질주의 같은 것인데, 때로는 이런 것이 훨씬 더 진보적일 수 있다. 한국적 정한론에 비하면 새로운 세계관이기 때문이다. 물론 이것도 극복해야 할 문제겠지만, 그러려면 이것을 통과해야만 한다. 이것을 거부하고 머뭇거리게 되면 좋은 소설이 나올 수 없다. 성수의 아버지나 용란을 통해서 욕망의 엇갈림을 보여주고는 있지만, 이것을 근대적 욕망이라고 보기는 어렵다.

근대적 욕망은 삼각관계 속에서 나오는 것이다. 이 작품에서는 사람만 셋이 나올 뿐이지 삼각관계는 아니어서, 이 작품이 삼각관계 소설은 아니다. 둘 사이에서 갈등해야 삼각관계가 되는데 용란, 한돌, 연학의 관계는 일방적이기 때문에 삼각관계는 아니라는 것이다. 연학은 한돌이 부부 관계의 장애라고 생각해서 제거하고자 하고, 용란은 연학을 방해물이라고 생각해서 제거하려고 한다. 이것은 한 사람과의 관계일 뿐 다른 한 사람은 장애밖에 되지 않는다. 한국의 고소설과 신소설에는 삼각관계가 없다는 것이 특징이다. 그래서 삼각관계가 있느냐 없느냐가 소설의 근대성과 전근대성을 판별하는 중요한 기준이 된다. 이 작품에서 삼각관계가 나오는 것은 용빈의 경우다. 홍섭이 오래 사귄 용빈과 부유한 새 여자 사이에서 갈등하다가 선택한다. 이것을 자세하게 다루면 삼각관계 연애소설이 되는데, 이 작품에서는 자세하게 다루지 않고 있다.

여성의 운명을 다룬다고 할 때 크게 둘로 나뉜다. 한편에는 전근 대적인 사회적 속박, 가부장제적인 속박에서 자유롭지 못한 경우로 거기서 벗어나려고 하지만 실패하는 경우가 있다. 다른 한편에는 그 러한 제약에서 벗어나서 자기 운명의 주인이 되는 근대적인 여성이 있다. 이 작품에서는 근대적인 여성이 자신의 삶을 개척하는 모습이 보이지 않는다. 통영을 떠나는 용빈이 이제 막 그것을 기대하게 하는 정도다.

통영은, 정국주 집안에서 보면 부의 축적이 이루어지고 있기 때 문에 근대 자본주의의 공간이 될 수 있지만 김약국 집안의 시각에서 보면 근대로 넘어가는 데 실패하고 있기 때문에 전근대적 공간이다. 그래서 김약국의 딸들의 경우에는 통영을 떠나야만 근대성으로의 진입이 가능하다. 용빈이 통영을 떠나기 때문에 그다음 이야기를 기 대해 볼 수 있는 것이다. 그것이 이 작품의 의의이자 한계다. 제목에 '딸들'을 내세우고 있어 여성주의적 관점에서도 많이 주목하는데, 기대에 미치지는 못한다고 생각한다.

전혜린

《그리고 아무 말도
하지 않았다》

한국현대문학이 결여하고 있던
'전혜린'이라는 텍스트

전혜린

소설가는 아니지만 여성작가들의 소설을 읽어 나가는 과정에서 전혜린을 다루는 것은 그가 표시하는 지점이 있기 때문이다. 전혜린에게 문학이라는 것은 '서구문학'이다. 그는 한국 최초의 여성 독문학자다. 독문학 원문을 우리말로 읽을 수 있도록 번역한 것은 전혜린 세대가 처음이었다. 그래서 전혜린은 한국에서 번역된 세계문학 작품들로 기억되는 동시에 한국문학의 공백을 표시한다.

한국 최초의 독일 유학생이자 여성 독문학자

전혜린은 유고 수필집 두 권이 있고 번역서가 열 권 가량 있다. 1965년에 세상을 떠나고 그 이듬해에《그리고 아무 말도 하지 않았다》라는 제목으로 유고집이 나온다. 하인리히 뵐의 소설 제목이기도 한데 당사자의 의사가 반영된 출간인지는 정확히 밝혀져 있지 않다. 중간에 편집자의 손을 거친 원고로, 책의 편제라든가 추천사 등 많은 부분에서 당시 유고집 편집자들의 견해가 반영된 것이다. 문장도 손을 봤다고 하는데 어느 정도인지는 모르겠다. 편집자는 알베르 카뮈 전집을 번역한 불문학자 김화영이었다. 당시 젊은 비평가였던 이어령이 서문을 쓴 것으로 돼 있지만 실상은 그렇지 않다. 이어령은 1934년생으로 전혜린과 동갑이다. 이어령이 김화영의 국어 선생님이었는데 젊은 비평가로 유명해질 무렵이어서 이름만 빌려 김화영이 썼다는 비하인드 스토리가 있다.

소설가는 아니지만 여성작가들의 소설을 읽어 나가는 과정에서 전혜린을 다루는 것은, 전혜린이 표시하는 지점이 있기 때문이다. 전혜린에게 문학이라는 것은 서구문학이다. 그는 한국 최초의 여성 독문학자다. 그리고 상당히 기여를 한다. 우리말로 읽을 수 있는 독문학 번역서가 나온 것이 전혜린부터인데, 이것이 그리 먼 과거가 아니다. '전혜린 번역본'에 대해 이런저런 평가가 있지만, 원문을 번역한 거의 최초의 세대다. 번역문학의 관점에서 보면 의미가 다르게 평가될 수 있는 작가이기도 하다. 그래서 전혜린은 그가 한국어로 번역한 독문학 작품들로 기억되지만, 동시에 한국문학에서는 공백으로 표시될 수 있다.

작가가 되고 싶어했지만 쓸 수는 없었다. 물론 생을 너무 일찍 마감했기 때문에 그렇기도 하다. 아무튼 어떤 공백으로 표시될 수 있는 자리가 전혜린 문학의 자리다.《김약국의 딸들》이나《나목》처럼 어떤 작품으로 존재하는 것이 아니라, 있어야 하는 자리에 공백으로 표시될 수 있는 그런 작가다. 그렇게 자기 작품을 쓸 수 없었다는 것이 전혜린의 문제성이다.

전혜린은 한국 최초의 독일 유학생이다. 1950년대는 유학비의 송금이 정부의 승인 하에 이루어졌기 때문에 아무나 유학을 갈 수 있던 때가 아니었다. 유학생 자체가 아주 드물었던 시기다. 반 년 뒤에 법학도 한 명이 독일로 유학을 오게 되고 두 사람은 결혼한다. 집안끼리 결혼하기로 약속을 한 상태였다. 아마도 결혼을 조건으로 유학을 보내준 것으로 생각된다. 4년간 독일에서 유학했는데 학부만 졸업한다. 그래도 한국에서 공부한 독문과 교수보다 독일어를 더 잘했다. 그래서 번역도 할 수 있었다.

1934년에 태어난 전혜린은 1965년 1월 세상을 떠난다. 사인은 수면제 과다복용인데, 자살할 의도가 있었는가에 대해서는 여러 이견이 있다. 평소에도 수면제를 즐겨 복용했었기 때문에, 그날 과다복용한 것이 실수인지 의도를 갖고 있었던 것인지에 대해서 견해가 갈리는 것이다. 전날 술자리를 함께 했던 사람들의 증언이 있기도 했다. 늦게까지 술 마시면서 일정에 대해서 계속 이야기를 하고 아무런 징후를 보이지 않았기에, 자살할 사람은 아니었다는 것이다. 그래서 수수께끼로 남아 있다.

독일 유학 시절에 이미 자살 시도를 한 적이 한 번 있고 자살에 대한 어떤 충동적인 욕구는 자주 느꼈다고 한다. 그래서 자살 소식 자체가 충격적이지는 않았다. 그런데 그 시기가 뜻밖이었다. 1955~1959년의 독일 유학을 다녀온 뒤 1960년부터 서울대를 비롯해 대학 강의를 했으며, 만 서른 살이 되던 1964년에 성균관대 교수로 임용돼서 직업적으로 안정되던 시기였다. 마지막 날 절친한 후배였던 이덕희에게, 책을 준비하고 있고 국제펜클럽대회에 참가할 예정이며 그 때문에 건강진단을 받았는데 괴물처럼 건강하다는 농담도 한다. 그랬는데 그 다음 날 세상을 떠났다.

아버지 전봉덕이 가르친 식민지 부르주아 교양주의

전혜린은 1952년 피난지 부산에서 서울대 법학과에 입학한다. 특이한 에피소드가 남아 있는데, 수학 성적이 0점이었다. 그래도 다른 과목 성적이 워낙 출중해서 전체 차석이었다. 사정위원회의 회의 끝에 합격시키기로 결정했다고 한다. 법학부를 선택한 것은 아버지의 권유 때문이다. 아버지가 경성제대 법문과 출신인데, 재학중에 사시와 행시 양과에 합격해 식민지 관료의 길을 걸은 전봉덕이라는 인물이다. 경찰에 몸담았고 친일인명사전에도 이름을 올리고 있다.

전봉덕은 1910년에 태어나 1998년에 세상을 떠난다. 전봉덕의 8남매 중 장녀가 전혜린이다. 전봉덕은 대표적인 식민지 부르주아 엘리트로, 넉넉한 중산층이었고 뛰어난 수재였다. 일제하에서 식민지 관료가 되려면 신원조회를 거쳐야 했는데 집안에 문제가 없어야 했다. 문제가 없다는 것은 일제의 식민지 통치에 최소한 호의적이거나 동조하는 집안이어야 한다는 것이다. 게다가 일본에서도 양과에 모두 합격하는 것은 흔하지 않은 일이었다. 당시에 고시에 합격하면 대개 군수가 되었는데, 그래서 20대 군수나 시장도 있었다. 전봉덕은 그보다 더 지위가 높은 윗길로 가게 되는데, 30대 초반에 이미 식민지 시대 경찰조직에서 조선인으로서는 2인자 위치까지 간다.

해방 이후에는, 경찰에 대한 친일청산 움직임을 감지하고 재빠르게 변신을 시도한다. 헌병대가 친일 경찰들의 피신처였는데, 경찰의 친일 행적은 문제가 됐지만 군대는 그렇지 않았던 것 같다. 대부분 신분을 세탁하고 헌병대로 이적하는데, 전봉덕도 헌병대로 들어가 육사에서 고급장교반을 이수하고 소령으로 임관된다. 그리고 얼마 안 가 1949년에 중령으로 승진하고 헌병대 부사령관이 된다.

그때 김구 암살 사건이 일어난다. 많은 사람들이 이승만이 사주했을 것이라 추정하는데, 실제 암살 작전을 지휘한 것은 헌병대라고 한다. 이 사건을 수사하고서 안두희 단독 범행으로 무마한 곳이 헌병대이기 때문이다. 사건에 관여한 다른 공범이 없다는 것으로 사건을 처리하는 데 전봉덕이 주도적 역할을 한다. 그리고 곧바로 헌병대 사령관이 된다. 김구 사건과 관련해서는 나중에도 계속 의심을 받는데,

그래서 그 이후에도 지속적으로 변신을 시도한다.

일제 때 전봉덕의 근무지가 신의주였는데, 거기에서 전혜린이 어린 시절을 보내게 된다. 여기에 전혜린이 갖는 중요한 의미 가운데 하나가 있다. 식민지 부르주아 교양주의를 체득한 최초의 세대라는 점이다. 서구에서라면 부르주아 교양주의였겠지만, 식민지 조선의 사정이 특수했고 아버지도 식민지 관료였으니 식민지 부르주아 교양주의인 것이다. 전혜린에게서 문제점은 이 대목에 괄호가 쳐져 있다는 것이다. 아버지의 행적 전체를 다 괄호 안에 넣어 두고, 이념적인 것에 대해서는 어떻게 보면 거의 백치상태 수준을 드러낸다. 인식에 어떤 장벽이 놓여 있는 것이다.

일본에서는 러일전쟁 이후 1920년대까지를 '다이쇼 데모크라시'라고도 하는데 이는 서구식 교양주의가 대대적으로 수용되던 시기다. 서구의 정전 목록들이 만들어지고 일본의 젊은 청년들이 대대적인 학습을 통해 서구 교양주의의 세례를 받게 된다. 이 흐름은 동경제대 예과부터 시작되는데, 스무 살 전후의 대학생들이 호메로스나 소포클레스부터 니체와 도스토옙스키까지 망라한 세계 고전 목록을 짜서는, 거의 전투적으로 교양 학습을 한다. 전봉덕도 그 세례를 받은 인물로 보인다. 그리고 그것을 딸에게까지 전수하고자 했다.

그래서 전혜린이 아주 어렸을 때부터 스파르타식 교육을 받는다. 일제 식민지 통치 말기에 전혜린은 러시아계 양복점에서 맞춘 소공녀가 입을 것 같은 원피스를 입고 다녔고 아버지가 서너 살 때부터 한글책과 일본책을 읽을 수 있도록 손수 가르쳤다. 딸이 네 살 때부터 한 일이 책 읽고 공부하는 것이었다. 전혜린이 에세이에서도 쓰고 있지만, 부부간에 다툼이 있을 정도로 다른 것은 아무것도 못하게 했다. 아버지가 장녀에 대해 거는 기대가 아주 커서 손에 물 한 방울 못 묻히게 했다. 결과적으로 전혜린은 그 교육의 폐해를 보여주는 사례이기도 하다. 작가 자신도 그렇게 이야기한다.

이로 인한 전혜린의 정서적인 문제점은 거의 예측 가능하다. 사랑에 대한 일종의 기갈증 같은 것이 있다. 인식 면에서는 아버지에 의해 주입된 아주 대단한 열정이 있다. 인식에 모든 것을 바치고자 하는 것이다. 그런데 그와 함께 정서적인 차원에서 적당하게 사랑을 주고받는 정서적 커뮤니케이션이 이루어져야 했는데 성장 과정에서 차단됐다. 머리는 천재인데 정서는 상당히 불안정한 상태가 된다. 그것이 개인사적인 비극이라고 생각된다.

그런데 이것은 한 개인의 비극이 아니라 세대적인 의미를 가지고 있다. 스물아홉 살 시점에서 전혜린은 "대학에 들어가면서 참된 의미의 현실이 시작된 것 같다"고 회고한다. 그 이전까지는 전혜린 자신의 표현에 따르면 "흙을 만져본 적이 없는" 아스팔트킨트였다. 당시로선 상당히 예외적이다. 요즘은 대부분의 아이들이 아스팔트킨트들이다. 도시에서 태어나서 일부러 자연학습장에 가지 않는 이상 흙을 만져볼 일이 별로 없는데, 당시는 거꾸로 그러기가 어려웠다. 하지만 전혜린은 도시에서 성장했고 어릴 때부터 책에 파묻혀 지낸다. 그렇게 하도록 아버지가 강력하게 밀어붙인다. 대학의 입학까지도 "법률가였던 아버지의 엄명"이었지 자신의 의사가 아니었다고 말한다. 대학에 들어가기 전에 전혜린의 경험이라고는 독서경험밖에 없다. 읽은 책의 목록은 우리와 비슷하다. 앙드레 지드의《지상의 양식》, 마르탱 드 가르의《회색 노트》등인데, 이 점에서는 세대 차이가 나지 않는다. 1940~1950년대에 전혜린이 읽은 책들은 지금도 필독 목록에 들어 있다.

전혜린이 필독 목록으로 만든 가장 대표적인 책이 헤세의《데미안》이다. 흔히《데미안》이 원래 중요한 책으로 읽혔던 것처럼 착각하는데, 실은 전혜린 이후로 읽게 된 것이다. 전혜린이《데미안》을 번역하기도 했고, 유고 수필집에《데미안》의 해설이 실리기도 했다. 10여 권의 번역서 가운데《데미안》과《생의 한가운데》두 권을 한국의 문학 독자들에게 가장 큰 영향을 미친 책으로 꼽을 수 있다.《데미안》의 신화는 전혜린 신화와 맞물려 있다.

이 작품의 번역판은 1950년대에 이미 출간돼 있었는데 거의 읽히지 않고 있다가, 전혜린의 죽음과 함께 새삼 화제가 되면서 막 생겨난 문예출판사에서 1966년에 개정판을 펴낸다. 그 해에만 5만부가 팔려 베스트셀러 가운데 하나가 된다. 그 책이 60년 이상 베스트셀러의 자리를 놓치지 않고 지금까지도 읽히고 있다. 이런 기원이 잊히는 바람에 오래 읽혔던 책이라고 생각하는 것이다.

하지만《데미안》은 다시 생각해볼 만한 작품이다. 일반적으로 헤세 독자에게 가장 많이 읽힌 작품은《싯다르타》이다. 독일에서는《황야의 이리》를 더 중요하게 생각한다. 말년의 대작《유리알 유희》도 빼놓을 수 없다.《데미안》이 그런 작품들과 같이 언급되긴 하지만, 더 중요한 의미를 갖는 작품이라고 보기는 어렵다. 헤세를 이해하는 데 중요한 의미가 없지는 않지만, 한국에서 유난히 많이 읽히는 것은 전혜린의 강력한 추천 때문이다. 전혜린과 함께 살았던 한 세대에게라면 압도적으로 큰 영향을 미칠 수도 있다. 그러나 이것이 지금까지도 영향력을 발휘하고 있다는 것은 상당히 특이한 일이라 할 만하다.

숭배이자 두려움, 반항의 대상이었던 아버지

1949년에 김구 암살 사건이 있었고, 전봉덕은 1950년대에 다시 변신을 꾀한다. 전역해서 국회의장 비서실장이 되면서 화려한 경력을 쌓아가기 시작한 것이다. 경찰이었다가 군인으로, 고위공무원이었다가 변호사협회장도 되고 나중엔 법사학자가 된다. 서울대에서 법학박사 학위를 받은 뒤에 법사학회를 만들어 회장이 된다. 전두환 정권이 들어설 때까지 이런 경력들을 쌓다가 1980년대 초반 미국으로 떠난다. 1910년생으로서 20세기를 거의 관통하는 인생역정이다.

전봉덕이 미국으로 떠난 뒤에서야 전혜린의 평전들이 나오는데, 아마도 그 전까지는 전봉덕이 통제를 하고 있었던 게 아닌가 하는 생각이 든다. 후배인 이덕희의 평전《전혜린》이 유명한데 이 책이 1980년대에 전혜린 신화를 다시 부활시킨다. 1966년 유고집이 나왔을 때 한 번 전혜린이 주목받았는데, 시간을 건너뛰어서 1982년에 전혜린 평전이 나오고 유고집도 재출간된 것이다.

전봉덕은 나중에 한 번 귀국하기도 하는데, 김구 암살 사건에 대한 조사 요구가 일어나자 다시 떠난다. 이승만의 손발이 돼서 저지른 일이 내내 꼬리표처럼 따라붙은 것이다. 결국 1998년에 객지에서 죽는다. 이것이 아버지의 인생이다.

전혜린의 삶과 문학은 아버지와의 관계를 배경으로 의미를 가진다고 생각한다. 한국문학에서 아버지와 딸 사이의 갈등관계를 보여주는 가장 대표적인 사례이기 때문이다. 한편으로 아버지는 "숭배"와 "두려움"의 대상이었고, "아버지 마음에 들고 싶다는 욕망"을 언제나 의식했다. 그러나 다른 한편으로는 그에 대한 반항심도 생기는데, 아버지가 절대 허락하지 않을 일이었다는 점에서 독일 유학을 대표적인 사례로 꼽을 수 있다.

아버지와의 이런 관계는 얼핏 카프카를 떠올리게 한다. 카프카의 아버지는 아들이 자신의 가게를 이어받았으면 했는데, 문학은 그런 바람에 정면으로 도전하는 것이었다. 문학을 전공하는 것은 아버지를 완전히 무시하는 것이었기 때문에 카프카가 선택한 타협책이 법학 공부를 하는 것이었고, 나중에 노동자상해보험공사에서 일자리를 얻어 준공무원으로 일한다. 카프카도 아버지에게 절대로 복종하면서 동시에 아버지로부터 벗어나고자 한다.

전혜린도 비슷하다. 그래서 대학도 법학부에 갔는데 적성이 아니라는 것을 알게 된다. 그래서 고등학교 때의 절친을 따라서 내내 문학 강의만 도강한다. 경기여중과 경기여고를 다니면서 이미 자신의 적성이 문학에 있다는 것은 알고 있었지만, 아버지의 기대에 부응하기 위해 법학도가 된 것뿐이었다. 한 가지 이유가 더 있다면 일종의 허세를 충족시킨다는 측면도 있었는데, 당시에도 서울대 법대가 커트라인이 제일 높았던 것이다. 식민지 관료들을 배출하는 창구였던 탓에 똑똑하다는 수재들이 그리로 몰리던 시절이었다. 그런데 대학 때 절친했던 친구가 가족과 함께 미국 이민을 가는 바람에 공허감을 느끼고 있던 참에, 이 친구가 독일로 가 보면 어떻겠냐고 제안을 한다. 자기 아버지의 친구가 독일 사람이라면서 독일 학교에 입학하는 방법과 절차를 주선해 준다. 그래서 대학을 마치지 않은 채로 독일 유학을 떠나게 된다.

당시 독일 학생들은 아시아와 아프리카도 구별하지 못했다고 한다. 독일 학생들은 김나지움에서 라틴어와 그리스어를 공부하고 대학에 오는데, 전혜린은 준비가 부족한 상태에서 처음에는 못 알아듣는 강의 내용이 많아 매우 낙심했다고 한다. 그러다가 잘 적응해서 조교까지 했다. 웬만하면 포기하고 돌아올 텐데 거기서 살아남은 것이다. 독일 작가 그릴파르처에 대한 졸업논문도 쓰고 학부를 다 마치는데, 그 와중에 미친 듯이 번역을 한다. 아버지 눈 밖에 나는 바람에 충분한 지원을 해주지 않아서 힘들게 생계를 꾸려간 것이다.

번역을 통해 동시대의 독일문학을 활발하게 소개하는데, 한국에 처음 소개한 작품들도 많다. 하인리히 뵐의 작품도 그렇고, 에리히 케스트너의 《파비안》, 루이제 린저의 《생의 한가운데》도 그렇다. 루이제 린저는 독일에서 그렇게 중요한 작가는 아닌데, 전혜린의 소개 덕에 한국에서는 대단히 중요한 작가로 읽혔다.

전혜린은 유학을 떠난 이듬해에 아버지가 정해준 남자와 독일에서 결혼한다. 아마 타협책이었을 것이다. 상대는 유학간 지 6개월 후에 독일에서 만나게 되는 법학도 김철수로, 서울대에서 헌법학 강의를 오래하며 다수의 헌법학 저술을 남겼다. 결혼생활에 대한 내용도 유고집에 들어가 있는데 남편에 대한 부정적인 언급은 없다. 두 사람은 많은 공통점이 있는데 책 사는 데 돈을 아끼지 않아서 수입의 절반 이상 되는 책도 아무런 주저 없이 구입했다고 한다. 그런 점에서 견해가 일치하긴 했지만, 그럼에도 결혼생활이 썩 만족스러웠던 것 같지는 않다. 원리적으로 만족스러울 수가 없었을 것이다. "남자와 결혼하는 것이 아니라 남편과 결혼하는 것"이라는 게 전혜린의 결혼관이었다. 남자와 남편은 다르다고 전제한다. 남자를 사랑해서 결혼했더라도 결혼하고 보면 남편이 되어 있다는 것이다. 이것은 일반론이다. 설사 결혼생활이 행복하다 하더라도 어떤 함정은 있게 마련이다.

1959년에 학부만 마친 전혜린이 독일에서 낳은 딸과 함께 먼저 귀국하고, 김철수는 학위까지 받고 나중에 온다. 그 때문인지 거리감이 생겨 1964년에 이혼한다. 이런 것들이 개인사이기는 하지만, 당시로서는 인구에 회자되는 일이었다. 거의 연예인 수준의 지명도를 가진 인물들이었기 때문이다. 갓 서른 나이에 대학 교수가 되는 것도 당시엔 파격적인 일이었다. 그때만 하더라도 한국 사회가 여성에게 호의적인 사회가 결코 아니었고, 여성 대학 강사도 드물었던 때다. 여성 교수는 더더구나 희귀했다. 게다가 학부만 마치고 귀국했기 때문에 최종 학력은 학사이기도 했다.

전혜린이 가졌던 인식과 정서 사이의 불균형

여기에 남자 제자들과의 염문 때문에 스캔들의 주인공이 되면서 사생활에 관한 여러 전설들이 생겨난다. 긍정적으로 보면 아주 예외적인 인물의 면모를 보여준 것이고, 부정적으로 보면 아주 이상한 여자로 인식되게 된다. 전혜린 전설이 나중에 여러 장소를 유명하게 만드는데, 활동 반경이 주로 지금의 대학로부터 명동까지여서 대학로의 학림다방이나 명동의 은성 같은 곳이 문화적 기억의 장소로 꼽힌다. 편지도 많이 썼다고 하는데, 유고집에도 몇 편이 실려 있다. '장 아베 제도에게'는 애칭으로 그렇게 부른 것이 아니라, 원본에는 학생의 실명이 다 남아 있는데 사생활 침해를 우려해서 유고집을 출간하는 과정에서 가명으로 고친 것이라 한다.

　이 청년들이 대개 연하여서 갓 스무 살이 넘은 학생도 있었다. 어느 날 시골의 어머니가 찾아와서 무릎을 끓고는 제발 자기 아들과 헤어져 달라고 울면서 애원했다고 한다. 전혜린은 "날아올 땐 독수리인 줄 알았는데 날아가는 모습을 보니 참새에 지나지 않았다"는 말로 어린 연인에게 결별을 선언한다. 이런 대목을 보면 강한 여성처럼 보이는데, 전반적으로는 상당히 연약한 모습을 보여준다는 점이 특이하다. 성장기에 필요한 애정의 절대량이 있는데 이것이 충분하지 않았을 경우에는 나중에 언제라도 보충받아야 하는 게 아닌가 싶다. 아무리 학식을 쌓는다 하더라도 그것으로는 해결되지 않는 애정의 공백이 있던 것으로 보인다.

전혜린에게는 아버지가 전권을 행사했고, 어머니는 간섭할 수 있는 권한이 전혀 없었다. 아버지가 제일 강하게 요구했던 것은 공부하는 것, 책 읽는 것이었다. 정서적인 교감과는 거리가 먼 스파르타식 훈육인데, 아버지를 존경하면서도 두려워했다는 것도 그런 의미일 것이다. 독립운동가를 색출해서 자백을 받아내는 일을 하는 경찰 고위 간부였으니 다정다감한 성격이었을 것 같지도 않다. 너무 많은 기대를 짊어진 아이들은 그것을 사랑이라고 받아들이지 않는다. 전혜린도 애정을 느끼지는 못했을 것이다. 그렇지 않다면 애정에 대한 이런 식의 갈망이 잘 이해되지 않는다. 주변의 지인들이나 동생들에게도 항상 관심받고 싶어 하고 사랑받고 싶어 했다. 성장 과정에서 정서적 교감에 대한 요구가 충분히 충족되지 않았기 때문에 성인이 돼서도 계속 그것을 요구했던 것 같다.

인식에서는 당대 최고 수준의 교육을 받고 가장 많은 책을 읽은 지식인 가운데 한 명인데, 정서적으로는 매우 불안정한 모습을 보였다. 마지막까지도 사랑을 갈구하는 듯한 편지를 적어 보내는데, "나는 너의 모든 것을 사랑한다"면서도 "이런 옛날투의 편지를 쓰는 것이 쑥스럽고 우스운 것 같다"고 덧붙인다. 자신도 아는 것이다. 스스로도 쑥스럽고 우스운 것 같으면 안 하면 되는데 제어가 잘 되지 않는 것이다. 특이한 곁멋도 있어서, "조르주 상드가 뮈세와 베니스에 간 나이"를 들먹이며 "좀 더 불태워야 한다"고 분발을 다짐하기도 한다.

전혜린의 모델은 조르주 상드나 루 살로메이다. 이들은 모두 연하의 연인들을 거느리고 다닌 것으로 유명하다. 한국에는 롤 모델이 없다. '사랑한다면 상드처럼 혹은 살로메처럼' 이런 의식을 가졌을 성싶다. 릴케의 연인이었던 살로메나 뮈세의 연인이었던 상드나. 삶이 예술을 모방한 사례이기도 하다. 높은 수준의 교육을 받은 번역가이자 수필가이며 지적인 여성이라는 사회적 외양과, "나의 지병인 페시미즘을 고쳐 줄 사람은 너밖에 없다"며 사랑을 갈구하는 사적인 편지 사이의 간극이 너무 크다. 겉으로 드러나는 사회적인 마스크에 가려진 실제의 전혜린은 상당히 나약한 면모를 가지고 있었던 것으로 보인다. 결정론적인 관점이긴 하지만, 성장기 인격형성 과정에서의 결핍을 극복하지 못한 것이 이런 불안정한 정서 혹은 애정에 대한 갈망의 원인일 것으로 생각된다.

불세출의 천재인가, 유치한 아마추어인가

전혜린은 31년의 인생을 한 번 살았고, 사후에 또 한 번의 인생을 살게 된다. 앞서 언급한 대로, 1965년 1월에 자살인지 아닌지 불확실한 의문의 죽음을 맞고, 1966년 유고 에세이가 출간되면서 재발견되기 때문이다. 이때부터 전혜린의 신화가 시작된다. 전혜린의 실제 삶은 전혜린의 모든 것을 다 말해 주지 않는다. 신화적인 의미가 덧붙여지기 때문이다.

유고집이 예상외로 베스트셀러가 되지만, 처음부터 주목을 끌었던 것은 아니다. 이어령의 서문까지 붙이면서 상업적인 고려를 했음에도, 처음에는 그렇게 잘 나가지 않았다. 이 책이 판매에 탄력이 붙기 시작한 것은 이화여대 앞 서점에서 판매고를 올리기 시작하면서이다. 달리 말하면, 이 책에 제일 먼저 반응했던 것이 이대 대학생들이다. 전혜린과 동일시했기 때문이라 생각된다. 그것이 전혜린이 갖는 상징성이다.

그 상징성은 아버지와의 관계로 요약될 수 있다. 당시에 이대생이라고 하면 성장과정에서 전혜린과 비슷한 경험을 했을 성싶다. 그것이 전혜린의 포지션이다. 아버지와의 갈등은, 실재하는 아버지이면서 동시에 남성 중심적인 세계 혹은 국가나 법, 사회적인 규율 같은 것과의 갈등이기도 하다. 아버지 또는 아버지로 상징되는 것들과 어떻게 관계를 설정할 것인가라는 관점에서, 전혜린은 결국 실패한 사례이긴 하지만 일종의 탈출 시도로 여겨진 것이다. 흔히 전혜린에 덧붙는 이미지가 '먼 곳에 대한 그리움'인데, 어디론가 떠나고 싶다는 것이다. 이곳을 떠나고 싶다는 것이야말로 전혜린이라는 기호가 갖는 의미로, 꽤 오래 영향을 미치게 된다. 물론 결과적으로 다시 돌아와야만 했고, 그렇게 그리워하던 뮌헨으로 다시 갈 수 있었다면 인생이 달라졌을지는 모르겠지만, 오래 버티지 못하고 생을 마감했다. 결과적으로 실패한 시도이기는 했어도 시도 자체가 의미를 가졌다. 그렇게 여대생들을 중심으로 선풍적인 수용이 이루어진다.

이 분위기가 확산되면서 베스트셀러가 되고, 그에 힘입어 예정에 없었던 두 번째 수필집도 나오게 된다. 아예 전집까지 출간하려고 했는데 그것은 무산된다. 그래서 지금 남아 있는 것이,《그리고 아무 말도 하지 않았다》와《이 모든 괴로움을 또 다시》두 권이다.

이렇게 신화가 만들어지면서, 이 이후 세대의 여성 식자층에게 애증의 대상이 된다. 그렇게 전혜린은 이중적 의미를 갖게 된다. 아버지와 대결하고자 했다는 것, 그래서 자신의 인생을, 스스로 결단을 내리는 그런 자기만의 인생을 살고자 했다는 것이 가장 큰 의의다. 전혜린은 유학비가 충분하지 못해서 일주일 동안 수돗물만 먹은 적이 있다고 고백하기도 했는데, 고생이라고는 해본 적이 없는 여성의 녹록지 않은 유학생활은, 여성으로서 어떻게 자립해서 독립된 삶을 살아갈 수 있는가에 대한 하나의 모델이 될 수 있다. 하지만 끝까지 버텨내지 못했다는 점에서 일종의 실패한 모델이기도 하다. 이것이 전혜린 모델이 가지고 있는 이중성이다.

덧붙이자면 전혜린에 대한 대중적 열광과 대비되는, 문단에서의 홀대를 지적할 수 있다. 한국문학에는 전혜린의 자리가 배당되어 있지 않다. 흥미로운 지점인데, 일단 한국 문단에서는 시나 소설을 써야 한다. 수필은 잘 인정해주지 않는다. 동호인들이나 쓰는 것이라고 생각한다. 몇몇 수필가가 있긴 하지만, 수필문학을 문학사에서 따로 독립시켜서 다루지도 않는다. 순문학 중심이어서 그렇다. 그런데 전혜린은 수필집과 번역서만 있으니, 문단 쪽 입장에서 보자면 평가해줄 만한 것이 없는 것이다. 게다가 문단도 남성 중심적이었기 때문에 잘난 여성에 대한 불편함이 있다. 그런 것들이 겹쳐서 제대로 인정하지 않는다. 수필에 대해서도 일반적으로는 너무 과장됐다고 평가절하한다. 사실 전혜린이 대단한 수필을 쓴 것은 아니다. 그러나 이 수필들이 담고 있는 태도와 문학정신이 의미가 있다. 그래서 대중에게도 수용됐던 것이다. 그러다 보니, 한쪽에서는 한 세기에 나올까 말까 한 천재라고 치켜세우고 다른 쪽에서는 유치한 아마추어라고 깎아내린다. 그렇게 극과 극의 평가가 공존하고 있는 인물이기도 하다.

가령 장석주는 "냉정하게 평가한다면 전혜린의 생을 통해 이룬 몇 권의 번역서, 유고로 출간된 수필집, 일기문 따위는 문학 이전의 습작 수준"이라고 혹평하는데, 이렇게 냉정한 잣대를 들이대면 한국 문학에는 습작이 상당히 많다. 오히려 그런 사정을 감안해서 읽어야 한다. "1세기에 한 번 나올까 말까 하는 천재라는 평가를 받았던 업적으로서는 너무나 하찮고 보잘 것 없는 것"이라고 깎아내리기도 하는데, 이것은 한쪽에서 그렇게 평가했던 것뿐이다. 너무 이른 나이에 요절하게 되면, 갑작스러운 중단으로 인한 공백을 사람들은 다른 기대로 채워 넣게 된다. 그가 좀 더 살았더라면 얼마나 대단한 뭔가를 써냈을까 하는 상상을 덧붙이게 되는 것이다. 그런 과정에서 삶이나 행적이 신화화된다. 물론 천재적인 지성을 보여준 것은 사실이지만, 너무 이르게 마감됐기 때문에 "전혜린은 인식에의 갈망으로 불타오르는 독수리였으며, 영원한 독수리로 남을 것"이라는 식의 평가를 남용해서 쓰기는 어렵다.

삶을 문학적 텍스트로 읽는 방법

작품 자체가 중요하지 않아서 평가가 애매하긴 하지만, 어떤 경우에는 삶과 문학과의 관계에서 삶 자체가 문학이 되기도 한다. 전혜린은 그런 경우다. 〈전혜린이라는 텍스트〉라는 제목의 논문이 있는데 적절한 표현이라고 생각한다. 그가 무엇을 쓰지 않았더라도 그의 삶 자체가 하나의 텍스트이다. 그래서 전혜린이라는 텍스트 자체를 읽을 수 있다. 이것도 다양한 문학관 가운데 하나다.

문학과 이념과의 관계, 문학과 삶과의 관계에서 각각 두 가지씩의 태도를 끌어낼 수 있다. 우선 문학이 이념과 일체가 되어야 한다는 문학관이 있는데, 이것이 이념주의 문학이다. 사회주의 문학도 이 범주에 속한다. 사회주의 사회에서 문학은 사회주의 이념의 구현체이자 매개가 되어야 한다. 이 관점에선 이념적으로 옳은 것이 문학적으로도 옳다. 그것이 문학에 대한 판단 기준이다. 겉보기에 아무리 대단한 작품을 썼다 하더라도 작가의 정신이 반동적이라면 그것은 썩어빠진 작품이다. 기준이 문학작품에 있지 않고 이념에 있기 때문이다. 반면에 문학과 이념이 같이 가면 안 되고 분리해야 한다는 문학관도 있다. 이 관점에 따르면 문학은 이념의 전달자이기 이전에 그 자체로 좋은 문학이어야 한다. 문학으로서 조건들을 충족시킨 다음에라야 프로파간다의 도구도 될 수 있다. 무엇을 중심에 놓느냐에 따라서 관점이 전혀 다르다.

문학과 삶의 관계에서도 두 가지 관점이 있다. 한편에는 삶과 문학이 분리되어야 한다고 보는 견해가 있다. 제임스 조이스나 나보코프 같은 작가들이 그런 견해를 가지고 있다. 문학은 그 자체로 의미가 있는 것이다. 다른 한편에는 삶 자체가 문학이 되는 경우도 있다. 이때 문학은 삶의 부산물이다. 그래서 작품 자체는 보잘것없어도 된다. 시인들 가운데는 윤동주가 해당된다. 윤동주의 삶을 괄호 안에 넣고 그의 시만 본다면 시가 잘 읽히지 않을뿐더러 그렇게 높이 평가받기도 어렵다. 일본 유학 중에 감옥에서 옥사했으며 게다가 생체실험을 당했다고 하는 사실이 겹쳐지면서 그 문학의 의미가 증폭되는 것이다. 윤동주를 둘러싸고 있는 윤동주의 신화까지 우리가 평가하는 것이다.

삶과 문학은 일률적으로 분리되는 것이 아니며 한편으로는 거의 일체화되기도 한다. 전혜린의 경우도 그렇다. 전혜린의 산문을 보고 수준이 높지 않다고 말할 수도 있겠지만, 삶과 문학이 일체화되어 있는 전체를 본다면 그렇게 평가할 수만은 없다. 작가는 작품만 쓰면 된다는 것은 그저 하나의 문학관이다. 게다가 역사적으로 그런 문학관이 지배적이지도 않았다. 다만 요즘에 와서 흔히 그렇게 생각할 뿐이다. 이렇게 보면 전혜린의 의미가 가볍지 않다.

전혜린은 1959년에 귀국해서 1965년까지 한국에 있었는데, 이 시기는 역사적으로 중요한 시기다. 4·19혁명과 5·16군사정변이 일어난 시기이기 때문이다. 그런데 그에 대한 코멘트가 전혀 없다. 백치가 아닌가 싶을 정도로 큼직한 괄호가 쳐져 있다. 이것이 전혜린 문학의 특징이다. 현실에 대한 철저한 무관심이 전혜린이 가지고 있는 기본적 태도이다. 만약 여기에 관심을 가지고 있었다면 뭔가 다른 단계로 나갔을 것이다.

전혜린은 항상 먼 데만 보고 있다. 먼 데를 향한 그리움은 독일 낭만주의의 세계관이다. 독일 낭만주의의 뒤늦은 적통인 셈이다. 자생적인 낭만주의는 아니다. 이것은 교양으로서만 체득이 가능한 것이다. 어릴 때 스파르타식으로 교양교육을 받다 보니까 이것을 자기화한 것이다. 그래서 내가 원래 가지고 있었던 것에 대해서는 낯설고 친숙해지지 않는 거리감을 갖는다. 오히려 독일이 고향이다. 행복했었던 것만은 아니고 꽤 고생을 했는데도, 먼 곳에 대한 동경 때문에 향수에 시달린다. 먼 곳은 주로 뮌헨이나 빈 등 유럽의 도시들이다. 서울에는 그것이 없기 때문에, 서울에서 한창 벌어지고 있는 일들에 대해서는 관심이 없는 것이다. 전혜린이 갖고 있었던 기본적인 세계관이자 태도다. 앞서 부정적으로 언급했던 《데미안》도 이런 태도와 연결되는 작품이다.

그렇다면 지금 이곳에 대해서는 왜 쓸 수 없는가. 여기는 아버지의 세계이기 때문이다. 전혜린은 아버지에 맞서서 도전한 것이 아니라 적당히 타협할 수밖에 없었다. 정면 대결은 아닐지라도 절대적인 순응의 태도에서 벗어나 그나마 조금이라도 뭔가를 얻어내고 있다는 점에서 의미가 있다. 진로 문제든 결혼 문제든 아버지가 반대하게 되면 집 나가거나 자살하거나 둘 중의 하나밖에 길이 없었다. 그래서 유학을 보내주는 대신 결혼은 아버지가 원하는 사람과 한다는 식으로 일종의 거래를 한 것이다. 그것이 전혜린이 확보한 지분이고, 그

효과가 1955년부터 1965년까지 딱 10년을 간다. 그것으로 10년을 버틸 수 있었던 것이다.

다른 길이 있다면, 여기에 견줄 만한 자기 세계를 만들어내는 방향일 것이다. 자기가 독립하기 위해서는 아버지로부터 사회적 인정을 받아야 하기 때문이다. 이것은 아버지에 대한 아들들의 투쟁과 비슷하다. 전혜린이 장남이었다면 인생행로가 달라졌을지 모르겠는데, 아버지는 그 당시로서는 예외적이게도 전혜린을 아들과 차별하지 않고 똑같은 교육을 시켰다. 아들 낳을 때까지 기다려서 이런 교육을 시킨 것이 아니다. 그런 아버지와 맞설 만한 뭔가를 만들어내면 아버지와 대등해질 수 있다. 그러나 그런 단계까지는 가지 못한다. 대학 교수라는 지위를 확보해서 자기만의 지분을 사회에서 만들어내기는 하지만 그것으로는 충분하지 않았던 것으로 보인다.

전혜린 모델을 들뢰즈 같은 철학자들이 쓰는 용어로는 일종의 '탈주'라고 말할 수 있다. 가부장제로부터, 남성 중심 사회로부터의 탈주 또는 도주이다. 가부장제로부터, 남성 중심 사회로부터 여성이 얼마만큼의 권리를 확보해서 얼마나 자유로울 수 있는가라는 관점에서 보면 권리를 위한 투쟁이기도 하다.

1960년에 쓴 육아일기에는 자신이 딸에게 바라는 것을 적어놓고 있는데, 그 첫번째가 "책을 안 읽을 것"이다. 스파르타식 교육의 부작용을 드러낸다. 책 읽기가 자신을 행복하게 만들어주지 않았고, 그런 점에서 좋은 경험이 아니었던 것이다. 아버지가 강요한 것이고 머리가 좋아서 따라가기는 했지만, 결국 부작용에 이른 것이다. 괴테의 여동생 코르넬리아는 한 살 위의 오빠인 괴테와 똑같은 교육을 받았다. 이때도 스파르타식이고 천재를 위한 교육이었다. 괴테는 그것을 버텨냈지만 여동생은 그렇지 못했다. 그 부작용으로 젊은 나이로 죽을 때까지 우울증에 시달리며 부모를 원망했다. 전혜린도 마찬가지인데 아버지에게 항의하지는 않았지만, 자신이 아이를 낳게 되면 절대 책을 안 읽히리라 했던 것이다.

이것은 모순이다. 인식에 모든 삶을 다 바치겠다는 것과 딸이 책을 읽지 않기를 바라는 것은 서로 충돌한다. 통념에서만 보면 순탄한 삶의 경로를 밟아 가는 것처럼 보였지만, 당사자의 내면은 그렇지가 않았던 것이다. 그 밖에도 "몸이 건강하고 스포츠를 많이 할 것"과 "이기적이거나 물질적인 성격이 없고 아주 '가난한 마음'의 소유자가 되어 주었으면" 한다는 것, 그리고 "나하고 성격이 맞을 것" 등을 딸에게 기대하고 있다.

독일산 낭만주의의 어떤 귀결

전혜린은 여성에 대한 문제의식을 보여주기도 했다. 독일에서 생활하면서 직·간접적으로 갖게 된 문제의식일 텐데, 1960년대 초반에 "여자는 전체로 보아서 아직도 하인의 신분에 있"으며 "그 결과 여성은 자기로서 살려고 하지 않고 남성으로부터 이렇다고 정해진 자기를 인식하고 자기를 선택하게 된다"고 쓰고 있다. 시몬 보부아르의

《제2의 성》이 출간된 것이 1949년이고, 유럽 사회에서 한창 화제가 될 무렵이 전혜린의 유학 시절과 맞물린다. 전혜린도 자연스럽게 그 세례를 받아, 여성에 대한 문제의식을 발전시킨다.

전혜린이 특별히 지적하는 것은 여성이 갖고 있는 '비본연적 태도'다. 본연적 생활 태도란 "자기 자신을 순간순간마다 의식하고 사회와 세계에 대해서 자기를 투기하고 초월하면서 사는 것"인데, "태반의 여성의 생활은 그와 반대"라는 것이다. 다르게 이야기하면 주체적이지 않다는 것이다. 이것이 당시의 문제의식이다. 그런데 전혜린 자신이 과연 이 문제에서 자유로운가는 의문스럽다. 분명한 인식을 가지고 있기는 했지만, 그런 문제의식을 실제로 현실 속에서 체화해낼 수 있었던가가 의문이라는 것이다. 자신이 실제로 처해 있는 현실과 세계를 직시하지 않고, 항상 먼 데만 바라보고 있었기 때문이다.

전혜린 자신이 지적한 대로 "이렇게 비본질적 존재로 여성을 만든 것은 여성의 지능 계수도 생리도 아니고 다만 사회의 상황인 것으로 사회와 가정은 여성을 가능한 한 비본질적으로 교육하기에 전력을 다해왔다"면, 여성의 이러한 처지를 바꾸기 위해서는 각자가 노력해야 하는 것이 아니라 사회적 상황 자체를 바꿔야 한다. 이 점에 더 경각심을 가졌다면 전혜린의 삶이나 활동이 달라졌을 것이다. 전혜린은 여성이 처한 현실의 원인이 사회적이라는 것을 분명하게 알고 있었지만 아는 것으로는 충분하지 않다. 그것을 바꾸기 위해서는 이런 인식을 확산시키는 노력이 있어야 한다.

물론 몇몇 소설들을 번역한 노고는 있지만, 유약한 자존감이 계속 발목을 잡는다. 가령 "나의 지병인 페시미즘을 고쳐 줄 사람은 너밖에 없다"는 식의 정서야말로 전혜린이 지탄해 마지않는 비본연적 태도일 것이다. 전혜린이 가지고 있는 문제의식과는 상반되는 모습이다. 자기 인생은 자기가 구제해야 한다. 독일 여성들의 사회 진출 모습을 많이 보아 왔고 그래서 여성의 사회적 진출이라든가 활동에 긍정적인 견해를 가지게 된 전혜린은, 당시의 한국적 현실에서 보자면 일종의 선각자적 경험을 했다고 할 수 있다. 그렇다면 그에 따른 활동을 기대해 봄직도 한데, 그런 일을 밀어붙이기에는 조금 나약했던 것이 아닌가 싶다. 이혼이나 연애의 실패 같은 일은 자연스럽게 받아들일 수도 있는 문제인데, 거기서 무너졌다는 것은 안타깝다.

이덕희는 전혜린 신화를 만들었던 주역 중 한 명이다. 죽기 전날 오후에 학림다방에서 마지막으로 만났던 사람 중 한 사람이다. 아주 절친한 사이였다. 이덕희는 서울대 법대 후배다. 1937년생으로 나이는 세 살 적다. 에세이스트로 활동하고 번역가로도 활동했다. 주로 작가·예술가들 책을 많이 번역했다. 니진스키의 책을 번역했는데 지금은 절판됐지만 상당히 좋은 책이라고 생각한다. 번역도 잘 되어 있다. 편집자들이 별로 좋아하지 않을 만한 저자인데 문장부호 하나도 절대로 건드리지 못하게 했다. 완벽주의자여서 그렇다. 자기가 글을 쓰건 번역을 하건 그대로 완벽하기 때문에 건드리지 말라는 것이다. 도저한 정신주의다.

이것은 전혜린의 한 부분이기도 하다. 그런데 전혜린은 그 이면에 나약한 부분도 있었는데, 이덕희는 그와 좀 다르다. 더 강화된 버전이라 생각된다. 이덕희는 전혜린에게 많은 감화를 받았다. 그런 존경심이 평전에서 읽힌다. 전혜린이 표방했던 삶을 실제로 보여준 것으로도 보인다. 전혜린은 인식에 대한 갈망도 있었지만 한편으로는 수면제 세코날을 너무 좋아했다. 전혜린이 이덕희에게 세코날 마흔 알을 구해서 좋아 죽을 지경이라고 이야기했다고 한다. 너무 흥분해서 한꺼번에 복용했다가 사망에까지 이른 것으로 보이는데, 두 사람 모두 세코날 애용자였다. 이덕희는 한 알 먹으면 느낌이 어떨까, 두 알 먹으면 어떨까 직접 테스트도 해 봤다고 한다.

소설가 이덕희는 2016년 여름에 세상을 떠났는데, 사인이 영양실조다. 소설가 정찬의 칼럼에 따르면, 식사를 하루 한 끼만 했는데 그것도 커피를 마시기 위해서였다. 커피를 너무 좋아하는데 빈속에 먹을 수가 없어서, 커피를 마시기 위해 식사를 했다. 삶에 대한 한 극단적 태도를 대표한다. 스물아홉 살 때부터 절대와 완전에 대한 과대망상적 집착 때문에 자살을 꿈꾸고 있었다. 그런데 전혜린의 자살 때문에 선수를 놓치게 된다. 따라 죽을 수는 없으니 일종의 낭패였다. 그래서 다른 길을 걷게 된다. 전혜린이 만약 계속 살았더라면 어떻게 됐을까 짐작해 보면, 다른 가능성도 있긴 하지만 좀 강화된 버전으로는 이런 삶이지 않았을까 싶기도 하다.

글을 쓰지 못하면 죽은 목숨이라고 했던 이덕희가 건강 악화로 글을 쓰지 못하게 된 것은 70대로 들어서면서였다고 한다. 게다가 시력이 약해져 책을 제대로 보지 못하는 것도 몹시 힘들어했다. 육신의 지옥에 갇혀 있다며 죽고 싶다고 이야기하기도 했는데, 죽음을 통해서 육신의 감옥에서 결국 해방되게 된다. 육신의 지옥에서 빠져나온 것이다. 누구의 시선도 없이 일흔아홉 살에 혼자 죽는다. 이것은 한 극단이다. 독일산 낭만주의를 전혜린이 유포했다면, 그 낭만주의의 최종적인 귀결로 보인다. 그것도 삶에 대한 한 가지 태도다.

요즘은 드물긴 하지만, 이런 생각을 가진 사람들이 이 땅에 있었 다는 것을 증거하는 것이 전혜린 문학이다. 다만 전혜린 문학은 이런 강한 면모만 가지고 있는 것은 아니고, 정서적으로 취약한 부분도 가 지고 있다. 하지만 그럼에도 표시되어야 하는 어떤 자리라고 생각한 다. 한국문학이 결여하고 있는 부분을 온전하게 '결여의 형태'로 보 여주고 있는 작가이기 때문이다.

김승옥이 바로 다음 세대로 1960년대 문학의 물꼬를 트게 되는 데, 김승옥의 경우에도 기저에 깔려 있는 세계관이 페시미즘, 허무 주의 같은 것이다. 그 세대가 공유하는 세계관이자 정서로 보인다. 1960년대 초반을 강타했던 그런 정조나 한국적 낭만주의가 어떤 의 미를 갖는지 좀 더 생각해보고 음미해봐야 한다고 생각한다.

4장
| 1970년대 |

박완서
《나목》

중산층으로 진입하는 동시에
불화하는 근대적 주체의 탄생

박완서

중산층은 흔히 속물로 비하된다. 속물적인 중산층 의식에 대한 해부가 박완서의 특기다. 다만 박완서 문학의 특징은 그것을 관찰한다는 것이다. 자기 자신의 모습이 포함되어 있기는 해도, 거리를 두고 완전하게 동화되지는 않는다. 완전히 동화되면 중산층으로서의 '자의식'을 가질 수가 없다. 몸은 물속에 있지만 고개는 들고 있는 것에 비유할 수 있다.

고목에서 나목으로의 전환

박완서는 한국문학의 대모 격으로 꼽히며 여러 모로 귀감이 됐던 작가다. 데뷔작《나목》은 여성잡지 장편 공모에 당선된 작품이다. 마흔 살에 발표하고 단행본으로 출간한다. 지금은 50대에 데뷔하는 작가도 있지만 당시에는 드문 경우여서 화제가 됐었다.《나목》은 작가 자신이 가장 애정을 가지고 있는 작품이라고 직접 말한 적이 있다. 이후에 대표작들이 더 나오게 되지만, 박완서를 대표하는 작품으로서의 의의는 계속 남는 것 같다. 다섯 남매를 두었는데 자녀들이 장성한 다음에 자신의 일이 필요하다는 생각에 작품을 썼다. 작품을 쓸 수 있던 것은 오랜 독서 경험 때문이었다.

박완서는 완성형 작가로 등단한 것 같다. 좀 더 발전해나가는 것이 아니라 뭔가 반복적인 모습을 보여줄 뿐이다. 실은 이 정도쯤 되면 더 발전할 것도 없다. 박완서표 문장이나 인물, 독특한 감각 내지는 세계관 등 그만의 고유한 면모를 등단작이자 출세작인 이 작품에서부터 이미 확인할 수 있다.《나목》은 장편 공모 당선작이어서 심사평도 같이 실렸다. 통상의 심사평이라면 습작 티가 나고 미숙한 면이 있어서 이것을 고쳐 나가면 더 좋은 작품을 쓸 수 있겠다는 식으로 서술하는 경우가 많은데, 웬만한 중견 작가가 썼다고 해도 믿길 만한 작품이라 놀랍다고 쓰고 있다.

황해도 출신인데, 어머니가 개성 분이어서 개성 자랑을 꽤 한다. 아버지가 일찍 세상을 떠났고 오빠 하나가 있었다. 장손 집안이었는데 아버지를 여의는 바람에 어머니가 오빠를 잘 키워야 한다고 서울로 데리고 간다. 어린 박완서는 할머니와 할아버지, 숙부들과 함께 지내다가 여덟 살 때 서울살이에 합류하게 된다. 매동초등학교와 숙명여고를 다녔는데 사대문 밖에 살면서 사대문 안의 학교를 다녔다. 어머니가 대단한 교육열을 가지고 아들과 딸을 키웠고, 공부를 잘하기도 했다. 그럴 수밖에 없었던 것이, 네 살 때 이미 할아버지에게서 천자문을 배웠고 일본어로 된 세계문학전집을 읽었다. 고등학교를 졸업하고 1950년에 서울대에 입학하는데, 입학식을 하고 며칠 안 돼서 전쟁이 터진다. 당시에는 6월부터 학기가 시작됐고 그래서 학교에 다닌 기간은 얼마 되지 않는다. 전쟁이 끝난 뒤에는 결혼을 하게 되어 결국 학교를 더 다닐 수 없었고 나중에 서울대에서 명예 졸업장을 받는다. 전쟁 중에 가족의 비극을 겪기도 했다. 당시의 가부장적인 분위기에서 일찍 돌아가신 아버지의 대를 이어 가장 역할을 해야 할 오빠가 죽은 것이다.

이것이 모두 《나목》의 배경이 되는 사건들이다. 전쟁 중에 가족의 생계를 책임져야 해서 미8군 PX의 한국물산 초상화부에서 근무를 한다. 좋게 말하면 매니저인데 손님을 유치하는 호객꾼 역할을 한다. 많이 알려진 일이지만, 여기서 화가 박수근을 만나 특별한 인연을 갖게 된다. 이 작품은 제목에서부터 박수근의 그림을 참고하고 있는데, 작품의 주제와도 긴밀한 연관성을 갖는다. 박수근의 1956년 작 〈나무와 두 여인〉을 작중 주인공이 유작전에서 관람하는 것으로 그려진다. 박수근이 1965년에 세상을 떠나기 때문에 그 무렵 유작전이

열렸는데, 그것을 관람하는 것으로 작품이 끝난다. 그때 보게 되는 그림이 〈나무와 두 여인〉이다.

이 그림의 초기 버전을 박완서는 PX에서 근무할 때 보게 되며 그 장면도 소설에서 묘사가 된다. 그때는 상당히 암울한 그림으로 본다. 이 나무를 고목으로 본 것이다. 아주 어둡고 색감이 전혀 없는 잿빛의 세계가 보였다. 박수근 개인뿐 아니라 한국 사회 전체가 잿빛이던 시절이었다. 그것을 잘 반영해서 보여주는, 어떠한 희망도 없는 어두운 작품으로 읽는다. 실제는 좀 달랐다. 박수근은 그 그림을 통해서 어떤 희망을 찾고자 했다. 나중에 전시회에 가 보니까 이것이 고목이 아니라 나목이었다. 그래서 비로소 깨닫게 된다. 각기 다른 것을 봤던 것이다. 화가는 나목을 그렸던 것인데 주인공은 고목으로 보고 화가를 오해했다. 이것은 박완서 자신의 뒤늦은 깨달음이기도 하다. 그리고 고목에서 나목으로의 전환이 이 작품의 주제이기도 하다.

주인공 이경이 새로운 출발점에 놓이게 되는 배경은 어머니와의 사별이다. 어머니로부터 분리되는 것이다. 작품의 줄거리로만 보면 그렇다. 작품에서는 오빠 둘이 폭사당한 것으로 돼 있는데, 그렇게 쓴 이유는 오빠가 하나라고 하면 곧바로 작가 자신과 연결되기 때문이지 않을까 싶다. 소설 속에서 어머니는, 오빠들이 죽은 뒤에 과거에 붙박혀 있는 인물로 묘사된다. 이런 외상적 경험에서 벗어나지 못한 어머니는 나중에 폐병으로 죽는다. 그러고 나서야 딸이 완벽하게 분리되어, 비로소 독립적인 주체가 된다.

근대적 주체의 원형을 보여주다

이 작품은 원형적인 의미도 갖는 작품이다. 전후 문학에서 근대적인 주체가 어떻게 탄생하는가의 여성 버전으로서 의미가 있다. 주인공이 자전적인 인물이기 때문에 작가 자신이 모델이기도 하지만 동시에 일반적인 모델이기도 하다. 정신분석에서는 주체를 빗금이 쳐진 S($)로 표시한다. 주체가 되기 위해서는 뭔가를 내 줘야 한다. 어떤 상실의 경험이 필요하다.

《나목》은 그런 공식에 잘 들어맞는 주체 형성 과정을 서사로 보여주는 작품이다. 어머니의 경우 전쟁과 가족 상실이라는 트라우마적 경험의 충격을 받은 이후에는 생의 의지를 더 갖지 못한다. 그래서 새로 설이 돼도 떡국을 끓여주지 않는다. 그런 조건에서 이경이 어머니와 운명을 같이 하지 않고 분리돼 나와서 독자적인 삶을 살게 되기까지의 과정을 다룬 소설이다. 그런 점에서 어떤 출발점이 되는 소설이다. 1970년작으로서, 새로운 시대가 시작되는 상징적 의미를 갖는 것이다.

이 작품이 직접적으로 다루는 시기는 1950년대이고 1960년대 중반에 끝나지만, 동시에 1970년대의 기원이기도 하다. 4·19와 5·16 등의 정치적 사건을 거쳐 한국식 근대화가 시작되는데, 그로부터 10년쯤 지나서 그에 따른 여러 가지 문제점들이 불거지게 된다. 1970년에 일어났던 주요한 사건이 전태일 분신 사건이다. 한편으로는 근대화가 내면화되어, 어떤 습속으로 자리잡는다. 그것이 일상적 감각 같은 것을 만들어낸다. 근대화는 도시화와 함께 진행되는 것이어서, 도시적 일상이 형성되는 것이다. 그 과정에서 새로운 한국인들이 탄생한다. 삶에 대한 새로운 감각, 새로운 가치관을 가지고 있는 새로운 세대가 등장하고, 근대 사회로서의 한국이 형성된다. 경제 발전이라는 하드웨어에 부응하는 소프트웨어, 관념이나 정신, 감각 같은 것이 뒤따르게 된다. 당연히 그것을 재현하는 소설들도 나온다. 그 것이 1970년대 소설이 갖는 의의인데, 그 첫 자리에《나목》이 있다.

이때부터 새로운 패러다임으로 넘어간다. 이경이라는 주인공은 근대적 주체에 정확하게 부합하는 인물이다. 그런 점에서 이 작품은 근대적 주체가 어떻게 탄생하는지를 정확하게 보여주는 작품이다. 그것도 공식에 잘 맞게끔 보여주고 있어, 상당히 안정감이 있다. 이런 안정감은 박경리의 소설이 보여주지 못했던 것이다.《김약국의 딸들》이 초점을 못 맞춘 작품이라고 했는데 박완서의 소설은 다르다. 두 사람의 성장 과정이 다르기도 했거니와, 아버지의 부재라는 박완서의 개인사적 특징이 반영된 결과다. 그것이 모성 서사로 나타나는데, 1980년대에 발표한《엄마의 말뚝》연작이 대표적이다. 모두 자전적인 내용으로, 어머니를 모델로 한 작품들이다. 이것이 한국문학에서 조금 특이한 면이다.

근대문학은 서구를 기준으로 봐도 보통 부성적 서사다. 아버지와 아들과의 관계가 핵심적인 갈등 구도다. 그 안에서 여러 가지 변형들이 있다. 아버지를 계승하기도 하고, 아버지로부터 벗어나기도 하며, 혹은 아버지를 부정하고 다른 아버지를 발명해내기도 하는 등 여러 가지 변형들이 가능하지만, 기본 구도는 같다. 그런데 박완서 소설은 특이하게 아버지의 부재와 오빠의 부재를 바탕에 깔고 있다. 특히 오빠의 부재는 트라우마적인 경험이다. 그 이후에 어떻게 주체를 확보하고 정립할 수 있을 것인가 하는 것이 박완서 앞에 놓였던 과제다. 박완서의 작품들은 그런 과제를 20년쯤 이행해 온 과정을 중년에 와서 복기하고 있다. 게다가 이것은 한 개인의 특수한 경험이 아니라 일반화될 수 있는 보편성을 갖는 경험이다. 바로 거기에 박완서 문학의 의의가 있다.

속물적 중산층의 일상을 예리하게 관찰하다

이 작품은 흔히 분단문학, 전쟁소설로 분류된다. 전쟁 시기를 배경으로 하고 있다는 점에서 그렇게 볼 수도 있지만, 실은 더 일반적인 의미가 있다. 작품 말미에 가서 확인되기는 하지만, 이 작품은 중산층을 다룬다. 그것이 박완서 문학의 또 다른 특징이다. 한국의 중산층은 1960년대에 생겨난다. 이때쯤 돼야 안정된 사회적 계급으로 자리잡는다. 중산층에는 몇 가지 요건이 있는데, 우선 도시에서 살아야 한다. 시골 중산층은 의미가 없다. 또 아파트에 살아야 하고, 평생 직장이 있어야 하며, 남편이 가장이어야 하고, 교육열이 높아야 한다는 것 등이 한국 중산층의 일반적인 특징이다. 그런 중산층의 일상에 대한 가장 면밀한 관찰자가 박완서이다. 여기에도 박완서 문학의 의의가 있다. 《나목》에서는 마지막장의 내용에 해당하지만, 그 이후에 1970년대를 생생하게 다룬 여러 편의 작품이 있다.

중산층은 흔히 '속물'로 비하된다. 속물적인 중산층 의식에 대한 해부가 박완서 문학의 특기다. 실은 작가 자신이 그렇기 때문에 그리도 속속들이 잘 아는 것이다. 다만 박완서의 특징은 그것을 관찰한다는 것이다. 자기 자신의 모습이 포함되어 있기는 해도, 거리를 두며 완전히 동화되지는 않는다. 완전히 동화되면 이에 대한 자의식을 가질 수가 없다. 몸은 물속에 있지만 고개는 들고 있는 것에 비유할 수 있다. 그리고 그런 자신을 의식하는 것이다. 그런 점에서 중요한 의의가 있다.

대개 남성작가들이 갖는 한계이기도 한데, 이념처럼 너무 큰 주제에 매달려 있다 보니 자신을 둘러싼 일상을 잘 묘사하지 못하는 경우가 많다. 최인훈의 《광장》 같은 작품을 예로 들 수 있다. 최인훈 문학은 지식인 문학이다. 이데올로기 같은 문제에 정통한 작가로서 자신이 그 문제에 정통하다는 것을 보여주고자 한다. 그래서 작품이 사변적이다. 정한의 문학이나 한풀이 같은 것과는 전혀 상관없는 상당히 지적인 문학이다. 물론 이런 주제가 한국문학에서는 부족한 부분이기 때문에 의의가 있다. 남성 서사가 주로 이런 큰 주제에 경도되어 일상을 다루는 데 부족한 면이 있는데, 그것을 박완서 문학이 잘 보완해준다.

그러나 한편으로는 이념이 결여되어 있기도 하다. 박완서에게는 그에 대한 거부감이 있다. 아버지의 세계, 오빠의 세계에 대한 생래적이면서도 체험적인 거부감이다. 전쟁 트라우마가 가져온 것이다. 이런 참화가 이데올로기에 의해 빚어졌다고 생각하기 때문에, 그에 대한 부정적 태도를 자연스럽게 갖게 된다.

박완서가 박경리 이후에 한국문학의 대모 역할을 한 것으로 자리매김되고 있지만, 처음부터 그런 평가를 받았던 것은 아니다. 1980년 대까지는 여성지 작가라는 인상이 강했다. 데뷔부터가 여성잡지를 통해서였고, 그 뒤에도 여성잡지에 많은 작품을 연재했다. 그러다 보니 통속적이고 대중적인 작가로 여겨졌다. 말하자면 드라마 작가 김수현과 비슷하다. 김수현도 중산층의 일상을 다룬 작가다. 그런데 드라마 장르의 특성상 잔잔한 드라마라는 건 없다. 드라마 자체가 '극적'이고 얼마간의 과장을 요구한다. 극적인 과장이 있을망정 결국 보여주는 것은 속물적인 중산층 의식이다. 남성 드라마 작가들에게는 이런 감각이 떨어지기 때문에 드라마 장르에서 김수현의 시대가 왔던 것이다. 박완서도 마찬가지로 설명할 수 있다.

삶의 물질적인 면이나 생물적인 면에 관한 감각은 남성이 둔하기 때문에 여성에게 유리한 면이 있다. 여성작가들이 그런 면에 더 밀착되어 있고, 그것이 박완서 문학의 자산이다. 인간이 가지고 있는 육체적인 측면, 욕망의 문제, 중산층의 감각 같은 것을 아주 잘 다루고 있다. 또 상당한 필력에다 자기 문체를 가지고 있다. 김수현 드라마와 박완서 소설의 문체가 얼마나 다른가는 따로 확인해봐야 할 문제이지만, 느낌으로는 비슷하다. 이들이 대변해주는 무언가가 있다.

전성기 때는 너무 대중적이고 통속적인 작가라는 인상을 주었는데, 어느 시점부터 한국문학의 대가가 됐다. 남성작가 가운데는 박범신이 비슷한 경우다. 《풀잎처럼 눕다》라는 작품의 제목에서부터 감지되듯 1980년대에는 전형적인 통속 작가였는데, 언제부턴가 대가가 돼 있다. 박완서도 1980년대에는 통속적인 이미지였다. 그러다가 언제부터인가 그와는 질이 다른, 한국문학의 어떤 계보에서 한 자리를 하는 작가가 됐다.

전집이 출간되면서 박완서에 관한 논문이 많이 나오고 있다. 장편전집과 단편전집이 다 나왔는데, 권수로는 장편이 스물두 권, 단행본이 일곱 권이다. 이것도 발표한 작품 전부를 총망라한 것은 아니어서 말 그대로의 전집은 아니다. 너무 통속적인 작품은 솎아낸 것 같다. 이 전집으로 박완서 문학의 규모가 딱 잡혀 있다. 상당한 규모이다. 산문집도 갈무리되어 나왔다. 생전에도 많은 연구가 되어온 작가이지만, 전집으로 고정이 되어 연구자들이 마음 놓고 인용할 수가 있게 되면서 박완서 문학의 재조명과 재평가가 활발히 이루어지고 있다.

부정적인 면까지도 실감 나게 다루는 리얼리티

박수근과 박완서의 관계는 《나목》뿐 아니라 수필에서도 세밀하게 묘사되고 있다. 박수근은 독특한 화풍을 가지고 있는 화가로, 손꼽을 만한 근현대 화가 가운데 한 명이다. 초상화부에 매니저로 취업을 했을 때 궁기가 절절 흐르는 중년 남자들이 대여섯 일하고 있었는데 박수근도 그 중의 한 명이라고만 생각했다가 그들과 달리 실제 화가였다는 것을 조금 늦게 발견하고 놀랐다는 박완서의 술회가 담긴 수필이 있다. 소설에서 이경이 옥희도의 그림을 "섬뜩한 느낌"의 고목으로 보는데, 일종의 착시다. 하지만 이 시점에서 이경은 그렇게밖에 볼 수 없다. 자기의 삶이 그렇기 때문이다. 미국인들에게 갖은 아양을 다 떨고 간판장이들을 일급의 예술가라고 거짓말까지 해 가면서 일을 하고 있는 자신의 상황에 대한 열패감을 느끼고 있었던 탓에 자기 생각을 투사해서 보는 것이다.

나중에 자신도 왜 그렇게 보았는지 의문을 갖는다. 이 화가의 예술가적 열정을 좋아하지만 그가 현재 그리고 있는 그림은 마음에 들지 않는다고 생각했다. 그때 이경은 "삶의 기쁨이 여러 형태의 풍성한 빛깔로 나타난 그림"들을 사랑했지만, 그의 그림은 "무채색의 오톨도톨한 화면이 마치 짙은 안개 같은" 그림이었기 때문이다. 이것이 실은 희망을 그린 그림이라는 것은 나중에 유작전에서 보고서야 알게 된다.

여기서 핵심은 '삶의 기쁨'이다. 살고 싶기 때문에 생명의 충만함을 느끼고 싶다는 것이 생의 갈망이다. 어머니는 아들들에게 붙박혀 있기 때문에 이미 죽음의 세계에 가 있다. 폭격 맞은 집에서 이사도 안 가고 그대로 산다. 거기서 벗어나는 것이 이경의 과제다. 하지만 생계 때문에, 어머니를 모셔야 하기 때문에 떠나지 못하고 있는 상황이다. 그런 상황에서는 삶의 충만함을 맛볼 수가 없다. 나이도 막 스무 살이니 자연스럽게 생의 의욕이 넘치는 시기인데, 그것이 차단되어 있다. 가족 환경 자체가 그런 데다가 시대적으로도 전쟁 시기다. 이중으로 닫혀 있고 차단되어 있다. 그런 가운데서 어떻게 삶을 살 것인가, 또는 삶의 기쁨을 느낄 것인가 하는 것이 주인공의 과제다.

이 작품에서 가장 놀라운 의외의 장면은 이경이 옥희도의 아내에게 "화가의 부인으로서 자격이 없다"고 비난하는 장면이다. "생활의 어려움"과 "물질적인 가난"과 고투하는 아내에게 "빛과 빛깔의 빈곤"과 "삶의 기쁨에의 기갈"을 채워 주지 못한다고 힐난하다가, 급기야 "죽은 나무등걸 따위를 그리는 걸 보느니, 차라리 옷을 벗고 제 몸뚱이를 그리도록" 하겠다는 말까지 튀어나온다. "네 옷을 벗기느니 차라리 내가 옷을 벗겠다"고 대꾸하는 아내에게 "애를 다섯이나 낳았다는" 사실을 상기시키며 누구를 더 그리고 싶어 하겠냐고 반문한다.

흔히 실감이 난다거나 실감이 나지 않는다고 하는 것을 두고 리얼리티라 한다. 그런데 실감이라는 것은 고정되어 있는 것이 아니라 작품을 통해서 실감이 어디까지 가능한지 배우는 것이다. 이런 상황에서 이렇게까지 말할 수 있는 것일까를 작품에서 한 수 배우는 것이다. 그래서 유동적이다. 작가는 그것을 잘 건드려야 한다. 말도 안 되는 것을 쓰면 리얼리티가 떨어진다고 외면당한다. 반면에 말이 안 될 줄 알았는데 상황을 이렇게 만들어 놓고 보니까 가능할 것도 같다고 수긍할 수 있게 되면 실감의 범주 안에 들어온다. 그 아슬아슬한 경계를 잘 포착해서 묘사해야 한다. 옥희도 아내와의 이 에피소드가 그런 의미가 있는 장면이다. 과한 대사들이 오고 가는데, 거기에 박완서 소설의 실감이 있다. 인물들이 살아 있다.

이 점에서도 박경리와 박완서가 대비되는데, 박경리의 소설은 관념적이다. 반면에 박완서는 몰도덕적이다. 윤리적 판단에 괄호를 친다. 중산층을 부정적으로 보면 부도덕하고 속물적인데, 그 단면을 자세하게 묘사할 만큼이나 잘 포용하는 작가다. 다만 거기에 완전히 동화되지 않을 뿐이다. 박경리의 경우에는 옳다거나 그르다는 사전 판단이 있다. 인물도 그렇게 재단을 한다. 그래서 묘사를 하지 않는다. 《토지》에서도 상인들의 세계는 아예 부정적인 것으로 제쳐 둔다. 그러니까 중산층의 감각을 다룰 수가 없다. 박경리 문학은 그런 인물들이 등장하지 않기 때문에 현대문학으로 들어오기가 어렵다. 이런 사회적 계층을 다루지 않는다. 박완서에 와서 실감 나게 다루어진다.

근대는 몰가치적 세계다. 자본주의가 모든 가치를 전도시킨다. 자본주의는 그 자체로 혁명이기도 한데, 그 이전까지의 모든 가치들을 뒤엎기 때문이다. 니체가 말하는 가치의 전도라는 것을 다른 데서가 아니라 자본주의 사회에서 목도할 수 있다. 그 전까지 고귀하고 고급하다고 생각해왔던 것이 다 없어지게 된다. 돈에 의해 재평가가 되기 때문이다. 돈이라는 것은 항상 유동적이다. 확실한 가치를 보증하는 것이 아니다. 돈은 상반된 두 가지 역할이 있다. 돈은 가치를 보증하면서도 동시에 무력화한다. 돈의 척도가 되는 화폐도 마찬가지다. 회사가 부도나면 주식이 종이 쪼가리가 되는 것처럼 화폐도 어느 순간 종이 쪼가리가 될 수 있다. 그것이 자본주의 세계다. 박경리에게는 낯선 세계지만, 박완서는 이 세계에 대한 감각이 있다.

또한 박완서에게는 빛깔 있는 삶에 대한, 아름다움에 대한 동경이 있는데, 그것이 이 작품에서는 예술적 동경으로 나타난다. 그 동경은 단지 편안하고 안락한 세속적 만족감에만 머무는 것이 아니라 살아 있는 것에 대한 갈망을 향유하고자 하는 것이다. 그것이 박완서 문학의 세계다.

처녀 가장의 대담한 성적 모험담

이 소설은 이경의 성적 모험담이기도 한데 약간 파격적이다. 처녀 가장인데 아주 생기발랄하다. 생의 의욕을 가지고 있고 밝고 아름다운 삶을 살고 싶어한다. 미군 PX에서 어쩔 수 없이 일을 하면서 거기에 얼마간 갇혀 있다. 그러다가 옥희도라는 화가가 들어오면서부터 변화의 계기가 생겨난다. 두 사람 사이가 가까워지는 연결고리는 침팬지 인형이다. 두 사람은 장난감 침팬지를 보면서 공감하게 된다. 이것도 중요한 모티브로, 시인 엘리엇이 말하는 '객관적 상관물'이다. 주인공들이 느끼는 주관적인 외로움이나 소외감의 객관적 상관물에 해당하는 것이 침팬지 장난감이다. 그것이 매개가 되어 가까워지고, 서로 사랑한다고 고백까지 나눈다.

그렇지만 그 이상의 계획은 세울 수가 없다. 옥희도가 아내와 자식들을 사랑하고 있으며, 또한 그림을 그려야 하기 때문이다. 나중에 옥희도는 이경을 따라다니는 전기 기술자 황태수와의 삼자대면 자리에서, 자신이 이경에게 위안을 주고 있다는 느낌 때문에 좋아한 것

이라고 이야기한다. 이 삼자대면 장면도 작품의 하이라이트에 해당
한다. 어머니가 돌아가신 뒤에 태수의 형수가 이미 사돈인 양 행세를
하는 바람에 곤란해진 이경이 황태수를 불러 담판을 짓고자 마련한
자리다.

이경은 이 자리에서 태수에게 "그냥 알고 지내는 사이일 따름"이
라고 분명하게 선을 긋고는 "아직은"이라고 여지를 남기는 태수에게
"죽 알고 지내는 사이릴 뿐일" 것이라고 못을 박는다. 태수가 그 말을
꼭 옥희도 앞에서 해야 하는지를 묻자 "사랑하는 사이"라고 말하기
까지 한다. 이경의 강한 성격이 드러나는 장면이다. 옥희도 아내와의
언쟁 장면에서도 확인했지만, 여기서도 상당히 대담하다. 주인공이
어서 그렇기도 하지만 이경에 비하면 남자들은 모두 초라해 보인다.
이경의 폭탄선언에도 옥희도는 자기 가정을 지키겠다고 한다. 이런
상황에서는 둘 중에 하나여야 한다. 자신은 이경을 사랑하고 두 사람
은 결합할 거라는 의지를 밝힌다면 비난받을 일이기는 하지만 말은
된다. 그렇지 않다면 이경에게서 물러서든가. 그런데 이경에게 마음
은 있는데 가정을 지키겠다면 어쩌겠다는 것인지. 실은 헤어질 작정
이었지만 이경의 불행으로 그 결심이 흔들렸다고 털어놓으면서 "경
이의 외로움을 덜고 있다는 데 기쁨과 보람을 느꼈"다고 말하는 것
이다.

그렇더라도 옥희도가 이 상황을 가장 잘 이해하고 있는 것으로
보인다. 절망 속에서 그나마 빛을 보았고 서로가 서로에게 의지가 되
고 위안이 돼서 가까워졌다는 것이다. 그런데 자기는 가정이 있는 몸

이고 이경과는 현실적으로 이어지기 어렵다는 것을 알고 있다. 게다가 궁극적으로 작품을 하고 싶어하기도 한다. 그래서 이경에게 "나를 사랑한 게 아니라 나를 통해 아버지와 오빠를 환상하고 있었던 것뿐"이라는 진실을 일깨우며 그 환상에서 놓여나서 "용감한 혼자"가 되라고 권유한다. 정확한 진단이다. 이경은 다른 대안이 없기 때문에 결국은 황태수와 결혼한다. 그리고 십 수 년이 흐른 다음, 완전히 속물적인 중산층이 된 남편과 함께 유작전에 가는 것이 작품의 결말이다.

옥희도나 그의 아내와 관련된 대화 장면은 모두 허구이고 실제 박수근과 박완서의 관계는 아니라고 한다. 작품 서문에 그 비하인드 스토리를 밝히고 있는데, 처음에는 전기를 쓰고 싶었다고 한다. 박수근의 유작전까지 본 다음에 강한 인상을 받아서 전기를 썼으면 좋겠다고 생각했는데, 막상 쓰려고 하니까 그에 대해 아는 것이 없었다. 전기는 사실만을 써야 하는데 자기에게는 PX에서 잠깐 봤던 기억밖에 없어서 결국 소설을 쓴 것이다. 박수근을 모델로 삼고 있긴 하지만 전적으로 작가가 지어낸 이야기라고 한다.

이경도 작가 자신이 모델이긴 한데, 처음으로 소설을 쓰면서 자신의 재능을 발견하게 된다. 소설가로서 자기 자신을 발견하게 되는 작품이기도 하다. 그 발견이 작품의 결말에서는 이런 깨달음으로 표현된다. "지난 날, 어두운 단칸방에서 본 한발 속의 고목"이 "지금의 나에겐 웬일인지 그게 고목이 아니라 나목"으로 보인다며, "그가 불우했던 시절, 온 민족이 암담했던 시절, 그 시절을 바로 저 김장철의 나목처럼 살았던" 옥희도에게 자신은 "그 나목 곁을 잠깐 스쳐간 여인이었을 뿐임을, 부질없이 피곤한 심신을 달랠 녹음을 기대하며 그 옆을 서성댄 철없는 여인이었을 뿐임을" 깨닫는다.

나목은 지금은 헐벗은 가지이지만 봄이 되면 잎이 나고 꽃이 핀다. 현재는 겨울나무이지만 겨울나무에서 봄나무로 이행해가는 것이 나목이다. 이제 이 그림이 그런 이미지를 보여준다는 것이다. 고목으로 볼 수밖에 없었던 시기에는 이경도 삶을 위해서 고투해야 했다. 아버지가 부재하는 세계이다 보니 주변에 대행자가 있어야 했다. 이 점을 잘 드러내는 장면이, 아버지와 옥희도의 담배 피는 모습을 비교하는 대목이다. 아버지가 제일 폼 나게 피는 남자이고 옥희도도 아버지만큼은 아니지만 제법 폼 나게 핀다고 서열화가 되는데, 황태수는 이 서열에서도 생초짜로 묘사된다.

옥희도에서 황태수로, 빗금 쳐진 주체의 탄생

황태수와 옥희도의 세계관은 다르다. 근대라는 세계는 옥희도 같은 이들이 몰락하고 황태수 같은 사람들이 주인이 되는 세상이다. 이경은 이 중간에 있다. 황태수와 결혼한다는 것은 결국 근대 세계로 간다는 뜻이다. 하지만 동화되지는 않는다. 어떤 거리감을 갖는다.

남편은 아내가 옥희도의 유작전에 간다고 하니까 따라나선다. 남편은 평범한 중산층의 감각을 가지고 있다. 자기 가족이 먹고사는 것이 가장 중요한 그런 남편이다. 아내인 이경은 조금 다르다. 완전히 이 세계에 동화되지 않는 이물감 같은 것을 가지고 있다. 작가의식이라고 할 수도 있는데, 박완서 자신이 그런 것을 가지고 있었다. 그러다 보니 두 사람 사이에 묘한 균열이 있다. 일치되지 않기 때문이다. 그것이 박완서 문학이다. 완전히 이 세계에 동화됐다면 창작으로 가지 않았을 것이다. 어떤 결여가 있고 공백을 가지고 있었기 때문에, 창작으로 나아갈 수 있었고 그의 문학이 가능했다고 생각한다.

그림을 보며 감상에 잠겨 있는데 남편이 "아이들을 데려올걸"이라고 말하면서 이경에게 다시 상식적인 세계를 환기한다. 남편이 뭔가 먼 곳을 동경하고 아내가 이런 대사를 하는 거꾸로 된 소설도 많다. 이경은 더이상 "10년 전의 앳된 갈망은 없"는, "여자를 소유하고 가정을 갖고 싶다는 세속적인 소망 외에는 한 번도 야망이나 고뇌가 깃들여 보지 않은" 남편의 눈이 새삼 낯설다.

우리가 가장 많이 보는, 대단히 한국적인 눈이다. 번민이 없는 눈이다. 야망도 없고 고뇌도 없다. 세속적 소망 정도는 있다. 그래서 강남 대형 교회의 성공신화가 가능했다. 한국 교회가 중산층 신앙으로 성장하기 때문이다. 고뇌는 교회 목사님들이 대신 해주고 세속적 소망만 충족시켜 주는 거래를 통해, 번민으로부터 차단해주는 역할을 하는 것이다.

그다음 장면은 조금 흥미로운 감각을 보여주는데, 남편이 "아주 타인처럼 낯선 게 견딜 수 없어"진 이경이 남편 이마의 낯선 주름에 "충동적으로" 키스를 퍼붓는다. 이것이 박완서적 감각이다. 낯설다고 외면하는 것은 이류다. 박완서적 감각은 그 낯섦을 지우기 위해서 키스한다. 그렇다고 지워지지는 않는다. 이 이질감은 해소될 수 있는 것이 아니다. 그래서 계속 그것을 갖고 있되 화해하지는 않는다. 이 불화도 해소되지 않는다. 그것이 "낙엽을 끝낸 분수가의 어린 나무들이 벌거숭이 몸을 애처롭게 떨며 서로의 가지를 비빈다"는 비유로 표현된다. "어린 나무들은 서로의 거리를 조금도 좁히지 못하기" 때문이다. 나무들이 서로 가지를 비비는 것과 마찬가지로 이경이 남편의 이마에 키스를 해도 거리는 좁혀지지 않는다. 그것으로 작품이 끝난다.

이 마지막은 박완서 문학의 예고편이자 동시에 박완서 문학이 어디에서 시작되고 있는지를 보여주는 출사표다. 여기에서 끝낼 게 아니라 더 써야 하는 것이다. 소설이란, 이렇게 좁혀지지 않는 거리감, 그 불화에서 나오는 것이기 때문이다. 이것은 근대문학이 어디에서 출발해야 하는지를 보여주는 정확한 출발점이다. 이때의 근대는 1960년대 이후의 두 번째 근대이며 새로운 시대다.

이 작품에서 현대인의 표준적인 내면을 보여주는 인물이 이경이다. 내면을 갖기 위해서는 삼각관계가 있어야 한다. 삼각관계가 없으면 현대인이 될 수 없다. 그래서 흔히 연애 서사의 플롯을 취하게 되는데 이 작품에서는 이경이 그렇다. 옥희도 화가, 그리고 나중에 결혼하게 되는 황태수 사이에서 양다리를 걸치고 있는 상황이 이경의 내면을 가능하게 한다. 앞서 주체란 빗금으로 거세가 된 형태로서 탄생한다고 했는데, 이 소설이 대표적인 사례다. 결혼함으로써 옥희도에 대한 욕망이 제거되기 때문이다. 이것이 상징적 거세다. 이 과정을 통해 이경은 주체가 된다.

그런데 황태수의 세계 안에 이질적인 옥희도의 세계가 남아 있기도 하다. 이것이 박완서 소설이다. 황태수의 세계 안에 들어와 있지만 완전히 극복되지 않은 무언가가 있다. 이것이 박완서 문학을 가능하게 한다. 그리고 이것이 표준적인 주체상이다. 어떻게 현대인이 될수 있는가를 보여주는 일종의 견본이라고 할 수 있는데, 현대인이 되고자 한다면 이 모델을 따라가면 된다.

전쟁 트라우마를 극복하기 위한 삶의 탈구축

현대인이 못 되는 것은 어머니다. 이쪽으로 넘어오지 않기 때문이다. 어머니는 죽은 남편이나 특히 아들들과 자신을 동일시한다. 그들로부터 자기 자신을 분리시키지 않는다. 그래서 삶에 대한 의지를 갖지 않는다. 생의 의욕이 없기 때문에 틀니도 아프다고 뺀다. 그렇게 마지못해 살다가 죽는다. 빨리 아들들 품으로 돌아가고 싶어 했기 때문이다.

이경은 다르다. 살고 싶어 했다. 삶의 의지를 갖고 있었기 때문에 그런 어머니로부터 분리된다. 한쪽에는 예술가적 갈망도 있다. 하지만 어느 정도까지는 동의할 수 있어도 대체되지는 않는다. 그래서 황태수와 결혼한다. 그렇다고 이것을 완전히 포기하지는 않는다. 그런 과정을 보여주는 소설이기도 하다.

두 사람 사이의 삼각관계만으로도 부족했는지 남자가 하나 더 나온다. 한국 여자를 안고 싶어하는 미군 병사 조다. 자기가 여기서 죽을지도 모르는데 그 정도는 해줘야 한다고 생각하는 남자다. 언제 죽을지 모르는 상황이기 때문에 한국 여자가 누군지 안아보고 싶다는 것이다. 매춘녀들은 줄을 서 있지만 전부 아무 감정이 없어서, 조의 표현으로는 "1달러도 아까운" 여자들이다. 거기에 실망해서 이경에게 접근한다. 이경도 자기 몸을 누군가에게 던지고 싶어 하는데 옥희도는 그림을 그리겠다고 사라지고 황태수와는 아직 거리감이 있어 조와 관계를 가지려고 한다. 그러나 이불에 묻은 혈흔 때문에 폭사해 죽은 오빠들을 떠올리게 된다. 이 작품의 전환점이 되는 장면이다.

그 이전까지 오빠의 폭사는 트라우마적인 기억이기 때문에 억압되어 있었다. 폭격당한 행랑채 다락방에 오빠들을 숨어 있게 한 것이 바로 자신이었다는 죄책감이 있기 때문이다. 프로이트의 이론에 그대로 나오는 것인데 트라우마적인 기억은 억압되기 마련이다. 트라우마 위를 채우고 있는 것이 은행나무 노란 빛이다. 트라우마가 떠오르지 않도록 은행나무로 기억을 덮고 있었다. 그러다가 신체적 충격이 가해지자 그 기억이 환기가 된 것이다.

이 트라우마적 기억을 압축하고 있는 것은, "아들들은 몽땅 잡아가시고 계집애만 남겨놓은" 무심한 하늘을 탓하는 어머니의 탄식이다. 안 그래도 죄책감을 느끼는데, 당사자가 듣는 데서 할 소리는 아니다. 그 때문에 이경이 충격을 받는다. 이것이 원체험이다. 트라우마 때문에 미치거나 자살하거나 극복하거나 이 중 하나를 선택하게 된다. 이경의 선택은 극복하는 것이다. 어머니도 결국 세상을 떠나고 나서는, 어머니와 한몸이 되거나 어머니로부터 자신을 분리시키거나 두 가지 선택이 있는데, 이경은 후자로 간다.

옥희도가 그린 나목을 보고 진즉에 나목임을 알아보았더라면 이런 우회 과정을 줄일 수 있었을까. 하지만 한편으로는 오히려 그때 잘못 봤기 때문에 나중에 그 그림을 보고 나목을 발견한 것일 수도 있다. 뒤늦은 깨달음이라는 결말에는 그래서 아이러니를 느끼게 하는 여운이 있다. 자기의 나목은 자기가 만들어내야 한다. 그래서 평행적이다. 옥희도는 이미 예술에서 그것을 만들어냈다. 그와 동일한 것을 이경은 자기 삶 속에서 만들어내야 한다. 이것이 삶의 탈구축이다.

절묘하게도, 황태수와 결혼한 다음에 폭격 맞은 옛집을 부수고 거기에 다시 집을 짓는다. 그것이 삶의 탈구축이기도 하다. '해체'라는 직접적인 표현을 쓰고 있는데 한번 완전히 해체했다가 재구축하는 것이다. 집이 탈구축되는 것이면서 동시에 주인공 이경의 삶이 탈구축되는 것이다. 그것이 고목에서 나목으로의 전환이다. 나목은 죽은 나무가 아니라 그렇게 탈구축하는 나무다. 스스로를 변형시키고 있어 잠재적인 봄나무의 가능성을 가지고 있는 나무다.《나목》은 그런 이행의 과정을 다루는 작품이다.

박완서는 6·25전쟁에 대한 집착을 여러 곳에서 고백한다. 6·25라는 표현은 작가 자신의 것인데, 이러한 명명을 통해 정치적 입장을 읽을 수 있다. 6·25라고 하는 사람도 있고 한국전쟁이라고 하는 사람도 있다. 보수 쪽에서는 6·25만 고집하고 한국전쟁이라고 부르는 것을 싫어한다. 그래서 'The Korean War'라는 영어 명칭을 '한국전쟁'이라고 번역하는 게 아니라 '6·25'라고 번역하기도 한다. 영어 표현으로는 Korean War로 고정되어 있다. 영어로 '6·25'라는 식으로 이야기하지 않는다. 외국인들에게 6월 25일이라는 날짜 자체는 아무 의미가 없는 것이다.

전쟁이 발발한 날짜를 강조하는 것은, 북한의 기습 남침을 한국전쟁의 핵심으로 본다는 뜻이다. 전쟁 책임이 북한에 있고 김일성에게 있다는 것이다. 그런데 '한국전쟁'이라는 말은 3년 동안의 전쟁 전체로 확장해서 보는 것이고, 전쟁의 원인도 먼 배경이나 기원까지 고려하는 것이다.

브루스 커밍스는《한국전쟁의 기원》에서 한국전쟁은 미국과 소련으로 대표되는 이데올로기 간의 대리전이 아니라 한국 사회 안의 내전civil war이라고 주장한다. 남한 지주 대 북한 소작인들의 계급전쟁이라고 본 것이다. 이 책은 대단히 불온한 책이어서 완역되지 않았다. '《한국전쟁의 기원》 1편'이라고 절반만 번역돼서 1980년대부터 읽혔다. 그 뒤로 국내 학자들도 한국전쟁을 다룬 책을 여러 권 냈지만, 외국에서는 현대 한국학과 관련해서 가장 중요한 책 가운데 하나다.

《한국전쟁의 기원》이 이전과는 다른 전혀 새로운 관점을 제시할 수 있었던 것은 많은 자료를 섭렵할 수 있어서다. 북한 측 자료는 공개하지 않아서 볼 수 없지만, 한국 자료, 미국 자료, 러시아 자료, 중국 자료 등은 참고할 수 있다. 중국은 모두 공개하지는 않고 일부만 공개하고 있다. 한국 관련 자료들을 보면 현대사에 대한 해석 자체가 달라질 수 있다. 러시아도 한국전쟁이 오래된 사건이기 때문에 스탈린과 김일성 사이에 어떤 거래가 오고 갔는지 다 공개되어 있는데, 그것을 참고해서 쓴 책이다. 이 책이 강력한 것은 그렇게 물증을 제시하고 있기 때문이다. 이전까지는 전쟁의 명칭이 이념적으로 구분되지는 않았는데, 이 책이 나온 이후로 '한국전쟁'이라는 명칭이 좌파용어가 돼 버렸다. 지금은 명칭 자체로 자신의 정치적 입장을 드러낸다. 책 제목도 그렇게 둘로 딱 나뉘져 있어서, '6·25'로 검색되는 책과 '한국전쟁'으로 검색되는 책이 따로 있다.

이런 구분이 생기기 전에는 '6·25사변'이라고 통칭했던 관행에 따라 박완서는 '6·25'라고 쓴다. 6·25에 대한 박완서의 입장은 판단 중지다. 오빠가 죽었다는 트라우마에서 멈춰 버리는 것이다. 트라우마가 있기 때문에 그것이 실감이긴 하다. 그래서 일단 거부감을 갖고 시작한다. 박완서의 과제는 이 작품 속 이경과 마찬가지로 그럼에도 불구하고 살아남아야 한다는 것이다. 이런 트라우마에도 불구하고 여기에 붙들리면 안 된다. 말하자면 생존의 문제다.

생존과 도덕 사이의 긴장

박완서는 도덕주의자는 아니지만, 생존의 문제와 맞물린 도덕에 대한 감각이 있다. 생존과 도덕 사이에 긴장관계가 있다. 가족을 위해서라면 못할 일이 없다고 하면 생존주의 처세술이 된다. 그와는 달리 그래도 모든 것이 가능한 것은 아니라고 하게 되면 도덕 쪽으로 가는 것이다. 옥희도 화가가 보여주는 것이 이 긴장이다. 가족의 생계를 위해서는 환쟁이 노릇을 해야 하지만 다른 한편으로 자기 작품도 해야 한다. 자기 작품을 하지 않으면 살 수가 없다. 이런 양면성을 가진 인물이어서 박완서의 모델이 된 것이다. 한편으로는 아내와 자식들을 사랑하는 인물이고, 처자식을 훌훌 떼놓고 떠나는 예술가가 아니다. 하지만 가족에 대한 책임감을 가지고 있기는 해도 다른 한편으로 그것만으로는 살 수 없다. 자기 예술도 해야 한다. 이 감각이 중요하다.

《나목》은 전시 서울을 배경으로 하고 있다. 한국전쟁이 작가에게 개인사적으로도 중요한 경험이고 중요한 인연을 이 시기에 만나게 되기 때문이다. 하지만 다른 한편으로 일상적인 삶에 관심을 집중하고 있다. 이런 관점에서 도드라지는 특징이 두 가지 있는데, 하나는 이경의 강인한 생존의지다. 그것으로만 밀어붙이게 되면 속물적인 중산층으로 귀결이 된다. 다른 하나는 그것을 객관화해서 관찰하는 시선이다. 이 두 가지 모두의 문학적 기원을 보여주는 작품이 《나목》이다. 내 가족의 생존을 위해서는 무슨 일이든 한다는 가족이기주의, 가족속물주의를 남편 태수라는 인물을 통해 보여준다. 박완서는 이러한 태도에 대한 가장 면밀한 관찰자다. 《나목》은 전쟁문학의 기원이라기보다는 전쟁을 배경으로 중산층 가족주의의 기원을 보여주는 작품이다. 이로부터 1970년대 문학이 시작된다.

1970년대의 한국문학은 중산층 문학이 다소 빈곤하다. 소외 계층을 다룬 문학은 있다. 소외층의 가장 대표적인 형상은 도시 빈민이다. 너무 여기에만 초점을 맞추는 것이 불만스럽다. 과거 소작 농민들이 산업화·근대화 이후에 대거 도시 빈민이 되고 공장 노동자가 된다. 한국문학은 이런 현상을 주로 다룬다. 신경숙은 실제 이런 개인사적 경험을 바탕으로《외딴 방》을 썼다. 그에 비해 중산층을 다룬 문학은 빈곤한데, 박완서가 상당히 많은 작품을 통해 이 측면을 조명함으로써 보완해 주고 있다. 이런 작가가 많았다면 그 의미가 축소될 수도 있었겠지만, 희소하기 때문에 큰 의의를 가진다.

박완서가 여성문학의 대표작가로 부상하는 것은《나목》단계에서가 아니라 상당히 나중의 일이다. 이 작품은 여성 주체의 성립 과정을 다루지는 않는다. 박완서는 1970년대만 하더라도 여성 문제가 별도로 있는 것이 아니라고 생각하다가 1980년대 이후에 가서 여성주의적 의식을 가지게 된다. 여성주의는 초기부터 나타나는 박완서 문학의 일반적인 특징이 아니라, 박완서 문학의 또 다른 얼굴이다.

5장
| 1980년대 Ⅰ |

오정희
《유년의 뜰》

일상의 파편으로부터 드러내 보인
여성이라는 이중성

오정희

《유년의 뜰》은 아버지가 돌아오는 장면에서 끝이 난다. 주인공이 아버지를 만나기 전에 급하게 먹은 케이크가 체해서 화장실에 가서 구역질을 하다가 똥통 속을 들여다보는 것으로 작품이 끝난다. 아버지에게 가되 바로 가지 않고 화장실에 가서 구토하는 시간이 오정희 문학의 시간이다. 결국 가부장적인 체제로 들어가기는 하지만 쉽게 들어가진 않겠다는 것이다.

살아남은 문학소녀이자 작가들의 작가

오정희의 첫 번째 창작집이 출간된 것은 1977년이다. 그 이후에도 작품 수가 많지는 않은 과작의 작가다. 여기에는 몇 가지 이유가 있다. 우선 오정희 작가는 청탁받아서 쓰지 않는다는 원칙을 가지고 있었다. 자발적인 동기가 생겼을 때 쓰겠다는 것이다. 또 자녀를 키우고 남편 내조를 하는 생활인이다 보니 많이 쓸 때 1년에 세 편쯤 썼다. 문학사에서는 첫 작품집《불의 강》과 두번째 작품집《유년의 뜰》에 실린 작품들이 두드러진 성과로 평가받는다.

데뷔는 1968년에 중앙일보 신춘문예로 등단한 오정희가 박완서보다 빠르다. 이때 심사위원 중 한 명이 김동리였는데, 서라벌예대 시절의 스승이기도 하다. 서라벌예대는 김동리, 서정주, 박목월 등이 문예창작 강의를 하던 대학으로, 걸출한 작가들을 많이 배출했다. 오정희는 1966년에 입학했다. 이런 대학이 있는 줄도 몰랐는데 우연히 대학 안내서가 방구석에 돌아다니는 것을 보고, 평소 사숙하던 작가들이 강의한다는 사실을 알게 돼서 대뜸 지원을 결정하게 됐다고 한다. 다른 대학에 갔더라도 결과적으로 작품을 쓰게 되지 않았을까 싶긴 하지만, 좀 더 수월한 과정을 밟게 된다. 등단작 〈완구점 여인〉은 두 번째로 쓴 소설이다.

당시 작가 지망생들의 주요한 등단 경로로는 신춘문예가 가장 인기가 있었다. 가을만 되면 투고할 작품을 쓰기 위해서 몸살을 앓는다. 학교를 작파하고 지방으로 내려가기도 하고, 그러다가 안 돌아오는 경우도 있다. 이른바 '문학병'의 하나로 자살을 하기도 했기 때문이다. 오정희도 고등학교 때 자살 시도를 하려고 약을 모아둔 적이 있다고 한다. 그때 문집에 실린 자신의 글을 국어 선생님이 아주 잘 썼다고 칭찬해주면서 마음을 고쳐먹게 된다. 타이밍이 잘 맞은 것이다.

그런 충동을 느낄 만도 했던 배경에는 한편으로 이 세대의 공통적인 경험이 있다. 오정희로 대표되는 이 세대는 한국전쟁 때 유년기를 보낸다. 물론 1950년대가 성장에 별로 좋은 환경은 아니었다. 오정희의 경우 이러한 공통 경험에 독특한 독서경험이 덧붙여졌다. 체계적인 독서 지도를 받기 어렵던 시절이어서, 초등학생 때 《차라투스트라는 이렇게 말했다》를 읽는 등 조숙한 독서 이력을 가지고 있다. 《사상계》를 비롯해서 초등학생이 읽을 만하지 않은 책들을 6학년 때 이미 두루 섭렵했다. 초등학생 수준에 읽기는 어려운 책이라, 선생님들이 "네가 읽는 책이 맞냐"고 미심쩍어하기도 했다고 한다.

전형적인 문학소녀로, 문학소녀의 두 모델 가운데 하나라고 생각된다. 나머지 하나는 전혜린이다. 2017년 출간된 《문학소녀》라는 책은 전혜린에 대한 오마주다. 전혜린이 '문학소녀'의 한 전형으로 꼽힌다는 것을 드러낸다. 다른 한편으로 오정희도 대표적인 문학소녀다. 문학소녀의 모델로 자살한 문학소녀와 살아남은 문학소녀 두 가지 버전이 있다면, 오정희는 살아남은 문학소녀가 어떻게 되는가를 보여주는 전형적인 사례일 것이다.

여기에는 일종의 함정이 있는데, 오정희 문학은 대중적인 베스트셀러가 된 적이 한 번도 없다. 대신에 작가들의 작가다. 1980년대에서 1990년대에 등단한 거의 모든 여성작가들이 자신의 롤 모델로 오정희를 꼽는다. 특히 공지영이나 신경숙 등 '63년생 작가군'이라고 불리는 세대가 대표적인데, 이것은 작품의 경향과도 무관해 보인다. 1970년에 늦은 나이로 데뷔한 박완서와 활동 시기는 비슷하지만 연배 차이는 꽤 난다. 박완서는 1931년생이고 오정희는 1947년생이어서, 이들의 활동 시기에 성장기를 보낸 세대에게 박완서는 아무래도 거리감이 있다.

또한 박완서 문학의 특징은 다변다작이다. 박완서는 어떤 원고도 마다하지 않고 청탁이 들어오는 대로 다 쓴 것으로 보인다. 그래서인지 장편 연재를 특히 많이 했다. 초기의《나목》이후에 주요 작품들이 다 장편들이다. 나중에 단편집도 상당한 분량을 쓰지만 박완서는 장편에서 기량을 보여주는 작가로 분류할 수 있다. 반면에 오정희의 경우에는 장편이 없다. 장편까지 가지 않는다. 자세히 들여다보면, 장편을 쓸 수 없는 작가다. 장편은 오정희 문학의 성격과도 잘 맞지 않는다. 앞으로 쓸 계획이 있는지는 모르겠지만 현재까지는 가능성이 없어 보인다. 대신에 '오정희체'라고 할 만한 독특한 문체를 가지고 있다. 일반 독자들에게는 잘 읽히지 않는 불편한 문체다. 말이 안 되는 것은 아닌데도 술술 읽어내기 쉽지 않은 고유한 문체는, 단편이라는 형식 때문에 도드라지기도 하지만 작가 자신의 말처럼 "서사보다는 이미지나 운율에 상당히 몰두한" 결과이기도 하다.

전쟁을 겪어보지 못한 여성작가들의 롤 모델

오정희는 서사가 상당히 빈약한 작가이지만 이미지나 상징을 통해 그것을 보완한다. 오정희 소설에는, 그로테스크한 사건들이 등장하고, 예기치 않게 돌발적인 장면들도 가끔 나온다. 이러한 형태의 소설로는 장편으로 가기가 어렵다. 작품들을 다시 읽으면서 대화가 빈곤하다는 점에 새삼 놀랐다. 대화가 길게 이어지지 않고 주로 단답형 대화들이다. 그런 경우에는 장편으로 나아갈 수 없다. 개개인이 고립되어 있기 때문이다. 작가 자신도 내성적이라고 이야기하는데, 그래서인지 인물들도 상당히 내성적이고 고립되어 있고 자폐적이다. 그러면서도 화자는 예민한 성격을 가지고 있다. 오정희가 작품을 쓰는 방식은, 작가의 자전적 체험에 기초해서 그것을 변형시키는 것이다. 그래서 자전적 체험이 많이 반영되어 있는데, 그러한 방식에서 오는 한계가 있다.

박완서 소설의 특징은 장편이 많다는 것인데, 그것은 이 작가가 소설을 무엇보다도 이야기라고 생각하기 때문이다. 소설에서 서사가 핵심이라고 생각한다는 것이다. 이야기를 만들어 나가는 데 탁월한 역량을 가지고 있는 작가가 박완서라면, 오정희는 이야기를 쥐어짜낸다. 그래서 작가 스스로도 힘들어한다. 데뷔한 이후에도 몇 년 동안 제대로 작품을 못 쓴다. 글이 잘 나오지 않았던 것이다. 신혼 초에 집에서 바느질하는 것을 보고 남편이 언제까지 그러고 살 거냐고 구박을 해서 모욕감을 느꼈다고 한다. 하지만 그것은 스스로도 답답

해하던 문제였다. 일찌감치 문학에 삶을 바치겠다고 마음먹었고 데뷔도 빨랐다. 그런데 수년간 작품을 못 쓰고 있었던 것이다. 그러던 참에 남편까지 보기 안 좋다고 타박을 하니까 그때부터 분발심이 생겨서 작품을 쓰게 된다.

1968년에 데뷔해서 거의 10년 만인 1977년에 첫 소설집을 낸다. 서른 살이 넘어갈 무렵이었고 첫 아이를 출산한 때와 겹치기도 한다. 작가 스스로도 아주 중요한 전환점이 되는 해였다고 이야기한다. 그 다음부터는 좀 수월하게 작품이 이어지는데, 1980년대에 연속적으로 작품집을 내서 1996년까지 대략 20년 동안 다섯 권의 단편집을 묶어 낸다. 그리고 한국문학에서 확고한 위상을 갖게 된다. 대중적인 지지라기보다는 문단 내부의 지지다. 작가들의 절대적인 지지를 받는 대모로 자리잡는다.

이러한 위상에는 긍정적인 면도 있고 부정적인 면도 있다. 여성작가 또는 여성문학의 대모로 평가되곤 하지만, 오정희 문학이 그만한 범위를 다 포괄하고 있지 못하다는 점을 문제로 지적할 수 있다. 여성문학이 포괄할 수 있는 범위는 상당히 넓은데, 오정희 문학은 그 가운데 어떤 부분에 특화된 문학이다. 그런데 마치 이것이 전체 여성문학의 롤 모델인 양 방향을 제한하게 된 것이다. 오정희도 후배 작가들이 자신을 절대적으로 따르는 것이 당혹스럽다고 이야기한다. 자신은 그럴 만한 작가가 아닌데 추종하는 것이 부담스럽다는 것이다.

오정희는 결코 중심에 있는 작가가 아니다. 주변적인 작가이고 그 주변성에서 의미를 찾을 수 있는 작가다. 그런 점에서 박완서 문학과는 성격이 좀 다르다. 거침없는 작가여서 박완서 문학은 한복판에 있다. 두 작가의 출발점이 다르다는 점도 지적할 수 있다. 박완서는 《나목》에서 그려지듯 이미 성년이 되었을 때 한국전쟁을 겪는다. 1931년생이니 열아홉 살에 한국전쟁이 일어나고 PX에서도 일한다. 그런 경험이 데뷔작의 출발점이 된다. 반면에 오정희는 1947년생으로 한국전쟁이 끝난 1953년 즈음에도 고작 예닐곱 살이다. 무슨 일이 일어난 것인지, 아버지는 왜 안 오는 것인지 알지 못한다. 느낌은 있지만 아직까지 인식은 없는 그런 상태가 오정희 문학의 출발점이다. 오정희의 주요 작품들의 시대적 배경이 바로 그 시기다.

그 이후 세대의 작가들은 전쟁 미체험 세대다. 한국전쟁과 그 이후의 분단 상황은 한국문학의 아주 주요한 원천이자 젖줄이다. 그래서 미체험 세대는 약점을 가지고 있다. 아버지의 경험이나 윗세대의 경험을 대신해서 쓸 수밖에 없기 때문이다. 그러나 오정희는 그 시대가 자신의 유년기다. 더 나아가 박완서는 "내가 그때 PX에 있었거든"이라고 말할 수 있는 세대다. 박완서 문학에는 그 세대 특유의 자신감이 있다. 자신이 겪은 일의 의미를 알고 있기 때문이다. 하지만 오정희는 주변에서 뭔가 커다란 사건들이 벌어지고 있는 것 같기는 한데 그게 무슨 일인지 감을 잡을 수가 없는 그 시점에서 세계를 본다. 그때 막 눈을 떴던 것이다.

어떻게 보면 오정희 문학은 거의 그 시점에 고착되어 있는 것 같기도 하다. 여러 작품들을 썼지만, 주로 화자가 유년기인 작품들이 가장 좋은 평가를 받는다. 그 이후 1970~1980년대의 시대적 경험을 다른 작품이 없는 것은 아니지만, 주요 작품들은 주로 1950년대의 유년기에 붙박혀 있다. 이것은 오정희 문학의 강점으로 여겨지기도 한다. 미체험 세대는 그조차도 쓸 수가 없기 때문이다. 물론 아예 세대가 다른 박완서에까지는 미치지 못한다. 그래서 미체험 세대에게는 두 작가 모두 롤 모델이자 선택지가 될 수 있다. 오정희는 단편 모델이고 박완서는 장편 모델이다.

여성작가들은 주로 박완서의 길보다는 오정희의 길을 따른다. 현재의 등단 시스템 자체가 단편 중심으로 돼 있기 때문이다. 박완서는 신춘문예가 아닌 여성잡지 장편 공모를 통해서 등단한 특이한 사례다. 그런 경로로 등단했기 때문에 그 뒤의 이력도 다르다. 그래서 대부분의 후배 작가들은 문창과를 나오고 신춘문예를 통해 작가로 데뷔하는 오정희적인 경로를 따르게 되는 것이다. 이런 과정에서 자연스럽게 연결고리가 생기고 박완서 문학과는 조금 다른 성격의 문학이 형성된다.

게다가 박완서는 스스로 이야기꾼이라고 여기는 것만 봐도 알 수 있듯 대단한 입담의 작가다. 그런데 한국문학의 특징 가운데 하나가 서사는 빈곤한데 특이하게 이미지에는 강점을 가지고 있다는 것이다. 단편 중심이기 때문이다. 그에 반해 긴 이야기를 이끌어 나가는 힘은 절대적으로 부족하다. 이것은 경험의 양의 문제이기도 하다. 황석영이 박완서보다 십 년 아래 연배인데 경험치로 보면 박완서와 황석영은 거의 최대치의 작가다. 또 박완서와 황석영은 대단한 기억력을 가지고 있다. 이 작가들이 가지고 있는 경험치를 대부분의 후배 작가들이 아직 못 넘어서고 있다. 이 작가들의 길을 따르자면 그만한 경험이 있어야 하는데 경험의 양에서 도저히 따라갈 수가 없는 것이다. 그러다 보니 여성작가들의 경우에도 상대적으로 도전해볼 만한 것이 오정희의 경로이다. 책을 많이 읽고 작가가 되고 싶었고 문예창작과에서 공부하는 등의 배경이 비슷하기 때문이다. 이런 배경에서 작품을 쓰려 한다면 모델로 삼을 만한 작가는 단연 오정희다.

예민한 감각을 지녔던 운동부 소녀

오정희는 비타협적이라는 이미지를 가지고 있다. 순문학주의자로, 대중이나 자본과 절대 타협하지 않는다는 것이다. 그것이 작가로서 반드시 권장할 만한 자세인가는 따져봐야겠지만 돈이나 대중의 취향에 영합하지 않는다는 의미에서라면 좋은 이미지이기는 하다. 하지만 작가가 대중의 구미에 맞춰주지 않으면 대중도 읽어주지 않는 것으로 복수한다. 그래서 한 번도 베스트셀러를 내 보지 못한다. 대신에 좋은 평은 받는다. 국내에서 대부분의 문학상을 받았고 국외에도 번역을 통해 널리 알려졌다. 유럽 쪽에서 반응이 좋아서 낭독회 행사도 여러 번 했다. 국내에서도 열혈 지지층을 가지고 있지만 확산성에서는 한계가 있다.

　오정희의 집안은 황해도 해주에서 살다가 1947년에 월남한다. 4남4녀 중 다섯째로 태어난 탓에 오정희의 유년기를 다룬 소설에서 다산은 기본 배경이다. 작가에게 그것은 별로 좋은 경험이 아니었던 것 같다. 오빠와 언니들이 모두 대학에 진학한 것으로 보아 집안 형편은 넉넉했을 것이다. 작가가 자세하게 이야기하고 있지는 않지만, 중산층 이상은 됐던 것으로 보인다. 북한에서도 철공소를 했고, 남한에 와서도 전쟁이 끝나고 자리를 잡기까지는 시간이 걸리긴 했어도 중산층의 형편은 유지했던 것으로 보인다.

오정희는 1947년 11월 서울에서 태어났다. 해주에서 월남해서 별다른 생활기반이 없이 곤궁한 살림을 꾸려가던 때였다. 그런 형편인데도 아이는 끊이지 않았다. 네 살 때 한국전쟁이 일어났는데 어머니가 임신 중이어서 피난도 못 갔다. 그러다가 1951년 1월이 돼서야 뒤늦게 충남 홍성으로 피난을 가게 된다. 그 피난지에서의 경험들이 《유년의 뜰》같은 작품 속에 녹아들어 있다. 1951년의 기억을 30년이 지난 1981년에 재현해 놓은 작품이《유년의 뜰》이다. 많은 부분이 직접적으로 경험한 내용이고 적어도 느낌은 작가의 기억 그대로일 것이다. 다만 구체적인 에피소드는 가공해서 집어넣었을 것이다.

오정희는 1954년에 피난지에서 초등학교에 입학한다. 어머니는 장사하러 집을 비워서 외할머니와 입학식에 갔는데, 치마 안에 속옷을 안 입어서 곤혹스러웠다는 기억이 작가의 자술 연보에 기록되어 있다. 오정희의 작품을 한 편만 읽어도 알 수 있듯, 아주 예민한 성격을 잘 보여주는 일화다. 그 시절만 해도 예민하다고 하면 예술적인 기질로 여겨서 문학을 해 보라고 권유하기도 했다. 오정희가 그 전형이다. 동창들의 증언도 다 그렇다. 문학에 미친 아이라고 회고하는 고등학교 동창도 있다. 중고등학교 다닐 때부터 워낙 티가 났기 때문에 당시 동창들은 작가가 아닌 오정희를 상상하지 못했다고 한다. 이런 예민한 감수성에 더해 절대적으로 필요한 것은 독서 이력이다. 두 가지를 함께 갖춰야 작품이 나온다.

《유년의 뜰》의 내용은 거의 작가 자신의 경험이다. 이런 작품이 대표작이라는 것은 작가의 강점이면서 약점이기도 하다. 자신이 실제로 경험한 것이 아니면 잘 못 쓸 것이라는 평가를 받을 수 있기 때문이다.

뒤이어 아버지가 번듯한 직장을 갖게 되면서 생활이 안정된다. 인천으로 이사해서 지금의 자유공원 근처에 정착하게 되는데, 거기가 〈중국인 거리〉의 모델이 된다. 중국인 마을에 양공주촌이 잇닿아 있는 동네였다. 〈중국인 거리〉에는 그 두 가지 모습이 모두 묘사되어 있다. 그 동네에 살았던 경험과 보고들은 에피소드들을 교직해서 단편으로 만든 것이다.

이 시절부터 책에 취미를 붙여 신문 연재소설부터 야담류까지 닥치는 대로 읽으며, 일찌감치 문학소녀로 주목을 받게 된다. 초등학교 3학년 때부터 작문 시간에 쓴 글들이 눈에 띄어서 칭찬을 받고, 글 잘 쓰는 아이로 학교에서 소문이 나는가 하면, 백일장을 휩쓸고 다니기도 했다. 초등학교 6학년 때 니체, 헤르만 헤세, 앙드레 지드, 도스토옙스키 등을 섭렵한다. 당시에는 이것이 예외적인 일은 아니었다. 청소년물이 따로 있는 게 아니어서 독서에 막 재미를 붙인 아이들이 읽을 만한 것이 이런 것밖에 없었다. 한국작가들도 이광수, 김동인, 황순원을 비롯해서, 여성작가들로는 박하성, 최정희 등 다양한 작가들의 작품을 두루 읽는다.

이화여중을 거쳐 이화여고에 진학했는데, 몸이 허약해서 정구부에 들어가도록 아버지가 손을 쓴다. 중학교 3학년 때 진로를 바꾸기 전까지 중학생 시절 내내 운동부였다. 이때 열심히 운동을 한 덕에 만들어진 체력이 나중에 작가 생활을 하는 데 도움이 된다. 한편으론 다른 공부를 등한시하는 계기가 되기도 한다. 운동부라는 이유로 학과 공부에서 열외였던 것이다. 선생님이 질문하다가 오정희의 차례가 오면 다른 아이들이 나서서 "쟤는 운동부인데요"라고 질문이 면제되도록 돕기도 했다. 작가들은 대개 지적인 이미지를 가지고 있지만, 오정희에게는 이런 이면도 있다. 그러던 중에 운동부 특례 입학이 없어져서 진로를 고민하다가 운동선수의 길을 포기하고 입시를 준비한다. 아버지는 작가가 되겠다는 딸을 불만스러워했다고 한다. 운동부에 집어넣은 것도 그래서였다. 만날 책만 읽는 딸이 못마땅해서 책과 거리가 먼 운동을 시켰던 것이다.

이 무렵 개인사적으로 중요한 사건 하나가 일어난다. 중학교 2학년 때 막내동생이 교통사고로 죽은 것이다. 게다가 동생의 사망 사실을 가족 중에 오정희가 제일 먼저 알게 된다. 이 작가에게는 가장 트라우마적인 경험이다. 여러 작품에 그 흔적이 있다. 어떻게 보면 작가로서의 자격 조건을 다 갖춘 셈이다. 책도 두루 읽었던 데다 이런 경험도 있다면, 쓰기만 하면 되는 것이다.

결혼생활과 창작 활동을 병행한 첫 번째 모델

10대 때의 오정희는 지금의 이미지와는 많이 다르다. 지금의 이미지는 약간 포장되거나 개조된 오정희다. 뒤늦게 입시 준비를 해서 이화여고에 들어가긴 했지만, 학교생활과 잘 맞지 않아서 결석과 조퇴를 밥 먹듯이 한다. 요즘이라면 진즉 퇴학당했을 것이다. 문학병을 앓는 바람에 자살도 시도하고, 성공해서 돌아올 테니 찾지 말라는 편지를 남긴 채 등록금과 속옷, 일기장, 서머싯 몸의 에세이 《서밍업》만 챙겨 들고 가출을 감행했다가 붙들려서 집에 돌아오기도 한다. 이런 이력을 알고 나면 이 작가의 이미지에 배신감을 느낄 수도 있다.

공부를 안 했기 때문에 갈 수 있는 대학이 많지 않았다. 다행히 예술대학은 입시 성적이 별로 중요하지 않았고, 적성에 맞기도 해서 문창과에 입학한다. 나중에 막강한 영향력을 갖게 되는 이경자, 윤정모, 김민숙, 송기원, 이시영 등이 서라벌예대 시절의 동급생들이다. 대학 시절엔 김수영과 김현의 강의를 들었다고 한다. 문학평론가 김현이 스물네 살 때였을 것이다. 자술 연보에 따르면, 어느 날 강의를 듣는데 어디서 많이 보던 사람이 강사로 왔다고 한다. 김수영 시인의 강의라고 해서 기대하고 있었는데 자신이 사는 동네의 양계장 주인이 왔더라는 것이다. 김수영이 양계장을 했었는데 동네에서 좀 특이하다고 소문이 난 사람이었다. 김수영이 집에서 시를 쓰는 날에는 김수영의 아내와 아이들이 집 밖에 나와 해바라기를 하곤 해서 그런 소문이 났던 것이다. 동네 사람들은 꽤 행복한 집으로 기억했다.

대학 시절 몇 편의 소설을 써 보면서 열망과 함께 좌절감을 느끼기도 한다. 그러다가 김동리의 독려를 받아 중앙일보 신춘문예에 투고해서 당선이 된다. 심사위원이 황순원, 김동리, 안수길 세 사람이 었는데, 김동리가 앞으로 더 잘 쓸 작가라고 적극 추천했다고 한다. 문단에는 김동리가 작가가 될 재목을 귀신같이 알아본다는 전설이 있다. 김동리가 추천한 작가들이 워낙 많기 때문이다. 해방 이후에 남한 문단을 김동리와 서정주가 장악해서 이들은 동리사단, 미당학교로 불리기도 했으며 한국 문단의 절반을 차지했다. 이들이 대개 잘 되기도 했다.

서정주도 마찬가지지만, 김동리의 특징은 '문학종교'라는 점이다. 오정희도 그 자장에서 크게 벗어나지 않는다. 문학을 절대화한다. 문학관으로만 보면 모더니즘적인 문학관이다. 문학 이전에 삶이 있고 세계가 있고 현실이 있다는 관점이 아니라 그냥 문학 그 자체로 절대적인 의미가 있다는 입장이다. 이 계보가 문학종교의 신자들이다. 문예창작학과라면 자연스럽게 문학에 죽고 문학에 사는 그런 분위기가 되기도 한다. 박범신이 신춘문예 당선소감으로 "문학, 목매달고 죽어도 좋은 나무"라고 말했다는 대목에서도 문학이 인생을 바칠 만한 것이라는 믿음이 잘 드러난다.

다른 입장도 있을 수 있다. 크게 두 가지 입장으로 갈라지는데, 문학보다 사회를 앞세우고 사회적 현실이나 세계가 더 중요하고 그 안에서 문학이 무엇을 할 것인가를 고민해야 한다는 쪽도 강력한 전통이다. 다른 하나는 문학은 일차적으로 문학이어야 하고 그 자체로 절대적인 의미가 있다는 쪽이다. 오정희는 후자에 속한다. 그래서 오정희 이후의 여성문학이 각자의 입장에 관계없이 모두 오정희의 계보에 선다는 것이 잘 이해가 되지 않는다. 이러한 관점이 전부를 포괄하지는 않기 때문이다. 전자의 태도를 가지고 있는 작가들조차 어떻게 오정희주의자가 될 수 있는지 의구심이 있다. 물론 단편을 쓰면서 사숙할 수는 있다. 하지만 장편을 쓴다면 오정희가 어떤 모범이 되는지, 오정희 문학에서 무엇을 배울 수 있는지는 잘 가늠이 되지 않는다.

1970년에 대학을 졸업한 오정희는 잠시 조교로 일하다가 출판사 편집자로 일한다. 1974년에 결혼할 때 김동리가 주례를 맡았는데 주례사에서 옛날 조선 여인처럼 아주 얌전한 처자라고 했다. 앞서 살폈듯, 성장기의 오정희는 그런 유형이 아니었다. 그와는 전혀 다른 오정희가 이때 탄생하게 된다. 그 뒤로 죽 그런 이미지로 일관한다. 과거를 세탁한 셈인데, 그 과거는 문학 안에만 남아 있다. 지금은 내조자 이미지만 있고, 일탈을 일삼던 10대 시절의 이미지는 없다. 다만 문학 안에서 어렴풋한 흔적을 읽어낼 수 있을 뿐이다. 오정희가 가지고 있는 두 얼굴이다. 남편은 공부하는 사람이었고 나중에 강원대 사회학과 교수가 된다. 그래서 춘천에 오래 살다 보니 춘천을 대표하는 작가가 됐다. 문단에서는 춘천이라고 하면 오정희의 도시로 통한다.

오정희가 깨뜨린 통념이 있다. 그것이 오정희 문학의 과제이기도 했을 것이다. 전혜린에게 문학은 결혼과 양립할 수 없었다. 남자와 남편이 다르다는 것은, 생활과 문학이 결코 양립할 수 없다는 뜻이었다. 오정희가 등단할 무렵의 일반적인 생각도 그랬다. 전혜린이 죽은 지 얼마 안 되었을 때니 아직 전혜린의 시대이기도 했다. 스물한 살이던 1968년에 등단했을 때 등단작가 인터뷰에서, 기자들이 언제 결혼할 것인지, 결혼하고 나서도 작품을 쓸 것인지를 물어본다. 당시 통념에서는 결혼생활과 창작이 양립하기 어려웠기 때문이다. 대개는 결혼을 포기하고 창작에 전념하거나 결혼생활 때문에 창작을 포기하거나 둘 중에 하나를 선택한다. 오정희는 드물게도 이 두 가지를 병행하고자 했고, 둘 다 가능하다는 것을 보여준 대표 사례다. 그것이 오정희 모델이다.

그것이 어떻게 가능할지 작품만 봐서는 잘 믿기지 않을 수 있다. 작품이 그로테스크하고 아주 어둡기 때문이다. 실생활에서 오정희는 어두운 구석이라고는 없다. 잘 믿기지 않지만 실은 그것이 비결이다. 그렇게 영역을 딱 나눈다. 10대 시절의 문학소녀적인 기질과 감수성이 실생활에서 튀어나오지 않도록 문학의 영역 안에 한정하는 것이다. 밝은 오정희와 어두운 오정희가 있다면, 어두운 오정희는 문학에만 집어넣고 실생활에는 침범해 들어오지 않도록 차단한다. 반대로 남편을 뒷바라지하거나 아이들을 키울 때는 거기에만 열중한다. 그리고 따로 자투리 시간에만 작품을 쓴다.

오정희는 왜 장편을 쓸 수 없었는가

오정희는 오정희 모델의 최대치다. 다만 문제점이 있다면 장편을 쓸 수가 없다는 것이다. 자투리 시간에 장편을 쓸 수는 없다. 이런 구조의 필연적인 결과다. 작품이 내재적으로도 장편과 잘 맞지 않는 요소들을 가지고 있는 데다가 그럴 여건도 안 되는 것이다. 좀 다른 사례로, 걸출한 장편《위대한 개츠비》를 쓴 미국 작가 피츠제럴드는 장편을 몇 편 못 쓴 반면에 단편만 160편 이상을 썼다. 두 가지 이유가 있다. 하나는 단편이 더 돈이 됐기 때문이고, 다른 하나는 아내 젤다 세이어가 심심해서 같이 놀아줘야 했기 때문이다.《위대한 개츠비》를 쓰는 동안 젤다가 바람이 났고, 이에 크게 충격을 받은 피츠제럴드는 장편을 쓰지 않게 됐다.《위대한 개츠비》가 출간되고 9년 뒤에나 다음 장편이 나온다. 젤다와의 관계가 거의 파탄이 난 다음이다. 붙어 있는 동안은 쓸 수가 없었던 것이다.

오정희의 경우에 이 사례를 빗대는 것이 적절할지는 모르겠지만, 이런 조건에서는 장편으로 나아갈 수가 없다. 오정희 작가의 생활방식은 장편을 쓰고자 하는 작가들이 따를 수 있는 모델이 아니다. 늦은 나이에 등단한 박완서 문학과는 성격이 다르다. 가족들 뒤치다꺼리가 다 끝난 시기에 시작했기 때문에 장편을 쓸 수 있었다. 오정희가 박완서 모델에 맞추려면 1968년이 아니라 20년 뒤에나 데뷔했어야 한다.

이로부터 결혼생활과 창작 활동 사이의 관계에 두 가지 모델이

도출된다. 전혜린까지 포함하면 세 가지 모델일 수도 있다. 전혜린은 소설 자체의 부재가 특징이자 의의인 모델로, 자기 작품을 못 쓰는 경우다. 그리고 단편만 쓰는 경우가 있고 장편을 쓰는 경우가 있어서, 각각의 모델에 계보가 만들어질 수 있다. 전혜린 모델은 결혼과 창작이 양립 불가능한 모델인데 반해, 나머지 둘은 가능한 모델이지만 방식이 다르다.

오정희의 경우, 결혼 초에 한동안 우울한 시간을 보낸다. 낮에는 직장생활을 하고 밤에는 가정생활을 하니 작품을 쓸 시간이 없었다. 남편까지도 언제까지 그러고 있을 거냐고 타박을 했다. 작가로서 가장 힘들었던 시기라고 생각된다. 그러다가 1977년 서른 살에 첫 번째 창작집을 낸다. 비로소 조금 말문을 트게 된 것이다. 그리고 남편을 따라 춘천으로 이주한 뒤에는 좀 더 안정적인 창작의 여건이 마련된다. 오정희 방식의 생산 시스템이 만들어져서, 과작이긴 하지만 꾸준히 작품 활동을 한다. 데뷔 이후 10년 동안 어려웠고 그다음 20년쯤은 순탄하게 작품 활동을 하다가 그 뒤로는 좀 과묵한 것 같다. 성서를 간추려 다시 쓴《오정희의 이야기 성서》를 내기도 했는데, 오정희에게서 기대할 수 있는 책은 아니다. 신앙의 표현으로 보이는데, 그러고 나면 작품을 더 쓸 수 있을까 의구심이 든다.

〈완구점 여인〉이라는 단편 이후에 상당 기간 동안 활동이 뜸하다가 1979년에 〈중국인 거리〉가 나오고 〈저녁의 게임〉으로 이상문학상을 수상한다. 첫 번째 창작집을 낸 이후에는 작가로서 명성도 얻고 평단의 인정도 받는다. 그리고 공지영, 신경숙, 은희경 등 1980년대에서 1990년대의 대표작가들의 바로 앞 선배로서 간판처럼 내세워지는 작가가 된다. 이 작가들이 1950년대 후반에서 1960년대 초반생들이기 때문에 이모뻘이 되는 연배다. 나이로는 박완서가 오정희의 이모뻘이 되고, 그다음 세대들에게 오정희가 이모뻘이 된다.

〈저녁의 게임〉은 고상하게 '저녁의 게임'으로 표현했지만 실은 화투 이야기다. 아버지와 딸이 화투를 치는 내용을 담고 있다. 소재 면에서도 화제가 됐었는데, 다 지어낸 이야기는 아니고 실제로 작가 부녀가 그렇게 지냈다고 한다. 오정희 소설에서 좋은 평을 받은 작품들 가운데 대략 절반쯤은 자기 경험에서 소재를 가져온 것이다.

작가들이 백 퍼센트 허구를 지어내지는 않는다. 모든 것을 다 지어내야 한다고 주장하는 작가들도 있기는 하다. 나보코프가 대표적이고, 보르헤스도 그렇다. 경험적인 기반이 있는 작품과 순수하게 허구로 지어낸 작품은 아무래도 차이가 있다. 픽션이라는 것을 말 그대로만 풀면 다 지어낸 이야기라는 뜻이다. 그런 점에서 '자전소설'이라는 것은 말 자체만으로는 형용모순이다. 경험을 바탕에 두긴 했지만 약간은 변형을 했다는 뜻일 것이다. 적절한 비유일지는 모르겠지만 러시아 민속인형 마트료시카를 직접 만드는 실습 재료가 있는데, 밑그림은 다 그려져 있고 색칠만 하면 된다. 그래도 어떻게 색을 입히느냐에 따라 다양한 마트료시카가 나온다. 하지만 기본적인 밑그림은 있는 것이다. 밑그림이 없이 모든 것을 자기가 다 만들어내는 것은 그보다 훨씬 어렵다. 그것이 역량이다. 작가적 역량과 걸출한 상상력을 가지고 있는 작가들은 더 많은 것을 자기가 만들어낸다. 그

만한 역량이 안 되는 경우에는 경험에 기반해서 쓸 수밖에 없다. 대개의 작가들은 이 기반에서 멀리 가지 않는다. 자기 자신이 가장 확실하게 쓸 수 있는 소재이기 때문이다. 소설은 특히 더 그렇다. 시와는 다르다. 작가의 초기작들이 대표작으로 꼽힐 수 있는 것도 이 실감 때문이다. 은연중에 그런 실감이 묻어난다.

몸의 감각으로 일상을 포착하는 '분위기 소설'

〈저녁의 게임〉은 저녁식사를 마친 뒤 부녀간의 화투놀이 풍경과 그 사이에 낀 대화를 보여준다. 오정희의 소설은 소재에서 특별한 강점을 갖기는 어렵지만, 그것을 다루는 방식이나 문체, 문장이 상당히 꼼꼼하다는 게 특징이다. 그런데 꼼꼼한 한편으로 모호하기도 하다. 그래서 오정희 소설은 일종의 '분위기 소설'이다. 뭔가 막연하고 모호한 분위기만 있고, 그 실체는 분명하게 이야기되지 않는다.

그것은 세상을 유년의 시점에서 보고 있기 때문이라고 생각한다. 성인의 시점으로 묘사하지 않는 것이다. 성인 시점에서의 경험도 있을 텐데 오정희는 유년기의 경험이 좀 더 문학적이라고 보는 것 같다. 시적이라는 면에서는 그 편이 더 문학적일 수도 있다. 하지만 소설이라면 다르다. 이 작가가 과연 한국 사회 변화의 중요한 계기들을 포착해서 작품의 서사를 통해 문제화하고 있는지는 적잖이 의심스럽다. 단편은 사실 이런 일을 하기에 적합하지도 않다. 이런 문제의식을 표현하려면 장편으로 가야 한다.

그래서 1970년대 후반에 나온 오정희의 작품들이 작가의 유년기인 1950년대의 이야기를 다루고 있다는 점도, 또 그런 작품들로 좋은 평을 받는다는 것도 조금은 불만스럽다. 소설의 미덕은 당대성을 다룬다는 데 있기 때문이다. 혹은 한 세대 전까지는 다룰 수도 있다. 한국 사회는 1960~1970년대에 매우 큰 변화를 겪었기 때문에 이 변화의 실감이 작품 속에 들어와야 한다. 그런 작가나 작품을 문학사에서 높이 평가하는 것이다. 오정희 소설에서는 이런 부분에 대한 묘사가 부족하다. 경험의 범위가 넓지 않아서 너무 사적이다. 한편으로는 그런 점이 이 작가의 여성문학적인 성격이기도 해서, 한국 여성문학의 한 모델을 만든다.

유년기 여성 화자에게는 특유의 체험과 감각이 있다. 주로 몸에 대한 감각이다. 남자아이들에게는 잘 나타나지 않는 것이다. 남자아이들도 성장하면서 2차 성징이 나타나긴 하지만 그것이 그렇게 큰 변곡점이 되지는 않는다. 그와 달리 여성은 초경을 비롯해서 결정적인 변화를 거쳐 간다. 그것이 여성적 체험이다. 그런 경험을 예민하게 다룬 작가가 오정희다. 자기 이야기라서 잘 쓸 수 있는 것이다. 즉 그때 그 시점으로 세상을 바라봤기 때문에 그것을 언어를 통해서 되살리고 있다는 데 오정희의 소설이 갖는 강점이 있다. 다만 강점이자 힘이기는 하지만, 무엇을 말하고자 하는지는 모호하다.

어떤 분위기나 느낌, 인상 같은 것은 잘 전달하고 있다. 그것이 강점이다. 가령 엄마가 저녁에 외출 준비를 하고 있는데 오빠가 소리내서 영어책을 읽고 있는 장면에서 예민한 아이는 오빠와 엄마가 긴 장관계에 있다는 것까지는 포착해낸다. 이것은 작가 자신의 실제 경험일 것이다. 이런 장면을 아무것도 없는 상태에서 지어냈다면 천재적인 작가다. 이런 장면이 소설의 강점이고, 그 강점은 자기 경험의 실감에서 오는 것이다.

그 실감이 확실하기 때문에 모호해도 괜찮다. 반면에 완전히 지어낸 소설이라면 모호하게 쓰기가 어렵다. 나보코프 같은 작가도 꼼꼼하게 점검한다. 다 가짜 인물이기 때문에 이력을 꼼꼼하게 맞춰 놓지 않으면 엉성해지는 것이다. 다 지어내야 하는 작가들은 거기에 민감해서, 그런 허점이 드러나지 않게 하려고 애를 쓴다. 자기가 취약한 부분이기 때문이다. 하지만 직접 경험한 실감에 자신이 있는 작가는 그런 것을 대수롭지 않게 생각한다. 좀 틀릴 수도 있다. 기억이 사실을 왜곡시킬 수도 있지만 그런 왜곡도 그대로 쓸 수 있다. 오히려 그런 허술함 때문에 더 실감이 나기도 한다. 그것이 리얼리티다.

《유년의 뜰》은 중편 분량인데 뭘 발견하게 하는 것도, 뭘 인식하게 하는 것도 별로 없다. 다만 어떤 분위기를 전달한다. 전쟁 무렵인 그 시점에서 한 어린아이가 그 시절의 가정환경 속에서 예민하게 느낀 감각이 포착되어 있다. 이것이 이 소설의 강점이다. 뭘 알려주는 소설도 아니고 뭘 배우게 하는 소설도 아니지만, 중·단편은 그 정도만 해도 된다. 그러나 장편으로 가게 되면 요구 조건이 달라진다. 이 세계를 인식하게 하면서 뭔가를 발견하게 해야 한다. 단면의 예민한 포착만으로는 장편으로 늘릴 수 없다.

남성 중심의 사회에서 여성 앞에 놓인 두 가지 길

〈저녁의 게임〉에서 당뇨 환자인 아버지는 저녁마다 화투 패를 뜬다. 그 장면이 자세하게 묘사되어 있다. 별다른 사건이 일어나지 않고 그러다가 말 것 같은 전개인데 작가도 그 점을 의식한 듯싶다. 그래서인지 예기치 않은 장면이 나온다. 아버지와 화투놀이를 마친 딸이 아버지 몰래 외출해서는 한 인부와 공사장에서 밀회를 갖는 것이다. 이런 장면이 나오려면 사전에 암시가 있어야 할 텐데, 그런 내용은 없다. 아무런 암시도 없이 갑작스럽게 겨울철 차가운 시멘트 바닥에서 정사를 나누는 장면을 연출한다. 오정희의 작품에서 특징적으로 나타나는 '오정희스러운' 대목이다. 돌발적이면서 반항적이다. 이런 사건이 일어날 기미가 전혀 없기 때문이다. 그저 아버지와 딸 사이의 다소 서먹한 관계를 보여주는 듯하다가 딸이 아버지 몰래 남자를 만나고 다시 몰래 들어온다. 이것은 오정희의 문학 행위에 대한 비유라고 생각된다. 문학은 아버지가 반대한 것이기에 일탈의 영역에 있는데, 그것이 성적인 일탈과 연결이 되는 것이다.

제목의 '게임'에는 두 가지 의미가 있다. 하나는 아버지와의 게임인 화투이고 다른 하나는 아버지 몰래 벌이는 성적인 게임이다. 그 사이에는 아이를 낳다가 미쳐서 죽은 어머니가 있다. 어머니에 대한 기억이 자꾸 삽입이 된다. 이를 통해 주인공 화자의 정서가 얼마간 불안정할 것이라는 점은 암시가 된다. 그러고는 이런 행동을 보여준다. 멀쩡하던 인물이 갑자기 일탈을 하면 설득력이 없으니, 어머니의 트라우마가 일탈적 행동을 뒷받침하도록 나름대로 암시를 해둔 것이다. 마지막 장면은 "아버지가 방에 들어가는 기척이 없는"데도 "내리누르는 수압으로 자신이 산산이 해체되어 가는 절박감"으로 자위행위를 하는 주인공을 묘사한다. 공사장에서 사내와 관계를 가질 때 지었던 미소를 혼자 자위행위를 하면서도 지어보인다.

상당히 그로테스크한 여성상이고, 독특하게 오정희적이다. 너무 돌발적이고 놀랍다고 해서 이 작품에 이상문학상을 주었다. 이런 의외적 돌발성이 평론가들을 자극해서 새로운 성취라는 평가를 받았다. 한국문학에서 이런 묘사 자체가 좀 낯설다. 대놓고 선정적인 작가들은 있지만 이 작품은 그렇지 않은 것이다. 겉으로는 아주 조신한 여자가 이런 일탈을 품고 있다. 그 분열이 내포하는 문제성이 평단의 주목을 받으면서, 여성 정체성에 대한 문제의식을 갖게 한다.

오정희에게 문학이란 이 소설에서처럼 앞에서는 멀쩡해 보이는 이면에 이런 비밀을 가지고 있는 것이다. 현실에서는 자신의 트라우마도 아버지의 세계도 깨뜨리면 안 되고 그대로 보존해야 한다. 그것을 떠받치고 있는 것이 성적 일탈이다. 화자에게서 아버지와의 저녁게임과 그 다음의 성적 일탈 게임이 균형을 이루고 있다면, 오정희에게는 아내와 어머니로서의 사생활과 문학 행위가 균형을 이루고 있다. 그런 점에서도 하나의 모델을 보여준다.

이것이 창작에서의 오정희 모델이다. 문학을 성별화하자면 오정희에게는 여성이다. 여성에는 이중적인 의미가 있다. 남성 중심 사회에서 여성 앞에는 두 가지 길이 놓여 있다. 여성이 주체가 될 수 있는 것은 상징적 거세를 통해 남성 중심 사회에 편입될 때이다. 이때의 여성은 남성의 장 안에서의 여성이다. 여기에는 남성과 여성 사이에 위계가 있다. 이 위계를 받아들일 때 이쪽 길로 들어서게 된다. 반면에 이런 거세를 수용하지 않을 때의 여성은 남성의 장 바깥에 있는 여성이다. 오정희는 이것을 분리시킨다. 자신 안의 순치되지 않는 여성성은 문학의 영역으로 돌리고, 자신은 이 체계 안으로 들어간다. 그래야 이 체계 안에서 조선 여인처럼 살 수 있다. 그리고 여기에 들어가지 않는 부분이 문학에 남겨진다.

박완서 문학에도 그런 분열이 있다. 박완서 문학에서는 박수근적인 것, 예술적인 것이 세속적인 현실의 일상과 맞서고 있다. 박완서 문학도 이 사이에서의 균형 잡기이다. 박완서는 조금 더 안정적이어서,《나목》에서 전시회에 간다는 설정은 중심이 현실에 있다는 뜻이다. 오정희 문학은 작품만 보면 오정희의 현실에서의 모습과 연결이 안 된다. 그 분리가 오정희 문학이기 때문이다.

오정희는 동시대 여성작가 중에 가장 많이 연구되는 작가다. 독자들이 그렇게까지 반응하지는 않지만, 작가들이나 문학 연구자들에게는 열광적인 숭배와 분석의 대상이다. 그것은 이런 흥미로운 지점들이 있기 때문이다. 그것이 오정희에게서만 나타나기 때문에 왜 오정희만 그런지를 탐구하는 것이다. 박완서 문학에도 이런 면은 없다. 박완서 문학은 조금 더 밝다. 그에 비해 오정희 문학은 어두운 구석을 가지고 있다. 그것이 여성성과 관련해서 많은 것을 시사해주고 생각하게 해준다.

통제 대상인 동시에 통제를 벗어나는 여성

《유년의 뜰》은 1980년에 발표한 작품이다. 역시 실제 자기 경험을 바탕으로 하고 있다. 기생 출신의 외할머니, 아버지가 안 계시기 때문에 생계를 위해서 밥집에 일을 나가다가 주인과 정분이 나는 어머니, 그런 어머니를 계속 유감스러워하며 가장 노릇을 하는 오빠, 언니와 동생 그리고 '나'로 구성된 가족이 등장한다.

아버지의 부재가 갖는 의미는 오정희 소설의 원초적 기원과 닿아 있기 때문에, 이런 가족관계의 구도는 실제 오정희의 삶을 둘러싼 구도이기도 하다. 오정희의 작가로서의 주체가 설정되는 시점은 바로 여기다. 가장 어렸을 때의 시점이 오정희 문학의 기원이다. 이때 세상에 눈을 뜨고 자기라는 인식을 갖는다. 이보다 더 어리면 '나'라는 의식이 생겨나지 않는다. 작품 안에서 화자가 거울놀이를 하면서, 좁은 방에 대식구가 사는데 유일하게 멀쩡한 것이 거울이라고 이야기한다. 이것은 오정희의 어머니가 시집올 때 해 왔다는 실제 거울이다.

오정희가 어릴 때 거울을 너무 좋아해서 늘 업고 다녔다고 한다. 어릴 때 집에서 거울을 업고 돌아다니다가 깨뜨린 계집애라고 불렸다. 거울에는 여러 가지 의미가 있지만, 이 작품에서 거울의 이미지는 정신분석에서 다룰 만한 중요한 모티브다. 거울은 라캉 정신분석에서도 자아가 형성되는 과정에서 통과해야 하는 단계이기도 하다. 오정희는 자신의 작품에 거울이 자주 나오는 것을 몰랐다고 한다. 자신도 의식하지 못한 오정희적 자아의 탄생 장면이라고 할 수 있다.

《유년의 뜰》은 오정희적 자아가 어떤 구도에서 탄생하는가를 보여준다. 그 시점에서 가장 먼저 포착되는 것은 어머니와 오빠 사이의 갈등이다. 교과서에는 다른 문장도 있는데 오빠는 의도적으로 "홧 아유 두잉? 당신은 무엇을 하고 있습니까? 아임 리딩 어 북, 나는 책을 읽고 있습니다. 홧즈 유어 프렌드 두잉? 당신의 친구는 무엇을 하고 있습니까?"라고 같은 문장만 소리내서 읽는다. 어머니가 가리키고 있는 것은 여성의 욕망이다. 여성 욕망의 불가해성이 오정희가 주로 다루는 주제다. 이 욕망은 통제되지 않는다. 그 기원에는 아버지의 부재가 있다. 오빠는 엄마를 통제할 수 없다. 그래서 간접적으로만 "홧 아유 두잉?"만 계속 반복한다.

엄마는 개의치 않고 매번 나가고 외박도 한다. 그래서 오빠가 언니를 때린다. 이것이 남성주의다. 그런데 엄마를 통제하기에는 힘이 약하니 애매한 언니만 얻어맞는다. 오빠가 나가지 말라고 했는데도 몰래 나가서 읍내를 돌아다닌다는 것이 폭행의 이유다. 오정희의 작품에 나오는 여성 인물들은 다 성과 관련해서 엄격한 통제 대상이 되는 인물들이지만, 또한 그 통제에서 벗어나는 것으로 그려진다. 그 사이에서 벌어지는 일들이 소설의 내용이다. 아버지의 부재로 남성중심적인 질서가 잠시 무력화된 상황에서 파생하는 문제를 다루고 있다. 여성적인 것과 관련해서는 여성의 욕망과 다산성, 〈중국인 거리〉에서 다룬 매춘 문제 등이 주요한 화제다.

이 작품에서 다룬 사례 중 하나는 부네라는 여자의 이야기다. 외간 남자와 바람이 났다는 이유로 아버지가 감금시켰는데, 결국 자살하는 인물이다. 하지만 도대체 무슨 일이 일어났는지에 대해 이 작품은 해명하지 않는다. 그러기에는 화자가 너무 어린 것이다. 과거 회상 시점이긴 하지만 어느 시점에서 회상하고 있는지도 불분명하다. 그 시점이 제시되었다면 회상하는 시점에서라도 성찰적인 멘트가 있어야 했을 것이다. 그러나 특이하게도 그런 명료함이 배제되고 있다.

아버지가 돌아오는 장면에서 《유년의 뜰》은 끝난다. 학교에 있는데 맥고모자를 쓴 거지 행색의 남자가 지나간다. 아버지인데 못 알아본 것이다. 교장실에서 호출을 받아 "아버지가 교문 밖에서 기다리신다"는 말을 전해 듣는다. 교장실에서 나오기 전에 급하게 먹은 케이크가 체해서 화장실 가서 구역질을 하다가 똥통 속을 들여다보는 것으로 작품이 끝난다. "어디선가 한 줄기 햇빛이 스며드는" 똥통 속에선 "눈물이 어려 어룽어룽 퍼져 보이는 눈길"에 "빛 속에서 소리치며 일제히 끓어오르는" 무언가가 보인다. 이 장면도 평론가와 연구자들이 관심 있어 하는 장면이다. 아버지가 돌아오긴 했는데 거지 행색으로 돌아온다. 아이가 반가워하면서 아버지에게 달려가는 것이 아니라 화장실에 가서 구토를 한다는 설정이 독특하기 때문이다.

이것을 아버지에 대한 거부라고만 해석하는 것은 지나치다고 생각한다. 토하고 나서 만나긴 하지만, 그 과정에 어떤 거부감이 개입하는 것뿐이다. 결국 아버지가 중심이 된 가부장적인 체제로 들어가기는 하지만 쉽게 들어가진 않는다는 것이다. 아버지에게 가되 바로 가지 않고 화장실에 가서 구토하는 시간이 오정희 문학의 시간이다. 결국에는 이쪽으로 가는 것이기 때문에 이 정도 거부감을 과대평가

하는 것에는 동의하기가 어렵다. 거의 대안적이라고까지 평하는 경우도 있는데, 그렇게 보기엔 무리가 있다. 그렇다고 아예 아버지로부터 독립할 수 있는 것도 아니기 때문이다. 돌아가서 만날 거지만 그걸 내켜하지 않는 것뿐이다. 아버지가 기대했던 아버지가 아니라는 거리감이 구토로 표현된 것이다.

아버지와의 불편한 관계는 〈저녁의 게임〉에서도 나타난다. 아버지를 존중하지만 그 이면에 아버지가 모르는 생활이 있다. 그런 것이 오정희 문학이다. 그리고 그것이 오정희의 여성이다. 이때의 여성은 표면적으로는 가부장제의 남성 중심적인 질서 속에 편입된 여성이다. 그것이 남성의 시선에서 이른바 여성으로 호명되는 존재다. 그리고 이면에 있는 것은 이 질서에서 삭제된 여성이다. 오정희가 다루는 여성은 후자다. 이것이 한국문학의 여성성 또는 여성문학을 대표하는 한 모델이다.

6장

| 1980년대 Ⅱ |

강석경
《숲속의 방》

현실에 적응도 저항도 할 수 없는
'실패한 주체'의 표본

강석경

· 1974년 – 단편 〈근〉, 〈오픈게임〉 발표 및 등단
· 1985년 – 중편 《숲속의 방》 발표
· 2012년 – 장편 《신성한 봄》 발표 및 동리문학상 수상

소양이 보여주는 갈등과 자살이라는 선택은 1980년대 한국 사회의 쟁점이었던 이념적 대립과 가치관의 혼란을 잘 보여준다. 위선적이지만 편한 현실에 안주할 것인지 아니면 대의의 편에 설 것인지 사이에서 선택해야 했다. 미양과 소양 두 인물만으로는 이 작품 안에서 어떤 대안이 도출되기 어렵다. 그럼에도 실패 사례이자 반면교사로 삼을 수 있다는 점에서 의미가 있다.

시민과 예술가의 긴장관계를 다룬 소설

《숲속의 방》은 1985년 잡지에 발표가 되고 이듬해에 단행본으로 나왔다. 오늘의 작가상 수상작으로 당시에 상당히 화제가 됐던 작품이다. 1992년에 오병철 감독이 영화화하기도 했는데, 시나리오를 공지영이 썼다. 오병철 감독의 첫 번째 영화가 〈숲속의 방〉이고 두 번째 영화가 〈무소의 뿔처럼 혼자서 가라〉다. 중편 분량이지만 1980년대의 대표성을 갖는 것은, 그 시절 대학생이던 세대의 고민과 방황을 다룬 작품이어서 그 세대의 실감을 가지고 있기 때문이다. 이런 작품이 왜 장편으로 쓰이지 않았는지가 불만스럽다. 중편으로 끝날 수밖에 없는 구조적인 문제가 있지만, 작가들이 이런 문제의식을 좀 더 밀어붙이는 쪽으로 나아갔더라면 하는 아쉬움이 있다.

한국문학에서 고질적으로 반복되는 취약점이 문제를 끝까지 밀어붙이면서 다루지 않고 중간에 덮어 버린다는 것이다. 주인공의 자살로 너무나 손쉽게 마무리가 되고 있는 이 작품도 예외가 아니다. 유럽 소설들에도 그런 작품들이 여럿 있다. 어떤 문제를 중편 규모로 다루는 방식과 장편으로 다루는 방식이 있는데, 장편으로 다루려면 일단 전지적 시점을 취해야 한다. 1인칭 시점으로는 제한적이기 때문에 장편 규모로 확장하기가 어렵다. 그래서 한국작가들이 전지적 시점의 작품을 잘 못 쓰는 것이 아닌가라는 의혹까지 갖게 된다.

1인칭 시점을 선호하는 이유가 짐작되기도 한다. 전지적 시점을 선택하게 되면, 아주 많은 부담을 떠안게 된다. 작가가 할 일이 많아진다. 반면에 화자의 시야에 들어오는 것만 다루는 1인칭 시점을 선택하면 상당한 부담을 덜어낼 수 있어서 작가의 마음이 가벼워진다. 보이는 것만 쓰면 되고 전체적 진실은 감당하지 않아도 되기 때문이다. 전지적 시점은 19세기 소설의 전성기를 낳은 창작 방법이었지만, 요즘은 이런 시점을 쓰는 좋은 작품이 드물어졌다.

또 다른 방식으로는 여러 인물의 시점을 교차시킬 수도 있는데, 그렇게 해도 어느 정도 전체적인 상을 보여줄 수 있다. 밀란 쿤데라의《농담》같은 작품을 예로 들 수 있다. 주요 인물들이 돌아가면서 각자 자기 시점에서 이야기를 전개한다. 그렇게 하면 어느 정도 보완이 된다. A라는 인물이 이만큼은 볼 수 있는데, B라는 인물은 다른 시각으로 다른 측면을 볼 수도 있고, C는 또 다른 시각에서 보는 방식으로 쌓아 나가면 전체적인 상이 그려진다. 이런 방법으로도 장편소설의 기대치를 충족시킬 수 있다. 거꾸로 말해, 전지적 시점이나 다중 화자 시점을 취하지 않으면 아무리 써봐야 중편밖에 되지 않는다.

단편은 단편대로의 이해관계가 있다. 단편의 독자들도 있기 때문이다. 그래서 공모적이다. 한국소설이 좋은 장편을 내놓지 못하는 데는 독자와 공모하는 지점이 있다. 문제를 끝까지 다뤄서 해결을 보는 것이 아니라 대략 좋은 게 좋은 것으로 대충 정리하는 것이다. 그런 점에서 장편정신이 부족하다고 할 수 있는데,《숲속의 방》도 전형적인 사례다. 1980년대의 중요한 작품 가운데 하나인데 이 시대를 충분히 조망하고 있지 못하다. 문제성은 가지고 있지만 문제를 충분히 다루는 데는 한계를 갖고 있다. 그리고 이 작품이 강석경 작가의 최대치다. 작품을 몇 권 더 썼지만 이 작품을 능가하는 작품은 없고, 주로 예술가 소설로 빠졌다.

강석경은 이화여대 조소과 출신인데, 이대 출신이라는 것과 미대 출신이라는 것, 두 가지가 다 의미가 있다. 뭘 쓸 것인지, 어떻게 쓸 것인지가 대충 가늠이 된다. 강석경은 토마스 만을 아주 좋아한다고 한다. 토마스 만은 시민성과 예술성의 대립, 시민과 예술가의 대립이라는 주제를 주로 다뤘다.《토니오 크뢰거》가 대표적이다. 그래서 시민과 예술가라는 주제를 다루려는 모든 작가들은 토마스 만을 표준으로 삼는다. 시민과 예술가의 긴장관계에서 균형을 유지하면 좋은 작품이 나온다.《숲속의 방》도 그런 성격을 가지고 있는 작품이다.

그런데 여기서 좀 더 예술가 쪽으로 가서 시민이 빠지게 되면, 예술가소설이나 구도소설이 된다. 구도소설은 예술을 종교화하면서 스님이 나오든 화가가 나오든 다 비슷한 방향으로 간다. 사회에 괄호가 쳐져 있기 때문이다. 사회적 현실 바깥에서 뭔가 의미 있는 삶의 진실을 추구하고자 할 때 구도소설이 된다. 그러면 헤르만 헤세에 가까워지게 된다. 헤세의《싯다르타》나《유리알 유희》같은 작품이 그런 방향을 보여준다. 헤세 문학의 특징도 사회에 괄호를 친다는 것이다. 헤세 문학도 시민과 예술가 사이의 긴장이 팽팽해야 좀 더 읽을 만하다고 생각한다. 이 긴장관계의 한쪽 항을 부재하는 것으로 괄호치게 되면 좋은 작품이 나오기 어렵다.

현실에서 '주체'로 살아가기 위한 통과제의

이 작품은 세 자매의 맏언니 미양의 시점에서 이야기를 전개한다. 둘째는 의대에 다니는 혜양이고, 막내가 불문과에 다니는 소양이다. 구성상으로 보면 미양과 소양이 결합돼야 하는 것이 아닌가 하는 생각이 든다. 미양이 소양의 이야기를 하고 있지만, 실은 한몸이 되어 있는 분신적인 인물이라고 생각된다. 이 작품을 이니시에이션 소설 즉 입사 소설 또는 통과제의적 소설로 보기도 한다. 그렇게 보면 주인공은 소양이 아니라 미양이다. 소양은 미양이 치르는 통과제의의 제물로서 의미를 갖는다. 두 인물이 원래 통합되어 있다가, 소양을 떨쳐낸 다음에서야 미양의 결혼생활이 시작된다.

이것은 일반적인 패턴이기도 하다. 앞서 살펴봤던 박완서의《나목》이나 오정희의《유년의 뜰》과 연결된다.《유년의 뜰》은 통과제의적 과정이 예외적으로 아주 일찍 일어난다. 어린 시절에 이미 중요한 사건을 겪기 때문이다. 통상적으로는 20대 전후의 시기가 통과제의적 시기다. 대체적으로 이 시기에 일종의 눈금 조정이 이루어지게 된다. 미성년에서 성년으로 나아가는 과정, 더 구체적으로는 이상을 꿈꾸던 단계에서 눈높이를 조정하면서 현실에 안착하게 되는 과정을 작품에서 다루게 된다.

《나목》에 전쟁이라는 특수한 배경이 있었던 것에 견주자면,《숲속의 방》에서도 1980년대의 혼란스러운 사회 상황이 전쟁에 해당하는 배경으로 깔려 있다. 1980년대 중반은 반독재 투쟁이 점점 가열

돼 가던 시기였다. 그런 시기를 배경으로 여성적 주체가 어떻게 형성되는가를 파고든다. 《나목》에서 예술가성을 상징하는 박수근은, 박완서가 시민성으로 안착하기 위해 지불해야 하는 대가이기도 하다. 그 방향으로 넘어가려면, 자기 안에 있는 예술적 자아를 포기하거나 부정해야 한다. 예술가성을 계속 품고 갈 수는 없기 때문이다. 이것이 여성적 주체가 탄생하는 과정이고, 정신분석에서 $ 로 표시하는 거세된 주체의 공식이다. 이런 거세 과정을 통해서 주체가 된다.

주체가 된다는 것은 사회적 상징계에서 자기 위치가 할당되는 것이다. 대개는 결혼이 그런 역할을 한다. 결혼을 통해 사회적 위치가 정확하게 설정되기 때문이다. 누구의 남편이거나 누구의 아내이고 거주지는 어디라고 정해진다. 그 이전에는 유동적이어서 특히 직업을 갖기 전까지는 가능성이 다 열려 있다. 직업은 사회적 정체성을 확인하는 고정점 역할을 한다. 대개 사회적 정체성은 가족관계 속에서, 그리고 무슨 일을 하는지에 따라서 규정된다. 이것이 리얼리티다. 현실이란 다른 것이 아니다. 이 과정에서 통상 자신의 꿈을 포기하게 되는데, 그것이 현실의 힘이다. 자기의 꿈을 포기하거나 잃어버리는 거세 과정을 통해서 사회적 현실에 안착하는 것이다.

이런 입사 과정을 다룬 소설은 아주 많다. 일반적인 경험이기 때문에 소설 이전의 많은 동화들도 이 주제를 다루면서 특정한 경험적 계기들을 서사화한다. 근대소설도 일종의 이야기로서는 그런 역할의 일부를 담당한다. 상상적인 주체 소문자 s가 비로소 빗금 쳐진 주체, 실제적 주체로 탄생하는 과정을 그리는 이런 유형의 소설을 입사

소설이라 한다. 이런 탄생 과정에서는 반드시 대가를 지불해야 한다. 이 작품에서 화자인 미양이 결혼하는 것과 동시에 소양이 자살하는 것도, 미양이 결혼과 함께 잃어버려야 하는 것이 소양적인 세계라는 것을 암시한다.

자매의 성격이 다르다고는 해도 그 안에 있는 어떤 것을 공유하고 있었던 것이다. 그러다가 소양적인 세계에 대한 부정과 함께 미양이 현실에 안착하게 된다. 그렇게 부정되는 소양을 이념적인 포지션으로는 일종의 급진주의라고 할 수 있다. 소양의 친구 명주가 보여주는 일종의 급진적 이상주의인데, 이 점은 이남호 고려대 교수가 쓴 작품 해설에도 잘 설명되어 있다.

해설에서는 '극단적 저항주의'라는 표현을 사용한다. 현실의 장 속에서 현실을 타도하고 극복하고자 하는 태도로, 당시의 표현으로 단순화하면 '운동권'을 가리킨다. 극복해야 할 현실은 복합적이지만, 굳이 특정한 기표로 구체화하면 '전두환 군사독재 정권'으로 압축된다. 그것과 맞서고자 하는 것이 한 가지 입장이다. 전두환이라는 이름, 그 기표가 대표하는 구조가 있다. 한국적 권위주의 정치체제와 자본의 이해라는 구조적 배경이 '전두환'이라는 기표에 다 응집된 것이다. 1987년 4월에 전두환은 4·13 호헌선언을 통해 대통령 직선제에 대한 강력한 요구를 최종적으로 거부한다. 체육관에서 대통령을 뽑는 간접선거 방식을 계속 고집하겠다는 이 선언을 계기로 전국적으로 시위가 격화되지만, 1985년에 발표된 이 작품에서 거기까지 내다보지는 않는다. 덧붙여 1987년 이후에는 사회적인 상황 자체가 달라지기 때문에 이런 작품이 나오기 어렵다. 그러나 1985년은 앞이 잘 보이지 않는 시점이었다.

다른 한 편에는, 아버지로 대표되는 삶의 방식이 있다. 해설에서는 이것을 '비정한 현실주의'라고 표현하고 있다. 비정한 현실주의도 과거 일제강점기 시절의 '친일'부터 내려오는 계보가 있다. 이것의 비루한 버전이 '먹고사니즘'이다. 빈곤층이 오히려 정치적으로 보수화되어 있는 '서민 보수주의'라고 할 수 있는데, 이것이 비정한 현실주의의 서민 버전이다. '먹고사니즘'이 생계에 급급해서만은 아니고 생계 문제와 직접적으로 연결되지는 않는다고 생각한다. 비정한 현실주의라는 좀 더 추상적인 표현이 더 적절하다. 이념은 '먹고사니즘'에 비하면 중요하지 않기 때문에 운동권들에 대해서도 욕하는 것이다.

이렇게 극단적인 저항주의와 비정한 현실주의가 양극단으로 대립되어 있다. 이러한 현실에서 미양도 소양도 두 입장 사이에 놓이게 된다. 예민한 감수성을 가지고 있는 여학생의 시점에서 본다면, 이 현실을 긍정할 수도 없고 부정할 수도 없는 곤란한 처지에 놓여 있었을 것이다.《숲속의 방》은 서울의 한 중산층 가정에서 성장한 세 자매의 삶의 양상을 대조적으로 보여줌으로써 이념적 대립과 가치관의 혼란 상황을 섬세하게 그려냈다는 데 의의가 있는 작품이다.

한국에서 중산층 부르주아소설이 갖는 미덕

이 작품에서 평가할 만한 부분은 이 집안이 중산층으로 설정되어 있다는 점이다. 한국문학에는 중산층 소설이 무척 드물다. 전반적으로 대개 중간층 이하의 계층을 배경으로 하는 것 같다. 중간층 출신 작가들이 부족해서 그런 것인지도 모르겠다. 어릴 때 가난했다는 작가가 부지기수다. 이것은 표준적인 근대문학과는 전혀 다른 모델이다. 근대소설이 유럽의 발명품이기 때문에 서양문학을 표준으로 본다면, 두 갈래로 나눌 수 있다. 하나는 시민 부르주아소설이고 다른 하나는 흔히 민중문학, 민중소설이라고 하는 인민문학이다. 두 계보는 전혀 다르지만, 표준은 시민소설, 시민문학, 시민 부르주아문학에 있다. 이런 표준을 흉내라도 내려면 중산층을 다뤄야 한다. 우리말로는 중산층이라고 이야기하지만, 정확하게는 아버지가 건물이 있거나 기업의 오너라거나 해야 시민 부르주아소설이라고 할 수 있다.

　텔레비전 드라마는 소설과 달리 이런 설정이 허다하다. 드라마의 배경은 중산층 이하로 잘 내려가지 않는다. 달동네가 가끔 나오기는 하지만, 달동네만 나오는 드라마도 극히 드물다. 그러면 대중들이 잘 보지 않는다. 이 불균형은 꽤 특이하다. 이것이 한국적인 현상인지는 더 생각해볼 문제이지만, 문학의 직무태만 때문이라는 혐의가 강하다. 이런 서사에 대한 관심이나 수요가 있는데 문학이 충족시키지 못하기 때문에 드라마나 영화로 대리 해소하는 것이 아닌가 싶다. 통상적으로는 문학에서도 이런 서사가 중심이어야 하는데, 그것을 제대로 다루지 못하고 있다. 시민계급을 다루거나, 민중계급을 다루거나, 어느 쪽을 다루더라도 자연스럽게 맞닥뜨리게 되는 이들 간의 갈등을 다루거나 해야 좋은 소설이 된다. 사회가 그렇게 구성되어 있기 때문이다.

오늘날의 사회를 1 대 99의 사회라고 한다면, 핵심이 되는 이 계층구조를 불가피하게 다룰 수밖에 없다. 시는 이런 것을 다루지 않아도 되고 책임질 필요도 없다. 그러나 소설은 당대적인 삶의 현실을 재현해야 하기 때문에 이 문제를 피할 수 없는 것이다. 그 자체가 어려운 것은 아니다. 그냥 중산층을 배경으로 설정하면 된다. 그런데 여기에는 그런 환경에서 살아봤어야 한다는 경험이 필요하기는 하다. 한국작가들이 중산층을 잘 다루지 못하는 것은 그렇게 살아본 경험이 부족해서가 아닌가 싶다.

프랑스에서 나온 문학사를 보면, 발자크 같은 작가도 상류 귀족사회를 다루는 데는 다소 서툴렀다는 비평이 있다. 발자크는 사회소설을 썼으니까, 당시의 사회상을 다 포괄해야 했다. 부르주아도 귀족도, 나아가 상류 부르주아도 하층 귀족도 모두 담아내야 한다. 그런데 발자크에게도 좀 더 잘 아는 세계, 친숙하고 만나 본 세계가 있다. 발자크의 인맥의 범위가 아주 꼭대기의 상류 귀족층까지 올라가지는 않았던 것이다.

이 사회를 제대로 다루려면 정부의 고위층도, 재벌 기업인들도 모두 등장해야 한다. 그런데 그런 소설을 쓰기가 어려운 것이다. 어렵더라도 써야 할 텐데, 한국소설이 다루는 범위가 너무 협소하다고 생각한다. 한국소설에 장관이 나오는 소설은 아주 드물다. 국회의원도 가끔 나온다. 대신 영화에서는 자주 나온다. 서민층을 다루면 취재하기도 편하고, 따라서 디테일하게 쓸 수 있기는 하다. 쓰기 쉬운 것과 써야 하는 것 사이의 간극인 셈이다.

그런 면에서 중산층을 배경으로 하는《숲속의 방》은 다른 미덕이 없더라도 그 설정 자체로 평가할 만하다. 물론 부모가 공사장에서 막노동하면서 어렵게 자식을 대학에 보내는 집도 있을 수 있다. 그런 소설들도 있다. 하지만 그보다는 중산층 가정을 소재로 다루는 것이 더 의미가 있다. 그런 소설이 드물기 때문이다. 특이하게도 이대 출신 작가들이 이런 것을 쓴다. 한국 사회에서 이대 출신이라는 것이 여러 가지를 함의하는데, 경제사회적 배경도 그 가운데 하나다. 설령 자신의 집안 형편이 넉넉지 않더라도 함께 공부한 친구들이 대체로 넉넉한 배경을 공유하기 때문에 취재하기도 쉽고, 그에 대한 감각을 공유하기도 한다.

예전에 장·차관 부인들은 다 이대 동문들이라던 시절이 있었다. 그런 계층적 감각이 있기 때문에, 이대 출신 작가라고 하면 뭘 다룰 수 있겠다는 그림이 그려진다. 이대 출신의 프리미엄이 있다면, 다른 의미가 아니라 그 감각을 가리키는 것이다. 강석경은 거기에다가 미대 출신이기까지 해서 어떤 것을 쓸 수 있을지, 어떤 것을 썼을지가 훤히 그려지는 것이다.

이 작품에서는 계급론의 용어나 시각을 많이 활용하고 있다. 할머니를 '퇴물 유한계급'이라고 지칭하기도 한다. 이것은 1980년대 시대 상황의 반영이기도 하다. 당시의 시대 인식이 그런 개념들로 구축되어 있었다. 할머니와 아버지가 통틀어 퇴물 유한계급인데, 고상하게 포장하면 보수적인 현실주의자다. 이런 설정이 현실 감각이다. 보수적인 아버지로서는 유감스러울 수도 있는 일이지만, 아들이 없이 딸만 셋 있는 것으로 설정해 놓고 있다. 어머니는 꽤 지적인 인물로, 지성을 대표하는 개인주의적인 인물로 설정했다. 이런 가족 구조만으로도 충분히 장편이 될 수 있다.

현실의 제약에 대한 투쟁으로서의 장편소설

한국문학에서 계속 결핍으로 남아 있는 영역이 염상섭의 《삼대》의 계보를 잇는 작품이다. 그런 규모의 가족소설이 나오지 않는 원인이 무엇인지 궁금하다. 《숲속의 방》도 가족 구도만 보면 《삼대》의 구도와 거의 비슷해서 얼마든지 그 규모로 쓸 수 있는 설정이다. 물론 그렇게 확장하려면 작가가 힘들기는 하다. 아버지만이 아니라 아버지 친구들도 나와야 한다. 기업가들은 권력자들과 커넥션이 있게 마련이고 그런 부분까지 다 다뤄야 하기 때문이다. 어머니의 세계도 더 풍부하게 확장해야 하고, 친구의 집안 이야기도 다뤄야 한다. 그렇게 하면 장편 규모가 되면서 당대 사회의 총체성을 묘사할 수 있다. 그런 것이 말 그대로 역작이다. 이런 작품은 한두 달로 가능하지 않고 몇 년 정도 써야 한다.

총체성이란 감자나 고구마 줄기 같은 것이어서, 한 군데를 뽑아내면 다 불려 나오게 되어 있는 것이다. 그런 작품이 필요한 공간이 있는데 그 자리가 비어 있다. 그 자리를 공백으로 비워 두고는 변죽만 두드리는 작품들을 쓴다.

해설에서는 1980년대에 대한 제대로 된 현실 인식을 보여주는 것이 이 작품의 미덕이라고 평가한다. 하지만 뒤집어 이야기하면, 1980년대 내내 이만한 작품도 없었다는 뜻이다. 이것이 한국문학의 빈곤이다. 이 작품 해설은 더불어 1980년대 한국문학의 침체를 지적하고 있다. 당대적 삶의 총체성을 재현해야 하는 소설문학의 과제와 역할을 감당하는 작품이 없으니, 소설이 소설로서 이름값을 못 한다는 것이다. 그래서 안타깝던 차에 이 작품이 그나마 해갈을 시켜주는 역할을 했다고 평가한다. 워낙 읽을 만한 작품이 없었기에, 이 작품이 중편임에도 불구하고 문제적인 작품이라는 것이다. 그 문제성을 장편으로 확장시키지 못한 것이 아쉬울 따름이다.

강석경은 1951년생으로 1980년대에 이 작품을 쓸 무렵만 해도 30대였다. 1974년에 등단했고 예술세계와 현실세계의 경계를 다루는 작품을 주로 썼다. 이대 출신 작가 가운데는 타계한 정미경이 강석경과 비슷하다. 중산층을 다룬 작가로 주목받았고, 예술가들을 다룬 작품들이 있다. 현실과 예술을 이분법적으로 나눠서 바라보는데, 예술 대신에 이상을 대비시키기도 한다. 현실과 이상 또는 예술 사이의 간극은 규모의 차이가 있을망정 보통 사람들도 경험하는 일반적인 문제다. 독자들이 소설을 읽는 이유는, 작가가 제기하는 이런 문제들이 자신에게도 똑같이 문제가 되기 때문에 자기 이야기로 읽을 수 있어서다.

강석경은 세부 묘사가 두드러지는 데 반해서 소설의 플롯 전개 과정에 대한 관심은 옅어 보인다. 이야기꾼으로서의 관심이 부족한 것이다. 소설가들 가운데는 순수한 이야기꾼들이 있다. 박완서는 그냥 앉은 자리에서 소설 한 편의 이야깃거리가 나온다는 데 자부심을 가지기도 했다. 그런 작가가 있는 반면에 지어내야 되는 작가가 있다. 그런 작가들은 소설을 쓰기가 어렵지만 그 약점을 인물이나 배경 묘사로 보완한다.

《숲속의 방》을 장편으로 분류하는 것은 잘못이다. 한국의 문학 시장에서는 중편이란 말을 잘 쓰지 않고 통틀어 장편소설이라고 부르는데, 이것은 말의 인플레이션이다. 장편이라는 말은 좀 더 엄밀하게 아껴 써야 한다고 생각한다. 한국문학은 태생적으로 중·단편 위주이고 장편 작가가 드물다. 《토지》나 《임꺽정》 등 일부 대하소설들이 있기 때문에 장편소설이 부족하다고 하면 잘 믿기지 않아 하지만, 이것은 한국문학의 특이한 현상이고 한국문학사가 다른 어떤 국민문학사와도 다른 점이다. 예전에는 장편소설의 상당수가 신문 연재소설이었어서 전작 장편인 경우는 더 희소하다.

《숲속의 방》이 아쉽게도 중편 분량에 그친 것이 작가적 역량의 한계인지는 모르겠다. 자신이 쓸 수 있는 최대치가 거기까지이고 더 쓰는 것은 무리라고 판단했을 수도 있다. 그 뒤로 작품이 나오지 않은 것으로 봐서는 그럴 가능성이 높다. 이 작품을 중편으로 마무리지은 강석경은 예술가소설 쪽으로 나아간다.《숲속의 방》다음으로 꼽히는 대표작이《가까운 골짜기》인데 예술가소설이다.

예술가소설은 작가 자신에게는 의미가 있을지 모르겠지만, 시간이 지나면 아무도 읽지 않을 장르가 아닌가 싶다. 예를 들어 2012년 작《신성한 봄》은 간경화에 걸린 노년의 연극배우가 아들을 만나기 위해 로마로 여행을 떠나는 이야기다. 동리문학상을 받은 작품이라고는 하지만, 독자들로부터는 거의 외면받는 작품이다. 줄거리만 봐도 별로 대중적이지 않다는 것을 알 수 있다. 이런 방향의 극단으로 갈 수도 있다. 가령 제임스 조이스의《피네간의 경야》도 자기만의 세계를 극단으로 밀어붙인 작품이다. 남들이 읽어 주거나 말거나 그냥 내 작품을 쓰겠다는 결기의 표현이다. 그렇게 해서 불멸의 작품을 쓸 수도 있다. 하지만 그것은 문학사에서 아주 희소한 사례이고, 대개는 독자를 보고 쓰는 것이다. 작가와 독자가 같이 살고 있는 현실에 대해 어떤 말을 하고, 어떻게 변화시킬 것인가라는 관심이 소설을 쓰게 하는 것이다. 소설은 대개 세속적인 장르로서 그런 이해관계를 가지고 있고, 거기에서 벗어나면 이런 특이한 구도소설이 된다. 그래서 조이스도 언어소설이나 구도소설로 나아간다.

작가들이 여행을 많이 하는 것은 만류하고 싶다. 어느 정도 필요하기는 하지만, 현실 감각을 희석시키게 되기 때문이다. 내가 할 수 있는 것과 할 수 없는 것 사이에 여러 가능성이 있겠지만, 동시에 각각의 가능성마다 여러 가지 제약이 있어야 한다. 이것이 현실 감각이다. 여행은 그런 감각을 무디게 한다. 가고 싶지만 갈 수 없는 그 지점에서 소설적 서사가 가능해진다. 가고 싶으면 가면 된다는, 불가능이 없는 조건에서는 소설이 나오지 않는다. 시는 나올 수가 있지만, 소설은 원리상 현실의 하중이 없으면 나오지 않는다. 현실세계의 압력이 있고 거기에 맞서서 투쟁하는 과정이 바로 소설적 서사이기 때문이다.

'자살'로 이야기를 마감하려는 오만한 선택

《숲속의 방》은 1980년대를 배경으로 중산층 출신의 여대생이 가정과 학교, 사회 어느 곳에서도 삶의 진실을 찾지 못하고 끝내 자살에 이르는 과정을 그린 작품이다. 이 과정을 설득력 있게 묘사하려면 좀 더 많은 이야기가 들어가야 한다. 결말 부분이 갑작스러운 것은, 관찰자적 시점으로만 다루고 있기 때문이다.

화자인 미양은 대학을 졸업하고 은행에 취직해서 직장생활을 하다가 곧 결혼을 앞둔 평범한 여성이다. 현실에 맞설 것인가 순응할 것인가라는 대립되는 선택지 사이에서 결국은 타협하게 된다. 그래서 은행에 다니는 남자와 결혼하는 것으로 귀착된다. 저항하는 쪽의 편을 들지는 않지만 중간자적인 입장을 취한다. 미양은 아버지를 불편하게 생각하면서도 사랑한다고 말하기도 한다. 완벽하게 일체화되지는 않지만 극렬하게 거부하지도 않는 것이다.

반면에 소양은 이것을 거부하고 아버지의 세계에 맞선다. 그런데 아버지의 세계에 맞서는 편에서도 일체감을 느낄 수가 없다. 그것이 소양의 불행이다. 아버지의 세계를 부정하기 때문에 벗어나려 하지만, 친구 명주로 대표되는 반대편의 세계에도 잘 맞지 않는다. 미양의 경우도 실은 비슷한 양상이다. 미양 안에 소양적인 것이 있다. 그래서 이 작품을 찬찬히 다시 읽어 보면, 소양이 아니라 미양이 주인공일 수밖에 없다는 것을 발견한다. 그런 의미에서 미양의 입사소설로 볼 수 있다. 잠시 방황하지만 결혼이라는 과정을 통해 현실에 정착하기까지의 이야기이기 때문이다.

보통은 주인공이 방황하지만 이 작품에서는 동생이 대신 방황한다. 대신 방황하던 동생이 죽으면서 미양은 현실로 귀착한다. 이것이 한 인물 안에서 일체화되면 배회하다가 현실에 안착하는 성장소설 또는 교양소설이 된다. 그런데 두 인물로 분리시키고 있다는 점에서 다소 특이한 유형의 교양소설이라고 할 수 있다. 플롯 자체로는 교양소설적인 플롯을 가지고 있다. 교양소설은 대부분 성장소설의 플롯을 가지고 있기 때문에 자연스럽게 입사소설적인 성격을 갖게 된다.

여대를 나온 미양과 달리 소양은 남녀공학 대학에 다니는 불문과 학생이다. 소양이 며칠째 외박을 하고 들어오지 않자 집안에서 난리가 난다. 특히 아버지가 보수적이어서 문제가 커진다. 마침 결혼을 앞두고 은행을 그만두면서 시간이 생긴 언니 미양이 소양을 추적하기 시작한다. 소양의 주변 인물들을 만나고 몰래 방에 들어가 소양이 쓴 일기장을 훔쳐보면서 소양에 대해서 점점 알아가게 된다는 줄거리이다.

소양은 휴학한 채 카페에서 알바를 하거나 뚜렷한 목적 없이 종로 거리를 헤매고 다닌다. 당시의 표현으로는 '종로통 아이들'이다. 시대성의 지표가 되는 공간들이 있는데, 1980년대 중반에는 종로가 그랬다. 극장가도 밀집되어 있고 대학생도 많이 활보하던 공간이어서, 종로가 젊음을 상징하는 중심적인 공간이었다. 1990년대로 넘어가면 그 역할이 압구정동으로 옮겨 가기 때문에 종로의 상징성은 그 시절 딱 한때에만 해당한다. 그런 점에서도 이 시대의 공기를 가장 잘 반영한 작품이라는 의미를 가진다. 이 작품에 몇 가지 의미가 있는데 그 중 하나가 종로통 아이들의 생각이나 태도를 보여주고 있다는 것이다.

중산층에 속하는 자신의 가족을 혐오하는 소양은 한때 친구 명주처럼 학생운동에 동참하려고 하지만 그것과도 거리를 두게 된다. 이런 상황에서 선택지는 자살 아니면 글쓰기나 예술 쪽으로 가는 것이다. 소양은 결국 자살을 선택하게 되지만, 다른 선택이 있다면 그것은 창작일 것이다. 후자의 선택은 강석경의 길이기도 하다. 똑같은 시대를 살았지만 작가의 길을 가게 된다. 또 다른 사례로는 무라카미 하루키가 대표적이다.

하루키는 1960년대 말 세대인데, 그 시절의 일본이 한국의 1980년대와 비슷했다. 그는 와세다대학 출신인데, 1학년 때 전공투 투쟁이 있었다. 하루키는 전공투에 가담하지는 않되 그렇다고 현실에 순응하지도 않겠다는 입장이었다. 현실에 순응하는 것은 아버지의 세계에서 아버지를 재생산하는 것이다. 그것이 중산층 가족주의다. 거기에 저항하려고 하다가 결국 패배하게 된다. 하루키는 그 원인을 상상력이 부족해서라고 진단한다. 그래서 중간으로 선택한 것이 재즈 카페다. 그러다가 소설을 쓰게 된다.

이런 사례를 참고할 수는 없었겠지만, 소양도 카페 하나를 차리는 선택지는 있었을 것이다. 자살을 선택하지 않는다면, 결혼하지 않는 대신 결혼 자금을 가게 차리는 데 보태 달라고 해서 아버지로부터 독립하는 방법도 가능했을 것이다. 양 극단을 피해 제3의 선택지를 모색하는 것이다. 그런데 소양은 죽음으로 마무리를 짓는다. 한국 대중문화의 특징이다. 분신자살 같은 저항의 방식도 한국 사회 특유의 현상이다. 단식 투쟁도 마찬가지다. 이렇게 굶는 데는 한국밖에 없다. 우리는 자주 봐 왔기 때문에 이상하다는 생각을 하지 않지만 실은 아주 이상한 일이다. 그래서인지 문학에서도 영화에서도 죽음으로 마무리짓는 경우가 많다. 죽으면 사건이 다 봉합되고 자신이 뭔가 책임지는 것으로 여기는 것 같다. 이런 태도가 장편소설의 빈곤과도 연관되어 있지 않을까 하는 생각이 든다. 이 작품을 장편으로 쓰려 했다면, 소양의 선택도 다른 방식으로 다뤄야 한다. 죽지 않아야 장편이 되기 때문이다. 거꾸로 이야기하면 장편이 아니어서 죽은 것이다. 죽으면 거기에서 끝나는 것이다.

소양에게서 잘 이해가 되지 않는 점이 있다. 소양은 자신의 출신 계급에 대한 경멸 때문에 호스티스가 되려 하는 것으로 자신을 더럽히고자 한다. 중산층은 노동자를 착취하고 억압하는 기생적인 계급이라는 죄의식이 있다. 그것이 이상한 건 아니다. 이런 죄의식에는 오랜 내력이 있기 때문이다. 19세기 러시아에서부터 이미 있었고 이 주제를 다룬 문학 작품도 많다. 자기만의 고민이 아니라 이미 많은 사람들이 해왔던 고민이라는 것이다. 그런데 저항과 현실 사이의 틈 바구니에서 자신만 혼자라는 것이 소양의 생각이다. 나만 고립돼 있고 나만 외로운 섬이라고 생각하는 것이다. 덧보탤 것도 없이 한마디로 유치한 생각이다.

책을 많이 읽지 않아서 모를 뿐이지 그런 고민을 했던 사람들은 아주 많이 있다. 오만하지 않다면 최종적인 선택을 하기 전에, 나와 비슷한 상황에서 누가 무슨 고민을 했고 어떤 선택을 했는지 두루 살펴보았어야 한다. 소양이 명주를 가리켜 운동권 엘리트주의라고 힐난하는데, 여기에도 대단한 오만이 있다. 호스티스로 취업을 하지만 며칠을 못 버틴다. 손님이 돈을 브래지어 속에 넣었다고 발끈해서 나와 버린다. 하지만 호스티스가 된다는 것은 돈 때문에 그런 인격적인 모욕도 감수한다는 것이다. 도대체 뭐가 되고자 한 것일까. 그렇게까지 밀어붙였다면 자살로 가지는 않았을 것이다. 그러니 자살은 오만한 선택일 수밖에 없다.

그렇다고 소양에게 책임을 돌릴 일은 아니다. 작가가 중편 규모로 구상했기 때문에 불가피하게 죽어줘야 하는 사정도 있다. 그래야 끝나기 때문이다. 인물이 다른 성격으로 설정되거나 중편을 넘어서는 규모의 작품을 구상했더라면 이야기가 전혀 다르게 진행됐을 것이라고 생각한다.

성숙으로 나아가지 못한 아웃사이더의 자기파괴

소양이 갖고 있는 특징은 중산층에 속하는 자기 가족에 대한 혐오다. 미양은 소양의 일기를 보고서야 그 혐오가 얼마나 깊은지 알게 된다. 가령 할머니를 가리켜 "퇴물 유한계급"으로 못박아 말하면서 "자기 도취로 생의 고독에서 도피하려 한다"고 비난하는가 하면 나이에 어울리지 않는 "코르셋"과 "분홍색 레이스 양산"을 조롱하고 "하긴 진실에 직면해도 그 나이에 자살은 못하겠지"라고 비아냥댄다. 가족에 대한 대단한 경멸이지만, 좋게 보면 귀엽다고 할 수도 있는 일면이다. 거꾸로 이야기하면 나는 할머니와도 다르고 아버지와도 다르다는 뜻이다. 이것이 소양의 자부심이고 자존심이다. 부모를 동물 수준으로 폄훼하기도 한다. "인간은 어차피 동물이라지만 어머니와 아버지는 동물적인 결합"이라는 것이다. "데모하는 것들은 모조리 사형시켜야 한다"는 아버지에게뿐 아니라 "그런 아버지 옆에서 태연하게 당근즙을 따르고 있는 어머니"에게도 혐오감을 가지고 있다. 그래서 집을 싫어하고 자주 외박을 한다.

하지만 소설의 주인공이라면, 그럼에도 불구하고 조금 더 참았다가 유산까지 다 받은 다음에 다른 길을 선택할 수도 있어야 한다. 이렇게 오래 인내하는 자의 길이 소설의 길이다. 그래서 소양의 선택은 시적인 선택이지만, 아버지의 경제력 때문에 그동안 고생 없이 살았다는 것을 너무 과소평가한다. 실은 이것까지 의식하게 될 때 비로소 내면이 생긴다. 아버지를 혐오하지만 아버지가 자기 존재의 근거라는 것을 부정할 수는 없다는 이중성 때문이다. 이렇게 서로 상충하는 감정이 만들어내는 내면을 가지고 오래 버텨야 하는 것이다.

소양도 그런 생각을 하기는 한다. 자신이 "물질적 불편 없이 살 수 있었던 것은 아버지 덕이고 명주식의 시선으로 보자면 근로자의 피와 땀 덕분"이라고 긍정한다. 그러나 "내 생각만으로도 너무 버겁다"는 이유로 "그 문제는 덮어두고 싶다"고 쉽게 회피한다. 문제는 이것이 덮어둘 일이 아니라는 것이다. 좀 더 오래 붙들고 있어야 한다. 그래야 소양이 좀 더 성숙할 수 있다. 하지만 소양은 거기까지 나아가지 못한다. 그 상황은 덮어두고 종로통을 배회하며 그저 자기 기분대로 반항만 한다. 종로통을 배회하면서 성숙하기는 어렵다. 현실로부터 잠시 도피하는 것이기 때문이다.

노동자와의 연대 투쟁은 반대하면서 호스티스가 되겠다는 것도, 정확하게는 부모에게 모욕감을 주려는 것일 뿐이다. 하지만 그나마의 선택에도 충실하지 못했다. 이를테면 대학생이 노동자 사업장에 연대 투쟁하러 갔다가 실제로 노동자가 된 경우도 있었다. 민중이 이 세계의 주인인데 이들을 착취하고 있는 구조 속에서 자신이 일조하고 있다는 죄책감 때문에 아예 노동 현장으로 가기도 한다. 한때 잠시 일하다가 돌아오는 것은 비겁하다고 생각해서 눌러앉아 노동자가 된 사람도 있다. 그런 사례들과 비교해 보면, 나흘짜리 호스티스는 상당히 기만적이다. 내가 가진 기득권에 저항하기 위해서 피착취계급의 처지가 돼 보겠다고 한 것이라면 거기에 더 있었어야 한다. 아버지에게 저항하겠다는 것이라면, 자기파괴적이긴 해도 임신까지

한다거나 해야 아버지에게 제대로 복수하는 것일 텐데, 그렇게까지는 가지 않는 것이다.

요컨대 머리와 몸이 따로 노는 것이다. 중산층 가정에서 곱게 자랐기 때문에 그런 모욕감을 감당할 수가 없다. 다만 머리로는 투쟁해야 한다고 생각한다. 그래서 일시적인 성적 방황으로밖에 표현되지 않는다. 종로통은 성적인 배회를 상징하는 공간이다. 하지만 실제 그 간극을 채워주는 통로는 학습이다. 소양이 이런 문제의식을 가졌다면, 그래서 순응할 수도 없고 저항할 수도 없는 딜레마로 곤궁에 처해 있다면, 성적 방황은 이 문제를 해결하는 방식이 아니라 덮어두는 것에 불과하다. 이 문제가 너무 버거워서 생각하지 않으려는 몸짓일 뿐이다. 이것이 잘못된 선택이다. 이 문제를 해결하려 했다면 종로 거리를 배회할 게 아니라 종로도서관으로 가서 책을 봐야 하는 것이다. 같은 고민을 하는 사람들은 종로통에 있는 것이 아니라 책 속에 있기 때문이다.

학생운동의 흐름에 동참하려고 했다가도, 엘리트주의라고 비난하면서 빠져나온다. 하지만 정작 엘리트주의적인 것은 소양 자신이다. 주변의 젊은이들처럼 소비적인 행태나 일회적인 만남에 적응하지 못한다는 점에서 소양도 엘리트주의적이라는 혐의를 벗어날 수 없는 것이다. 종로통의 다른 아이들은 잠시 배회하다가 배회의 포즈만 취하고 다시 돌아갈 것이다. 일시적인 도피족들인 셈이다. 그에 반해 소양은 코스프레가 아니다. 반항적인 딸 코스프레를 하는 것이 아니라 진짜 반항적인 딸이다. 고민과 방황에 진정성이 있다. 그렇다면 그 방법을 좀 더 잘 선택했어야 한다. 그러나 아쉽게도 소양의 방황에서는 건질 만한 것이 없다. 이런 방황을 통해서 뭔가 성장할 수 있는 기회나 경험을 가질 수 있었을지가 의심스럽다. 이것이 소양이라는 인물의 한계다.

머리는 되는데 몸이 따라 주지 않는 것이다. 몸은 이런 힘든 것에 익숙하지 않기 때문이다. 그렇다면 머리든 몸이든 둘 중 하나에 맞춰야 한다. 희중을 비롯한 주변 인물들은 머리도 몸도 현실 쪽이다. 명주는 머리도 몸도 저항 쪽이다. 그런데 소양은 머리와 몸이 둘로 나누어져 있다. 머리를 몸에 맞추든가 몸을 머리에 맞추든가 해야 하는데, 이것을 하지 않으면서 문제가 해결되기를 기대하는 것은 유아적이다. 소양과 대비되는 것이 명주 같은 인물이다. 이 작품이 장편이었다면 명주라는 인물도 좀 더 파고들었을 것이다.

명주는 소양이 처해 있는 상황을 가장 정확하게 분석하고 있는 인물이기도 하다. "현실을 보지 못하는 측면이 있지만 늘 갈등"하고 "표출은 없지만 변화의 의지는 가졌"다는 것이다. 그리고 "비전"이 모호한 탓에 "대안이 없기" 때문에 "자기파괴로 나간다"고 비판한다. 명주는 또 "소양이가 여성운동 같은 것에 관심을 가지면 좋았을" 것이라고 아쉬워하면서 "자기가 직접 당하니까 그런 의식은 있는데, 지구력이 없다"고 지적한다. "주어진 것을 쉽게 누렸기 때문에 어쩔 수 없이 타성에 젖은 면이 있"다는 것이다. 예를 들어 "벼락부자 할머니를 우습게 여기고 부모에게 반항하며 부르주아적 이데올로기를 거부하지만 그것뿐"이라고 정확히 진단한다.

명주가 보는 소양은 기성의 가치나 제도, 규범으로부터 벗어나고 자 하는 아웃사이더에 불과하다. 어떤 곳에서도 소속감을 갖지 못하 는 인물로 보는 것이다. 물론 아웃사이더에게도 할당된 자리는 있다. 예술이나 종교가 그런 공간이다. 그것도 하나의 방책일 수 있다. 그 런데도 소양은 이런 방향을 선택하지 않고 자기파괴 쪽으로 간다. 소 양은 미양에게 자신이 "쓸쓸한 파도만 부딪히는 섬 같다"고 토로한 다. 각자가 고유하고 특별한 존재인데 사람들이 그런 것을 제대로 알 아봐 주지 못한다는 의식에서 빠져나오지 못하고 유아적인 상태에 머물러 있는 것이다.

세계 인구가 70억 명이라면 나의 가치는 고작 70억 분의 1이라는 것과 그럼에도 나는 유일하다는 것 사이에서 균형을 잡아야 하는데 이것이 쉽지 않다. 인격적으로 성숙하다는 것은 이 균형을 잘 유지하 고 있다는 뜻이다. 70억 각자에 대해 그렇게 생각할 수 있어야 타인 에 대한 배려도 가능하다. 그런데 소양은 그런 의식까지는 가지 못한 다. '섬'이라는 것은 자기애적 만족에서 그치고 있다는 뜻이다. 이 단 계에서 빠져나와야 성숙으로 나아갈 수 있다.

현실로부터 유리되어 《광장》의 실패를 반복하다

이 소설이 교육적인 기능을 가질 수 있다면, 소양을 반면교사로 삼을 수 있기 때문이다. 소양과 동일시하는 것이 아니라 소양을 타자화해서 소양의 한계를 제대로 지적할 수 있어야 한다는 것이다. 그래야만 소양이 상징하는 유아적인 단계에서 빠져나올 수 있다.

가령 소양의 아버지는 "대학이 경쟁 대열이지 그럼 취미 양성소냐"면서 대학 교육의 목적이 "남들보다 더 좋은 데 시집가고 남들보다 더 좋은 직장 얻게 하려는" 것이라고 말한다. 이 아버지가 특별히 속물적인 것이 아니라 오히려 표준적이다. 대개 다 이렇게 생각한다. 그런데 소양이 이런 아버지에게 혐오감을 느꼈다면 좀 더 성숙한 대안을 가지고 맞서야 하는데 그런 것을 전혀 가지고 있지 않다는 것이 문제다. 그저 종로통에서 배회한다거나 남자친구와 섹스를 한다거나 술집에 호스티스로 잠시 취업한다거나 하는 심정적인 반항밖에는 보여주지 못한다. 노동자들과의 연대 투쟁은 엘리트주의라고 비난하지만, 자신의 이런 태도나 선택은 과연 얼마나 대중적인 것일까.

'숲속의 방'이라는 것은 소양이 꿈꾼 이상적인 공간이다. 결말에서 미양이 하는 말대로, 그런 숲속의 방은 어디에도 없다. 소양은 "세상 밖" 즉 숲에서 자신의 방을 찾으려 했지만 실은 "숲에는 혼란과 미로가 있을 뿐" 방은 없다는 미양의 말이 이 작품의 메시지이기도 하다. 그런 면에서 보면, 소양의 최후는《광장》에서 이명준이 밀실과 광장 사이에서 했던 선택을 조금 작은 스케일로 다시 반복하는 것이기도 하다. '광장'이 체제라는 관점에선 북한을 가리키는 상징이기도 하지만 다른 한편으론 사람들이 모이는 연대적 공간, '우리'들의 세계를 뜻하기도 한다. 반면에 밀실은 혼자만의 세계, 이기적이고 자폐적인 공간 또는 환락의 공간이기도 하다. 그 사이에서 제3의 공간을 찾으려고 하지만 그런 공간은 부재한다. 소양에게는 그것이 '숲 속의 방'이다.

소양의 자살은 그 부재의 표시이다. 소양의 방이 현실 공간으로부터 스스로를 유폐시킨 단절의 공간이자 진정한 자아 찾기를 모색하는 공간이라면, 그 부재는 이런 자아 찾기에 실패했음을 의미한다. 구조상 실패가 당연하기도 하다. '나'라는 정체성은 사회적 관계 속에서만 가능한 것이기 때문이다. 그래서 관계를 다 단절하고 진정한 나를 찾는다는 것은 허깨비를 찾는 것과 똑같은 일이다. 자아 자체가 사회적 존재이기 때문에 내가 나를 실현하는 것은 사회적인 공간에서만 가능하다. 자기를 발견한다는 것도 마찬가지다. 타인들과의 관계 속에서 형성되는 것이지, 그 이전의 '고유한 나'라는 것은 있을 수가 없다. 이것은 사회학적 인식이기도 하지만, 정신분석학이 설명하는 내용이기도 하다.

'고유한 나'라는 것은 따로 있지 않다. 이것을 찾으려는 것 자체가 무망한 시도이고 유아적인 인식이다. '숲속의 방'이 이런 자아의 공간적 표상인데 그런 것은 어디에도 없다. 소양의 시도는 실패로서 의미가 있다. 이것이 없다는 것을 확인해 주기 때문이다. 《광장》에서 제3국 인도로 가다가 자살하는 이명준의 경우도 마찬가지다. 투쟁의 공간으로서의 현실을 괄호 친 채 다른 곳에서 의미나 진실을 찾으려는 시도는 실패할 수밖에 없다는 것을 보여주는 사례. 그 실패 사례를 다시 한 번 반복하는 것이 《숲속의 방》이다.

소양이 보여주는 갈등과 자살이라는 선택은 1980년대 한국 사회의 쟁점이었던 이념적 대립, 가치관의 혼돈과 갈등을 보여준다. 위선적이지만 편한 현실에 안주하는 선택을 할 것인지 아니면 대의의 편에 설 것인지 사이에서 선택해야 했다. 이 작품은 감성적인 비판을 넘어서 대안을 제시하는 데까지 나아가지는 못했다. 중편이기 때문에 갖는 불가피한 한계다. 미양은 안정적인 선택을 한다. 안정적인 직장을 가진 남자와 결혼하는 것이 미양 이야기의 결말이다. 음악에 대한 열정은 완전히 삭제가 안 되니까 대학원을 좀 다녀 보는 것으로 정리한다. 소양의 선택은 자살로 어떤 대안도 없다. 대안이 있으려면 현실에서는 명주 쪽밖에 없다.

그런데 소양의 선택은 강석경의 선택도 아니다. 작가는 그 이후에 예술가소설로 가기 때문이다. 집단과 예술적 자아 사이에는 갈등이 있다. 예술적 자아는 단독적 자아인 반면에 집단적 연대 속의 나는 한 일원일 뿐이고 고유한 개성으로서의 나가 아니기 때문이다. 그 충돌 때문에 혁명기 예술에서 갈등 상황이 빚어지기도 했다. 예컨대 러시아혁명기 때 시인과 작가들이 혁명에 동조해서 발로 뛰기도 했지만 그 이후에 많은 수가 숙청당하거나 자살했다. 혁명 혹은 정치와 예술 사이에는 근본적인 불화가 있는 것이다.

미양과 소양 두 인물만으로는 이 작품 안에서 어떤 대안이 도출되기 어렵다. 그럼에도 실패 사례로서 의미가 있다. 당시에 심정적으로는 운동권에 동조하면서도 몸은 따르지 않는, 회색지대에 있는 더 많은 다수의 학생들의 진실을 이 작품이 대변한다는 평가도 있다. 평가는 여러 가지 시각에서 가능한데 소설적 서사만 보자면 실패 사례이며 반면교사로서의 의미가 있다고 생각한다. 또한 실제 현실이었기 때문에 종로통 아이들의 세대 감각을 담고 있다는 것도 이 작품의 의의다.

7장

| 1990년대 I |

공지영
《무소의 뿔처럼 혼자서 가라》

급진적 이념과 지체된 현실 사이의
과도기적 충돌

공지영

《무소의 뿔처럼 혼자서 가라》는 20대 초반까지는 누구보다 당당하게 생을 살아갈 자신이 있었던 이들이 30대에 접어들어 남녀차별적인 현실에서 좌초하는 현실을 그려낸다. 더 나아가 난파하는 여성들의 성차별에 대한 누적된 불만과 항의를 대변하면서 이 세대 여성들에게 큰 공감을 이끌어내며 지지를 받는다.

이른바 '후일담 문학'을 대표하는 작가

공지영과 신경숙은 동갑내기 작가로 문단에서는 '63년생 작가군'으로 불렸다. 지금은 더이상 그렇게 불리지 않지만, 연배가 좀 앞서는 은희경과 함께 비슷한 연배의 작가들이 1990년대 중후반 무렵 거의 동시에 한국문학을 장악하다시피 했다. 이 작가들의 성향은 많이 대비가 되지만, 대단한 독자 파워를 가지고 있다는 공통점이 있다. 공지영은 통산 판매부수가 거의 천만 부 가까이 된다. 방송 프로그램에서 《봉순이 언니》를 대대적으로 홍보하면서 마치 전 국민의 필독서처럼 여겨진 적도 있다. 그 외에도 몇 권의 책이 베스트셀러가 됐는데 그 가운데 하나가 《우리들의 행복한 시간》이다. 2005년 발표되어 그해의 베스트셀러가 되고, 영화로도 만들어진 작품이다.

《봉순이 언니》부터 《우리들의 행복한 시간》 사이에 공백이 7년쯤 있다. 작가가 개인적으로 가장 힘들었던 시기라고 고백하기도 했는데, 그것을 넘기고 쓴 《우리들의 행복한 시간》이 독자들에게 상당한 사랑을 받게 되면서 재기에 성공한다. 그래서 작가도 이 작품에 대해서 상당히 애착을 가지고 있다고 한다. 이렇게 전환점이 되는 작품들이 있기 때문에, 공지영의 작품은 시기 구분이 가능하다. 가령 《우리들의 행복한 시간》 이후는 하나의 시기로 묶을 수 있다. 그리고 초기에 전환점이 되는 작품이 《무소의 뿔처럼 혼자서 가라》다. 이 작품은 작가의 세 번째 장편이다.

스물여섯 살이 되던 1989년에 첫 장편 《더 이상 아름다운 방황은 없다》를 발표한 공지영이, 만 서른 살에《무소의 뿔처럼 혼자서 가라》를 발표한다. 이 작품이 공지영의 출세작이다. 첫 번째 장편은 그렇게 큰 반향이 없었지만, 1993년《무소의 뿔처럼 혼자서 가라》가 나오면서 상당한 반향을 불러일으켰고, 이때부터 스타급 작가가 된다. 전성기는 1993~1998년이다. 그 후 7년간 암흑기를 거쳐 다시 2005년부터 재기하게 된다.《우리들의 행복한 시간》(2005)과《즐거운 나의 집》(2007)이 연달아 그해의 종합 베스트셀러 목록에 오를 정도로 대단한 인기를 구가한다. 그렇게 다시 한 번 전성기를 맞지만, 공지영이 처음 대중적인 인지도를 획득한 것은《무소의 뿔처럼 혼자서 가라》부터다.

작가에게 일종의 신고식 같은 의미를 가지는 작품이지만, 그와 동시에 작가가 속한 세대에게도 중요한 의미가 있다. 이 나이 또래의 생각이나 감각이 그대로 작품 속에 재현되고 있기 때문이다. 이 작가가 40대였다면 이렇게 쓰지 않았을 것이고, 실은 이렇게 쓸 수도 없다. 딱 그 나이 때의 감각이 시대적 조건과 감응했기 때문에 쓸 수 있었던 작품이다. 대개의 작품들은 그 당시의 작가나 작가를 둘러싸고 있는 시대적 여건의 절박함이 반영되기 때문에 다 그 나름대로의 의의가 있게 마련이다. 다만 객관적 거리를 두고 평가했을 때 중요한 작품과 그렇지 않은 작품으로 나눌 수 있을 뿐이다. 그래서 작가 자신의 편애와 무관하게 비평적 안목에서 다른 작품들을 더 들여다보고 재평가할 수도 있다. 평가절하되어 있던 작품이더라도 실은 큰 의미가 있는 작품이라고 재평가할 수도 있는 것이다. 작가에게는《우리들의 행복한 시간》이 가장 중요한 작품일 수도 있겠지만, 이런 기준에서는《무소의 뿔처럼 혼자서 가라》가 더 중요한 작품일 수 있다.

《무소의 뿔처럼 혼자서 가라》는《숲속의 방》의 연장선에서 읽힌다. 주인공의 나이도 비슷하다. 소양이 1980년대 초반 학번인데 이 작품에서도 비슷한 또래다. 공지영이 연세대 영문학과 81학번인데,《무소의 뿔처럼 혼자서 가라》에는 학교 방송반 활동 등 작가의 자기 경험이 많이 투영되어 있기도 하다. 장편소설을 쓸 때는, 더구나 경제적으로도 어려운 환경에서 급박하게 완성작을 써내야 한다면, 쉽게 의지할 수 있는 것이 자기 경험일 수밖에 없다. 소설가가 자기 이야기나 주변 친구의 이야기를 소재로 쓰는 것이 그 자체로 문제가 되지는 않는다. 그것을 잘 쓰면 된다. 고스란히 재현해서 작품 속에 옮겨놓을 수 있다면 그것이 그 작품의 의의가 될 수 있다.

1987년 직선제 개헌 이후에 새 공화국이 들어선다. 과거의 군사독재와 무관치 않은 노태우 정부에 이어, 문민정부를 기치로 내세운 김영삼 정부를 거쳐 1990년대 후반에 김대중 정부까지 정치사가 전개된다. 그런 조건 탓에 1980년대와 1990년대 사이에는 어떤 시대적 간극이 있다. 그 틈바구니에서 1980년대의 시대적 경험을 가지고 있는 세대가 30대가 돼서 1980년대 또는 그 시대의 후유증에 관한 일련의 소설들을 발표한다. 지금은 거의 쓰지 않는 용어이지만, 1990년대 중반에 이런 작품을 쓰는 일군의 작가들이 등장했을 때 이들의 문학을 통칭해서 '후일담 문학'이라고 불렀다. 공지영도 여기에 속한다.

이러한 흐름은 문학사적으로 의미가 있다. 대개 한국 현대문학사를 정리할 때 10년 단위로 시기를 구분하는데, 1990년대 문학의 가장 중요한 특징 가운데 하나가 바로 후일담 문학이기 때문이다. 공지영은 후일담 문학의 대표작가 중 한 명이고, 대중적인 성공을 기준으로 하면 가장 중요한 작가이기도 하다. 이러한 흐름으로 분류되는 작가가 몇몇 더 있기는 하지만, 공지영이 단연 돋보인다. 그래서 한편으로는 그 대가도 혹독하게 지불하게 된다. 작가로서는 억울할 수도 있는데, 대중적인 인기 때문에 평단으로부터는 상당한 박대를 받은 것이다. 1990년대 이후의 작가들 가운데 평단과 가장 사이가 좋지 않은 작가라고까지 말할 수 있다. 작가도 처음에는 그 때문에 스트레스를 많이 받았다고 하는데 나중에는 혹독하게 비판해줘서 다행스럽게 생각한다며 고맙다고까지 이야기한다.

이 말에는 반어적인 뉘앙스도 있는데, 공지영이 전두환에 대해서 감사하다고 했던 것과 비슷하게 들리기 때문이다. 이것은 전두환이 아니었다면 자신이 학생운동을 했을 리도 없고 감옥에 갔을 리도 없고 혹시 소설을 쓰게 됐더라도 상당히 늦게 시작했을 것이라는 개인적인 고백의 맥락에서 나온 말이다. 공지영은 1987년 구로구청 부정선거 규탄 시위에 연루되어 경찰서 유치장에 열흘간 수감된 경험이 있다. 그때 혼자 수감되는 바람에, 불가피하게 수도원과 비슷한 '피정'의 경험을 하게 된다. 1987년이면 스물네 살인데, 그때까지 한 번도 생각해 보지 않았던 자기 자신의 장래에 대해 생각해볼 계기가 된 것이다.

문학소녀이기도 했기 때문에 작가들에 대한 막연한 선망도 있었고 글을 써 오기도 했지만, 그렇다고 소설가가 되겠다는 생각을 했던 건 아니었다. 그런데 감옥에 열흘 동안 있으면서, 이번에는 짧게 끝나지만 더 길게 붙잡혀 올 수도 있겠다는 생각도 들고 고문을 받다 죽을지도 모르겠다는 생각도 들었다. 신념을 바꿀 생각도 없었으니 이번에 나가더라도 군사정권 하에서는 언제든 다시 들어올 것이 분명하다고 생각한 것이다. 그래서 밖에 나가게 되면 감옥에서는 할 수 없는 것으로 가장 중요한 딱 한 가지만 해야겠다고 생각한 것이 소설 쓰기다. 그렇게 쓴 소설 〈동트는 새벽〉으로 1988년에 데뷔한다. 평상시였다면 결코 하지 않아도 될 감옥 체험으로 말미암아 그런 각성의 기회를 갖게 되었으니, 전두환 덕에 소설가가 되었다는 것이다.

1980년대가 작가에게 선사한 '유황불 체험'

1987년에 개헌이 되고 그해 말 대통령 선거에서 노태우가 당선된다. 노태우 정부는 야당의 분열 덕에 어부지리로 운 좋게 들어선 정부이기는 하지만, 합법적 정당성을 가졌고 정국은 조금은 완화된 국면으로 넘어간다. 형식적으로는 절차적 정당성을 확보한 민주정부였기 때문에 반독재 투쟁이 의미가 없어지면서 학생운동도 한풀 꺾이게 된다. 그렇게 1990년대를 맞으면서 1980년대에 청춘을 불살랐던 사람들도 30대로 접어든다.

한국현대사에서 이런 경험을 가진 세대가 둘 있다. 4·19세대와 1980년 광주 세대다. 1980년에 대학을 다녔거나 최소한 고등학생이었어야 1980년 세대에 턱걸이라도 할 수 있다. 이들이 군부 독재에 맞서서 투쟁하면서, 시대적 경험이 화인처럼 세대의식으로 찍히게 된다. 이것은 평생 가지고 가는 자기 인생의 자산이다.

4·19세대 중에도 대표적인 작가들이 여럿 있다. 대개 1940년 전후에 태어난 작가들이다. 평론가로는 김현을 꼽을 수 있고 작가로는 이청준이 대표적이다. 1942년생으로 1960년에 대학 1학년이었던 김현은 마지막 평론집에서 "나는 항상 4·19세대의 의식을 갖고 글을 쓴다"는 인상적인 발언을 한다. 나이가 서른이 되고 마흔이 되더라도 계속 스무 살 때의 그 세대라고 토로하는 것이다. 1980년대 세대도 비슷하다. 그 사이에 있는 1970년대 세대나 1990년대 이후의 세대들은 시쳇말로 폼이 안 난다. 세대적 동질감으로 목에 힘을 줄 수 있는 세대는 1960년대와 1980년대에 20대였던 두 세대이다.

러시아문학에도 아버지 세대와 아들 세대로 불리는 이들이 있다. 1840년대와 1860년대 세대를 특권적으로 가리킨다. 1830년대나 1850년대 세대는 중요하지도 않고 오로지 1840년대와 1860년대 세대가 중요했다. 한국문학에서도 1960년대 세대와 1980년대 세대가 중요하다. 그 세대가 갖고 있는 특별한 의미가 있기 때문에, 그 세대의 문학도 의미가 있는 것이다. 1970년대와 1990년대 세대의 문학은 그림 자체가 그 이전과 달라진다.

그런데 1980년대 세대가 그 시절과는 공기가 달라진 1990년대를 살아가게 된다. 그것도 처음 경험하는 것이다. 반복되는 것이라면 전수된 노하우라도 있을 텐데 처음 겪어보기 때문에 좌충우돌하게 된다. 이를테면 1980년대 세대가 1990년대로 이월된 셈인데, 그 과정에서 적응장애를 겪는 것이다. 그 때문에 빚어지는 여러 가지 문제들이 있다. 후일담 문학은 그래서 한편으로는 '후유증 문학'이기도 하다. 적응하는 과정에서 벌어지는 여러 가지 문제들을 다루기 때문이다.

1차 페미니즘 붐이 일었던 것도 이때이다. 그 이전까지는 1세대 여성주의라고 해서 몇몇 선각자적인 여성들의 활동이 있었다. 그러다가 1980년대부터 1990년대까지 주목할 만한 페미니즘 물결이 이어진다. 1980년대의 페미니즘은 이론으로서의 페미니즘이었다. 정치가 압도적인 시대적 상황이었던지라 일상생활이라는 영역이 들어설 자리가 없었다. 개인적인 생활에서의 문제는 모두 유예되어야 했던 시대다. 1990년대에 와서야 비로소 일상에 대한 관심이 생겨난다. 이념으로 학습했던 1980년대식의 감각이 이때 완전히 새롭게 발견되고 발명되고 학습된다. 정치나 역사뿐 아니라 젠더나 여성 문제에 대한 인식도 마찬가지다.

공지영은 여성작가로서, 이 상황을 다룰 수 있는 예외적인 조건을 갖추고 있었다. 공지영은 집안이 아주 좋다. 가정부도 있고 운전기사도 있는 상당히 부유한 집안의 막내딸이었다. 아버지가 일본에 자주 드나들었다거나, 주변 친구 중에선 학교에 걸어다니는 아이들이 없었다거나 하는 이야기들을 인터뷰에서 밝힌 적도 있다. 윤택한 조건에서 성장하면서 책도 많이 읽었다. 《토지》를 감동적으로 읽었

다고 한다. 그래서 작가들 가운데는 박경리의 영향을 많이 받았다고
한다. 그 외에도 예상할 수 있는 작가들을 많이 읽었다.

그런 문학 수련기를 거치긴 하지만, 그것만으로는 부족하다. 결
정적인 체험은 1980년대의 시대 상황이다. 1970년대나 1990년대 세
대가 이런 환경에서 성장했다면 작가가 되지 않았거나 된다 해도 이
런 작품을 쓰지는 않았을 것이다. 어느 평론가의 표현으로는 '유황
불 체험'이라고 하는 그런 체험을 하게 된다. 불 속에 한번 들어갔다
나온 것이다. 짧은 감옥 체험도 중요한 계기다. 몇 년씩 고생하고 나
온 사람들도 많기 때문에 열흘쯤은 우습게 보일지도 모르지만, 공지
영에게는 아주 중요한 경험이고 자산이다.

또 당시에 흔히 '학출'로 불리던 학생 출신 노동자이기도 했다.
1980년대 초반 학번의 대학생들 가운데는 직접 노동현장에 뛰어들
었다가 해고당하는 경우가 꽤 많았다. 대학생들이 잠입해서 노동자
들을 의식화하려고 한다고 해서 오래 다니지는 못했다. 한번 해고되
고 나니까 오기가 생겨서 구로공단을 못 떠나고 계속 배회한다. 지금
은 하고 싶어도 하기 어려운 경험이다. 당시의 시대적 분위기에서 자
연스럽게 접한 이런 경험도 문학적 자산이 된다. 출신 계급으로 보면
중산층 내지는 부르주아 계급이지만, 밑바닥 체험도 해 본 것이다.
거기에 문학작품을 두루 읽었던 바탕까지 결합해야 공지영 문학이
탄생한다.

어떤 환경에서 살았느냐에 따라 일상에 대한 감각에서 차이가 날
수밖에 없기 때문에 출신 계급을 무시할 수는 없다. 물론 밑바닥 출

신 작가들은 있지만, 상층과 하층을 두루 경험하기는 쉽지 않다. 그 래서 이런 조건을 골고루 갖춘 경우는 아주 드물고, 그것이 공지영 문학의 자산이다. 게다가 개인사가 남다르다. 개인사가 들춰지는 것을 불편하게 여기기도 했지만, 나중에는 다 공개된 것이 차라리 통쾌했다고 스스로 이야기하기도 한다. 세 번 결혼했다 세 번 이혼하고 아이 셋의 성이 다 다르다는 개인사가 조선일보 문화면의 머리기사로 나가면서 널리 알려져 화제가 되었던 것이다. 지금도 검색하면 공지영의 가족사가 다 확인된다.

공지영이 문단에서 혹평을 받은 이유 가운데 하나는 '외모 마케팅'으로 인기가 부풀려진 것이 아닌가 하는 의심 때문이다. 공지영의 모든 책에는 작가의 외모를 강조하는 사진이 크게 들어가 있다. 다른 여성작가들의 전례를 보더라도, 작가의 사진을 크게 내세워 홍보용으로 쓴 사례가 많지 않다. 작가의 글보다 얼굴을 내세운 거의 첫 번째 사례가 아닌가 싶다. 작가 자신도 그것을 의식하고 있다.

이런 것도 이 작가가 갖고 있는 대표성이다. 한편에는 열광적인 독자들의 지지도 있고 다른 한편에는 평단의 냉대도 있지만, 분명하게 인정할 수밖에 없는 것은 이 작가가 갖고 있는 대표성이다. 공지영을 빼고 1990년대 문학을 이야기할 수는 없다. 1990년대라는 시대의 특수성이 이 작가의 작품 속에 들어오기 때문이다. 이것이 공지영 문학의 일차적인 의의다.

역사적 변화에 적응하는 과정에서 일어나는 충돌

이 작품에서 후일담에 덧붙여지는 것이 페미니즘이다. 공지영이 자임한 것은 아니다. 페미니스트로서 작품을 쓴다고 밝힌 것이 아니라, 오히려 자기가 쓰고 있는 것이 페미니즘인지 잘 모르겠다고 이야기한다. 그런데도 통상 그렇게 분류가 됐다.

여성 문제가 1980년대적인 새로운 세계인식 혹은 인식의 혁명적 전환에 일부 포함되어 있는 내용이기는 하다. 1980년대는 마르크스 레닌주의를 학습하던 시기였다. 그 당시의 사회주의 사상은 아주 극렬하고 경직된 이념들도 포함하고 있었다. 소련의 관제 아카데미에서 출간한 철학사 등이 일본을 경유해서 바로 수입·번역돼서 사회주의사상 학습의 교재로 쓰이던 시절이었다. 이 모습만 보면 20세기 초반의 러시아와 비슷하다. 막심 고리키의 《어머니》가 베스트셀러가 됐던 것도 그런 분위기를 방증한다. 코드가 너무 잘 맞았다. 그래서 1980년대에는 페미니즘이 내부적으로는 그렇게 중요하지 않았다. 다만 페미니즘이라고 특화되지는 않았어도 이념적으로 남녀평등을 추구하기는 했다. 젠더라는 것이 중요하지 않다는 것이 이 세대의 감각이다. 이것이 1990년대 들어와서 페미니즘이라고 불리게 된다.

내부적으로 페미니즘이라고 부르지는 않았지만 이런 시대적 상황에서 형성된 여러 가지 생각과 주장들이 1990년대로 넘어오면서 적응장애를 일으킨다. 이 세대도 서른을 넘기면서 일상으로 돌아오고, 결혼이라는 현실과 맞닥뜨리기도 한다. 그러다 보니 남녀평등에 대한 문제의식을 학습했던 경험과 막상 일상에서 부딪히는 현실 사이에 충돌이 일어난다. 공지영의 세대는 그러한 충돌을 경험한 첫 세대다. 그것을 작품화했다는 데《무소의 뿔처럼 혼자서 가라》의 시대사적 의의가 있다. 그런 점에서 최영미의《서른, 잔치는 끝났다》도 시대적 지표가 되는 중요한 시집이다. 문학적으로 중요하다기보다 정확하게 이 시대를 가리키고 있다는 점에서 중요한 '후일담 시집'이다. 달리 말해 최영미의 시는 공지영의 시 버전이다.

시야가 여성 문제로 좁혀진다는 점만 논외로 한다면, 후일담 문학은 1980년대적인 세계관이 1990년대에 와서 어떻게 굴절되고 현실과 부딪혔을 때 어떤 반응이 나타나는가를 보여준다는 점에서 페미니즘과 분리되지 않는다. 후일담 문학에서 가장 대중적인 소구력을 발휘했던 내용도 여성 문제를 다룬 것이었다. 그런 점에서 공지영은 후일담 문학을 따로 쓰고 페미니즘 문학을 따로 쓴 것이 아니다. 단편들의 경우는 그렇게 나눠 볼 수도 있지만, 장편의 경우에는 두 가지 성격을 다 아우른다. 그 가운데서도 여성 문제에 더 분명하게 초점을 맞춘 작품이《무소의 뿔처럼 혼자서 가라》이고, 그래서 더 의의가 있다.

이 작품의 주인공들은 1980년대에 불의 세례를 받고 노동현장에 위장 취업하거나 변혁운동에 투신한 전력이 있다. 이런 경험은 이 세대의 일반적인 경험이다. 그러다가 1980년대가 막을 내리게 되자 각자 일상으로 뿔뿔이 흩어지게 된다. 그래서 이른바 '전향'이니 '변절'이니 같은 문제가 제기된다. 1980년대에는 다 동지였는데, 일상으로 와 보니 서로가 너무나 달랐고 따라서 더는 동지가 아니라는 것을 발견하게 된 것이다. 이것이 1990년대의 초상이다. 그것이 정점에 도달한 것이 1997년의 IMF 구제금융 사태다. 이 사태가 한국 사회에 던진 충격은 1980년대의 경험을 거의 무화시킨다. 돈이 최고의 가치라는 아주 노골적인 금전숭배가 전면화되고 각자도생의 사회가 펼쳐지면서 사회적 연대감을 완전히 파괴해버린 것이다. 2016년의 촛불시위는 20년 가까이 된 이 패러다임을 한 번 더 바꾼 것이라는 데 의미가 있다.

이 세대들이 지금은 50대 초중반으로 청와대와 내각 등에 포진해 현실 정치에서 주도권을 잡고 있지만, 1990년대에는 이들이 이 사회를 움직이기에는 미미하고 미약했다. 여성들도 마찬가지다. 갓 서른이기 때문에 현실과 부딪혀 깨지게 된다. 멀리 갈 것도 없이 집안에서부터 충돌이 빚어지는데, 남편도 기대했던 남편이 아니어서 상처를 받게 된다.

이 과정을 우회할 수 있었을지는 의문스럽다. 불가피한 면이 있었다고 생각된다. 시간이 지나고 나서 사후적으로 알게 되는 것이긴 하지만, 역사적 변화라는 것은 개인사보다는 긴 호흡으로 진전되는 것 같다. 개인의 인생 사이클은 60~80년 정도지만, 역사는 이보다 사이클이 길다. 그래서 개개인의 바람대로 빠르게 진전되지는 않는다. 1980년대에 새로운 세계관과 남녀에 대한 새로운 인식이 마련됐다 하더라도, 이것이 사회적 일상에 스며들기까지는 상당한 시간이 필요하고 그 과정은 지금도 진행 중이다. 일종의 시차 적응이 필요하다. 여러 번 부딪히고 깨져 가면서 차츰 진행돼 나가는 과정이라고 길게 보면, 이런 작품들이 갖는 의의가 다르게 다가올 수 있다.

그런데 개인은 그렇게 기다려 줄 수가 없기 때문에 자신의 경험적 한계 안에서 그것이 전부라고 생각하기 쉽다. 자신에게는 절박하기 때문에 극단적인 선택을 하기도 한다. 그 고비를 넘기고 20~30년이 지난 뒤에 다시 생각해 보면 너무 극단적인 선택이었다는 생각이 들 것이다. 하지만 서른 살의 시점에서 그렇게 생각하기는 어려웠을 것이다.

대학생들이 지녔던 부채의식과 자괴감

이것은 여성들의 경우에 특별히 더 문제가 된다. 1980년대 세대의 남성이 1990년대의 일상에 적응해 가는 것보다 1980년대에 여대생이었던 여성들이 1990년대의 일상에 적응해 가는 것이 낙차가 좀 더 컸을 것이다. 그럴 수밖에 없는 것이 1980년대에는 대학이 해방 공간이었기 때문이다. 대학 바깥에서는 성적 불평등과 차별의 관행이 여전했기 때문에, 대학 생활을 경험하지 않았다면 나름대로 큰 어려움 없이 적응할 수도 있다. 그런데 대학이라는 해방구에 있다가 현실로 돌아오려고 하니까 충돌이 일어나는 것이다. 직장 생활을 예로 들면, 남자들은 군대에 가서 조직생활에 적응하는 훈련을 받기 때문에 직장에 들어가서도 복종에 쉽게 적응한다. 그러나 여대생들, 특히 명

문대 출신으로 자기 주장이 강한 여성들은 자신만의 생각과 의견을 가지도록 그리고 그것을 자신 있게 드러내도록 교육을 받았고 당연한 권리라고 생각한다. 그런 분위기에서 살다가 그와는 전혀 다른 현실로 넘어오기가 쉽지 않다.

공지영은 작품 안에서 남편들의 이중성을 이야기하지만, 실은 어머니의 이중성이기도 하다. 어머니가 딸들에게는 엄마처럼 살지 말라고 말하면서도 아들들에게는 엄마 같은 여자를 만나라고 하는 것이다. 이것이 과도기로서 1990년대가 내포하는 문제이다. 이 세대는 이러한 변화를 몸으로 겪은 첫 세대라는 데 의미가 있다. 이것은 그 이전 세대도 겪은 것을 똑같이 반복한 것이 아니다. 이들의 어머니 세대만 하더라도, 어머니 세대의 삶이 할머니 세대와 비슷해서 크게 다르지 않았다. 그런데 1980년대를 통과하면서 확연히 달라진 것이다.

1990년대에는 두 가지 여성상이 공존한다. 어머니는 머리로는 딸이 자기처럼 살면 안 된다고 생각하면서도, 며느리보다는 아들을 우선해서 생각한다. 그런 이중성에서 빚어지는 문제에 적응하기가 어렵다. 불가피하다고 생각하고 20년 정도만 참자고 버틸 수도 있겠지만 개인의 관점에서는 힘들다. 1990년대에 30대가 됐지만, 20대 시절에 꿈꾸던 세상이 현실이 아니라는 데 대한 좌절감이 있는 것이다. 내가 열망했던 것이 과연 실현됐는가에 대한 자괴감이 있다.

노태우 정권을 거치지 않고 바로 문민정부로 이행했다면 그런 자괴감이 조금은 덜했을 것이다. 그렇게 투쟁을 했는데 군사정권이 연장된 것이나 다름없었고, 오히려 합법성만 가지게 되었다. 노태우는 전두환과 같은 육사 11기이고 모든 면에서 전두환의 후임자였다. 군 경력에서 전두환의 뒤를 잇곤 했으니 후임 대통령이 된 것도 이상해 보이지 않을 정도인데, 이것을 선거를 통해 국민들이 추인한 셈이다. 그래서 역사의 진행 속도를 그만큼 늦춘 것으로 보인다. 곧바로 김영 삼이나 김대중으로 넘어갔다면 그런 우회의 시간이 필요없었을 것 이고 나중에 박근혜가 집권하지도 않았을 것이라 생각한다.

역사라는 긴 시간의 프레임에 놓고 보면, 이것도 진보다. 많이 우 회한 것도 아니고 곧바로 직진한 것처럼 보일 수도 있다. 역사는 냉 정해서 20~30년은 짧은 시간이다. 하지만 겪는 입장에서는 너무 우 회해서 가는 것으로 생각돼서 견디기 힘든 시간이다. 그로 인한 시대 에 대한 부채의식과 자괴감이 공지영 소설의 바탕을 이루는 정서다.

이 작품은《숲속의 방》이 발표된 1985년으로부터 8년 뒤에 나왔 다. 만약《숲속의 방》의 소양이 고비를 넘기고 대학을 졸업해서 결혼 까지 했더라면 어떻게 됐을까. 바로 그 이야기가 담겨 있다. 이 소설 의 주인공들과 소양은 같은 세대다. 소양은 대학생 때 적응하지 못하 고 자살하지만,《무소의 뿔처럼 혼자서 가라》의 주인공 중 하나인 영 선은 결혼까지 하고 자살한다.

초판을 낸 뒤에 두 번의 개정판이 나와서, 이 작품에는 작가 서문 이 세 개가 있다. 2판에 일간지 문학 담당 기자의 발문이 붙어 있는 데, 인터뷰에서 공지영이 했던 말을 전한다. "처음 소설을 쓸 때만 해 도 아직은 희망과 의욕이 있었"지만, "무지와 순진이 낳은 오해"였다고 털어놓는다. "영선인 죽었지만, 남은 혜완과 경혜의 앞날도 결코 밝지는 않으리라는 걸 알기 때문"이고, 이제 자신도 "혜완과 경혜의 경험조차도 아직 충분하지 않다는 걸 알 나이"가 되었다는 것이다.

주인공들과 같은 또래이기 때문에, 초판을 냈던 시점에서는 이후에 두 주인공이 어떻게 살아갈지를 모르는 상태에서 쓸 수밖에 없었다. 하지만 몇 년 더 살아보니까 여전히 미숙하고 여전히 더 많은 고비들을 남겨두고 있더라는 것이다. 그렇다 해도 1980년대 세대의 현장성이 이 작품의 중요한 의의다.

19세기 러시아문학과 1980년대 한국문학

러시아문학을 공부하다 보니, 이 시기의 한국문학이나 학생운동이 19세기 러시아 인텔리겐치아들의 사회혁명운동을 그대로 반복하고 있는 것 같다는 느낌을 받곤 한다. 1980년대에 대학을 다닌 세대는 사회적 모순 때문에 일방적으로 희생을 강요당한 계급에 대한 죄책감과 부채의식을 집단무의식 속에 공유하고 있었다. 그래서 처음에는 기득권층에서 작가가 나온다. 공지영도 여기에 해당한다. 하지만 민중을 위한 문학도 민중문학이지만 본래적인 민중문학은 민중에 의한 문학이라고 생각했기 때문에 민중계급에서도 작가가 나와야 했다. 대학물 좀 먹은 지식인 작가가 쓰는 것이 아닌 공장 노동자가 직접 쓰는 문학에 대한 강렬한 기대가 있었다. 박노해, 백무산 등

노동자 출신 시인이 등장한 것도 그런 요구의 반영이다. 지금 되짚어 보면, 이것은 과거 소련이나 중국에서 문학에 요구했던 것이 다시 반복되었던 것 아닌가 싶다.

　사회주의문학은 인민의 문학이기 때문에 직업 작가의 문학은 필요가 없거나 부차적이다. 인민이 스스로 생산해내야 한다. 그렇게 이행해 가는 과도기에는 기득권층에서도 작가가 나오게 되는데, 기득권층이 민중의 편에 서려고 하면 자신의 출신 계급을 배반하게 된다. 이렇게 등장한 것이 인텔리겐치아라는 사회적 계급이다. 19세기 중반 이후 러시아문학은 인텔리겐치아의 문학이다. 1980년대 한국문학도 일종의 인텔리겐치아문학이다. 당시의 러시아도 1980년대의 한국처럼 대학생이면 인텔리겐치아에 속했다. 서유럽의 기준과는 다르다. 서유럽에서는 지식인이라고 하면 전문적인 식견을 갖춘 이를 가리키지 대학생을 뜻하지는 않는다. 그와 달리 러시아에서는 대학생만 되어도 인텔리겐치아였다. 대학생 자체가 희소해서, 그 정도만 돼도 최고 식자층이었기 때문이다.

　한국에서는 식민지 시대에 인텔리겐치아문학이 한 번 있었는데, 1980년대에 와서 다시 등장한 것이다. 여기에는 배경이 있다. 1960~1970년대에는 대학생을 하나의 세력으로 묶기에는 수적인 규모가 적었다. 그러다가 전두환 정권이 졸업정원제를 실시하면서 입학생이 대폭 증가한다. 그래서 수적으로도 의미 있는 하나의 세력이 될 수 있었던 것이다. 1980년대의 대학생 문화도 1970년대의 대학생 문화와 달라져서, 러시아 인텔리겐치아들의 혁명운동과 흡사한 성격을 띠게 된다. 러시아에서는 전제주의를 타도하려고 했고 한국에서는 군부독재를 타도하고자 했는데, 타도해야 할 절대악이 상정되어 있었다는 점에서 유사했다.

공지영의 작품 가운데는 〈무엇을 할 것인가〉라는 단편도 있는데, 1863년에 나온 같은 제목의 러시아소설도 있고 레닌의 정치 팸플릿 제목이기도 하다. 이런 오마주는 너무나 자연스럽다. 러시아에서는 1860~1910년대를 혁명기라고 할 수 있는데, 이때의 문제의식과 비판적 사회의식이 1980년대 한국에 그대로 수용된 것으로 보인다. 러시아의 문학이나 사상 외에 마르크스주의도 들어온다. 공지영은 트로츠키의 문학론인 《문학과 혁명》을 번역하기도 했는데, 그때는 대학가 주변에 사회과학 출판사가 많았고 이념서적들이 팔리던 때였다. 그래서 영문학을 전공했다고 하면 다 이런 아르바이트를 했다.

1980년대에는 《러시아 사상사》나 《러시아 지성사》 같은 책들이 출간되기도 했다. 니콜라이 베르댜예프라는 종교철학자가 쓴 우파적인 저작인데, 제목에 '러시아'만 들어가면 환영받던 분위기 속에서 출간된 것이다. 러시아에 대한 열광은 있었지만, 소련과 관련된 책은 바로 들어오기가 어려운 탓에 우회했던 것이다. 그런 분위기였기 때문에 '무엇을 할 것인가'와 같은 제목의 소설이 나온 것이다.

그래서 1980년대 한국 사회를 이해하기 위해서는 프랑스문학이나 영국문학이 별로 도움이 되지 않는다. 반면에 러시아문학은 도움이 된다. 거의 판박이이기 때문이다. 자신이 안온하게 성장한 것이 다른 계급이 희생한 결과라는 것을 부끄러워하면서 사회적 모순을 극복하고 이타적인 삶을 지향함으로써 회개한 계급이 되려고 했다는 점이 러시아 인텔리겐치아와 똑같다. 그렇게 평등한 세상을 꿈꾸며 운동에 투신했고 공장에 위장 취업을 했던 것이 1980년대 초중반 대학생들이었다.

공지영은 이 세대의 경험을 다룬다. 문학적 성취와는 무관하게 시대의 지표가 된다는 것이 작품이 갖는 중요한 의의다. 신화적인 작품들이 문학적 성취가 뛰어난 작품이라고 예찬하는 경향이 있는데 동의하기 어렵다. 그것은 문학이 마치 무시간적인 공간에서 나올 수 있는 것처럼, 시대와 역사를 초월해서 의미를 가질 수 있는 것처럼 생각하는 것이다. 그것도 한 가지 문학관이기는 하지만, 동의할 수 없다. 물론 시대성은 시대가 달라지면 변색될 수밖에 없기 때문에 이런 작품들은 시대와 운명을 같이한다. 1990년대에 중요한 의의를 가졌던 작품이라도 시간이 지나면 퇴색해서 사라지게 된다. 하지만 바로 그러한 '역사성'이 중요하다.

공지영은 첫 번째 장편《더 이상 아름다운 방황은 없다》의 후기에서 자신의 딸이 이 작품을 이해하지 못하면 좋겠다고 썼다. 이 작품은 1980년대 초반 대학가 풍경을 다루고 있는데 딸이 소설을 읽고 무슨 말인지 이해가 안 된다고 해서 기뻤다고 한다. 그런데 이명박 정부 때 촛불집회에 딸을 데리고 나갔더니 그제서야 이해가 된다고 하더라고 말한다. 궁극적으로 세상이 더 나아진다면, 석기시대 이야기처럼 아예 이해하지 못하는 시점도 올 것이다. 바람직한 미래라면 그럴 것이다.

삶과 사람에 대해 쉽게 좌절하는 중산층의 한계

공지영은 자신이 1980년대에 집착한 이유에 관해, 자신이 지향하는 진보의 싹이 그 안에 있었고 386세대가 한국 사회에서 그나마 진보적 성향이 있는 사람들이기 때문이라고 인터뷰에서 밝힌 적이 있다. 그 이전 세대와는 생각이 달랐다는 것인데, 1970년대만 하더라도 일부 정치투사들의 예외적인 사례가 있었지만 대체로 순응주의 세대라고 할 수 있다.

이 점은 전 세계적으로 공통적이다. 1970년대 세대는 유럽과 일본도 마찬가지다. 일본 비평가들이 1980년대 한국을 부러워하기도 했는데, 1980년대 한국은 문학이 살아 있고 사회운동이 살아 있다는 것을 보여주었다는 점에서 당시 일본과 다르다는 것이다. 폭압 속에 납작 엎드려 신음만 하고 있는 것이 아니라 거기에 맞섰다는 것이 1980년대의 차별성이다. 그런데 10년도 채 지나지 않아 너무 달라졌다. 1980년대를 휩쓸던 변혁에의 꿈은 영원히 박제된 맘모스나 다름없게 되었다. 물론 이것도 성급한 판단일 수 있다. 지금 시점에서 보면 꺾인 것 같지만 다시 30년쯤 뒤에 되돌아보면 다를 수 있다. 그런 꿈을 포기하지 않고 계속 갖고 있으면 그때 가서라도 조금씩 변화시킬 수 있게 되는 것이다.

하지만 1990년대라는 시점에서는 그렇게 여유롭지가 않았다. 바로 실행되지 않으면 분노하고 경멸하게 된다. 가령 한때 화려한 민주투사였지만 자본주의 현실에 적응하지 못한 선배는 후배들에게 저녁 사줄 돈이 없어서 쓸쓸하게 등을 보이고 사라진다. 이런 장면을 예전 386세대 남성 비평가들은 상당히 불쾌하게 여기고 격렬하게 비판했다. 지나치게 조롱거리로 삼았다는 것이다. 그것은 또한 우리는 옳고 저들은 틀렸다는 식으로 도덕적 재단을 일삼던 운동권 세대의 습속 때문이기도 하다. 이러면 타협이 어렵다. 현실과 타협하지 않은 1980년대 세대에게는 이런 의식이 고질로 남아 있다.

사회적 현실에 적당히 타협하고 출세주의자가 되는 경우도 많았다. 국정농단의 주역들도 다 이 세대들이다. 시위에까지 참여했는지는 모르겠지만, 그들도 대학가에서 이 시대를 함께 경험했다. 그래서 얼핏 보면 1980년대가 다 패배한 것이라 생각되기도 한다. 하지만 길게 보면 아직 불이 꺼진 것은 아니어서 다시 부활하게 된다. 그것이 오늘날 시점에서 갖는 의의다. 공지영 문학도 지금 다시 읽게 되면 재평가할 부분이 있다. 1990년대에 가졌던 의의와 한계가 있겠지만, 그로부터 한 세대가 지난 시점에서 다시 보이는 지점도 있다.

소설에 등장하는 인물에는 각각 한 가지씩의 포지션이 있다. 영선은 "그 남자의 학비가 없으면 나는 어느덧 그 남자의 학비가 되고, 그가 배가 고프면 나는 그 남자의 밥상이 되고, 그 남자의 커피랑 재떨이가 되고, 아이들의 젖이 되고, 빨래가 되었다"고 술회한다. 그런데 그렇게는 더이상 버틸 수 없었던 것이다. 영선뿐 아니라 주요 등장인물인 세 여자가 모두 뭔가 실패했다는 감정과 환멸을 느낀다. 다만 그에 대한 반응은 각기 다르다. 경혜는 맞바람을 피는 것으로 남편에게 대응을 한다. 영선은 남편을 죽이고 싶도록 미워하지만 자살을 선택한다. 혜완은 결혼 이후 남편의 만류에도 불구하고 직장에서의 커리어를 쌓아 가려다 불의의 사고로 아이를 잃고 이혼하게 된다. 영선이 자살을 하고 경혜와 혜완이 남았지만, 작가의 말대로 이들의 앞날도 그렇게 순탄치는 않을 것이다. 계속 버텨 내야 한다.

되짚어보면 너무 일찍 좌절한 것이라고 생각된다. 영선은 시나리오를 쓰려고 했지만 쓸 수 없었다. 자신에게는 재능도 있었지만 남편 뒷바라지하느라 재능과 총기를 다 날려먹었다고 절망한다. 그것으로 인생이 끝났다고 생각한다. 지금 생각하면 조금 과장된 면이 있다. 한 남자를 겪어본 것만으로 모든 남자가 다 그럴 것이라 비약하는 것은 설득력이 떨어진다. 온실 속의 화초처럼 곱게만 자라서 바람한 번만 불어도 못 살겠다고 쉽게 좌절한다. 중산층이라는 설정과도 관련이 있을 텐데, 이 작품은 중산층의 그런 한계도 드러낸다.

그래서 '중산층 페미니즘'이라는 비판도 있었다. 주인공이 모두 고학력 중산층 여성들로 사회적 평균에 비해 상대적으로 크게 고생하지도 않았으며, 남편들도 모두 중간 계층 이상의 배경에서 최고 수준의 교육을 받은 인물들이기 때문이다. 남편의 여자관계에도 쉽게 좌절하는 등, 어떤 면에서는 상당히 나약한 모습을 보여주기도 한다. 작품 안에서도 남자가 홀연히 여성해방의 깃발을 들고서 나타나 주기를 바라고 있는 것이 신데렐라와 조금도 다르지 않다고 이야기하고 있다. 신랄한 자기평가다. 이것은 이 세대의 한계일 수도 있다. 이러한 모습을 거울로 삼으면 나아질 수 있다. 자기 모습과 동일시해서 똑같은 선택을 하는 것이 아니라 그 한계를 반면교사로 삼을 수 있는 것이다. 달리 말해 영선이 이 책을 읽었다면 다른 선택을 할 것이다. 그것이 이 작품의 의의다. 그렇게 조금씩 나아지는 것이다.

시점이 제한되어 있다는 한계

이 작품은 3인칭 시점으로 한정되어 있다. 소설가 혜완의 시점으로만 구성되어 있다. 공지영 자신의 시점으로 여겨진다. 그래서 갖는 한계인데 전체상을 다 보여주지 못한다. 가장 중요한 인물인 경혜와 영선조차도 그 내면까지 들어가지 않고 겉으로 보이는 것만 기술하고 있다. 이 작품이 서술 구조상 지닌 한계다.

게다가 남성의 시점은 대화 장면을 통해서만 파악할 수 있게 되어 있다. 외부적인 관점에서만 묘사되고 있는 것이다. 이 작품에서 그나마 어떤 생각을 하는지가 드러나는 남성은 선우인데, 그것도 혜완과의 대화를 통해서만 알 수 있다. 위에서 언급한 신데렐라의 비유도 선우의 말이다. 하지만 이 사회의 총체성을 반영하고자 했다면 남성의 시점에서도 묘사할 수 있어야 한다. 그래야 좀 더 규모감 있게 전체적인 상을 보여줄 수 있다. 한 사람의 속마음만 자세하게 들여다보는 것만으로는 총체적 진실에 도달할 수 없다. 그래서 복수의 시점이 들어와야 하는 것이다. 소설이라는 것 자체가 대화적인 장르이자 다성적인 장르이기 때문에 여러 개의 목소리가 들어와야 전체상이 구성될 수 있다. 그렇게 전체를 들여다보게 해야 좋은 소설이다.

이 작품은 머뭇거림 없이 썼다는 느낌이 강하다. 작가가 잘 아는 세계를 썼기 때문이다. 혜완 아버지의 대사가 다소 작위적이어서 튄다고 생각되기는 하지만, 그 외에는 현실과 밀착되어 있다. 그것이 이 소설의 강점이다. 그런데 좋은 작가는 자신이 직접 겪지 않은 일에 대해서도 그만큼 쓸 수 있어야 한다.

혜완이 과거에 남편의 친구이기도 했던 선우와 가까워지는데, 그 과정에서 선우 집안의 반대에 부딪히게 된다. 선우의 누나가 찾아와 헤어졌으면 좋겠다고 이야기한다. 여성 등장인물들의 속내만 드러내다가 이 대목부터 예외적으로 남성의 생각이 선우 시점에서 펼쳐진다. 선우의 시점은 일종의 타자의 시점이다. 선우는 여교사와 혼담이 오가는 중이었다. 대단히 순종적이라는 점에서 1980년대 신여성 혜완과 대조되는 인물이다. 통상적으로 좋은 신붓감이고, 선우의 집안에서도 며느릿감으로 환영한다. 두 여자 사이에서 갈등하던 선우는 여교사에게 결혼하지 못하겠다고 통보를 한다. 그런데 그 이유가 흥미롭다. 그녀가 만든 수제비의 간이 좀 짜다고 말하니까 그녀가 당황하는 모습을 보면서, 하필 혜완을 떠올렸다는 것이다. 혜완이라면 "왜 고맙다는 소리는 쏙 빼고 불평부터 하냐"고 따졌을 텐데, "언제든 교직을 그만둘 자세"가 되어 있고 "내가 원하기만 하면 시골에 가서 어머니 아버지 모시고 살기라도 할 것 같은" 그녀에게 자신이 "상처를 줄까 봐" 겁이 났다고 한다. 그녀가 "자기도 인간이고 하나의 지식인이고 독립된 사회인이라고 우기기 않으면 나도 경환이가 너에게 했듯이 그녀가 조금만 집안 살림을 소홀히 해도 화가 날 것만 같았"는데, 그것이 자신에게 유리하기는 하지만 마음이 편하지 않더라는 것이다.

선우도 혜완도 과도기에 있는 인물이다. 부부 사이나 결혼생활을 둘러싼 사회적 습속에는 오랜 관성이 있어서, 1980년대라는 불의 체험을 했지만 결혼생활이 크게 달라지지는 않았다. 그래서 시차가 맞지 않는다. 이 시차를 혜완도 느끼고 선우도 느낀다. 어느 쪽에든 맞춰야 하고, 결국 맞춰지기도 할 것이다. 그런데 그러기까지는 시간이 좀 더 걸린다. 그 이전 세대도 경험할 필요가 없었고 그 나중 세대도 겪지 않아도 되는, 딱 이 세대만의 경험이다. 그래서 안쓰럽기도 하다.

발문의 필자는 이 작품이 "해법과 전망의 제시에까지는 이르지 못했을지라도, 성적 차별과 억압의 문제를 제기했다는 의미에서" 성공한 소설이라면서, "특히 이론에서나마 남녀평등을 학습한 첫 세대에게서 보이는 차별과 억압의 문제에 눈을 돌렸다는 점에 문학사적 의의가 있다"고 평가한다. 많은 부분에서 동의한다.

1960~1970년대에는 이런 경험이 개인적인 것이었다. 집단적으로 경험한 것은 이들이 첫 세대다. 그것은 남성의 경우도 마찬가지다. 이론적으로 양성이 평등하다는 것을 배운 세대이지만, 현실에서는 아직 체화되어 있지 않다. 대학에서 배운 것과 맞지 않는 현실에 직면해서 불가피하게 혼선이 빚어질 수밖에 없는 과도기인 것이다. 이 작품은 그 문제를 다루고 있다. 결국 그 현실도 바뀌겠지만, 시간이 필요하다. 그래서 당분간은 그렇게 갈 수밖에 없고 여러 가지 장애와 고통을 경험할 수밖에 없는데, 그럼에도 불구하고 밀고 가야 하

는 것이다. 어느 시점에 가게 되면 맞춰지는 때가 올 것이니, 그때까지 '무소의 뿔처럼 혼자서 가라'는 것이다.

'깊은 대중주의'의 출발점

이 작품은, 20대 초반까지는 누구보다 당당하고 행복하게 생을 살아갈 자신이 있었던 이들이 졸업하고 결혼하고 아이 낳고 하면서 30대에 접어들어 남녀차별적인 현실에서 좌초하게 되는 당대의 현실을 그려낸다. 더 나아가 난파하는 여성들의 성차별에 대한 누적된 불만과 항의를 대변하면서 이 세대 여성들에게 큰 공감을 이끌어내며 지지를 받는다. 1990년대 공지영 소설의 주 독자층은 20~30대 사무직 여성들로, 그들의 현실 문제를 다루고 있다는 강점이 있다.

이 작품에 대해 비평가들은 작가가 책을 팔기 위해 학생운동과 페미니즘을 이용한다고 비판했다. 대중추수주의니, 상업주의니 하는 비판이다. 은희경이나 신경숙도 이런 비판을 받았다. 한편으로는 남성작가들이 부진했던 1990년대 문학의 특징과도 결부되어 있다. 이 또래에 잘 팔리는 남성작가가 없는 와중에 젊은 여성작가들이 부상하며 상업적으로 대성공을 거둔 것이다. 그에 대한 불편한 심사가 대중추수주의라는 비판으로 나타난 측면이 있다. 2000년대에 들어와서 이렇게 기울어진 상황을 만회한 작가가 김훈이다.

대중추수주의란 달리 표현하면 인기가 많다는 뜻이다. 마치 작품을 제대로 썼다면 인기가 있을 리가 없고, 많은 독자가 좋아한다는 것 자체가 통속적이라는 뜻이며, 진지한 문제의식을 지닌 무거운 작품을 독자들이 읽을 리가 없다고 말하는 것과 같다.

하지만 다른 측면에서 보면 세 여성작가의 대중적 성공은 문학적 대중주의의 성공 사례로 볼 수도 있다. 대중추수주의는 부정적인 뉘앙스를 가지고 있지만, 대중주의는 양의적이어서 긍정적 의미도 가지고 있다. 어느 평론가는 '깊은 대중주의'라는 용어를 개발해 내기도 했다. 대중들과 맞서기보다는 대중들을 데리고 좀 더 깊이 있는 쪽으로 가면 좋겠다는 뜻이다. 대중주의에는 얄팍하다는 뉘앙스가 있지만, 얄팍한 대중주의에서 좀 더 깊어진 대중주의로 나아가면 좋겠다는 희망을 피력한 것이다.

공지영의 소설이 그 출발점이 될 수 있을 것이다. 거꾸로 이야기하면 아직 거기까지 가지는 못했다는 뜻이다. 그 까닭은 위안의 서사를 제공하고 있기 때문이다. 흔한 비판이지만 사회구조적 원인보다는 개인의 감성을 건드리거나 연민 같은 수단을 통해서 문제를 해결하려고 한다는 것이다. 공지영 스스로도 착한 사람 신드롬에 빠져 있다가《우리들의 행복한 시간》을 통해 처음으로 거기에서 벗어났다고 말한 적이 있다. 이 소설에서는 주인공을 성적으로 문란한 여성으로 그렸는데, 자기가 잘 모르는 유형의 인물이어서 묘사하기가 상당히 힘들었다고 한다. 그렇게 착한 사람 신드롬에서 빠져나왔다고 한다. 그 이전까지 공지영 소설의 주인공은 다 착하거나 옳은 인물들이었는데, 처음으로 그렇지 않은 인물을 묘사한 것이다.

그러나 착한 사람 신드롬을 달리 볼 수도 있다. 이른바 남성문학에서도 이렇게 다룰 수 있는가 비교해볼 수 있기 때문이다. 감성에 호소하고 위안과 연민의 서사를 제공한다는 것은 여성작가가 더 잘할 수 있다. 다만 그것이 최선인가는 따져봐야 할 것이다. 때로는 잘할 수 있는 것이 함정이 되기도 하니까 말이다.

8장

| 1990년대 Ⅱ |

은희경
《새의 선물》

중요한 시대를 괄호 치며
책임을 회피하는 '성장거부소설'

은희경

・1995년 – 중편《이중주》발표 및 등단
・1995년 – 장편《새의 선물》발표
・2005년 – 장편《비밀과 거짓말》발표 및 이산문학상 수상

성장소설이라면 시기가 있어야 한다. 열두 살 시절을 다룬다면, 그보다 더 어렸을 때와 그보다 좀 컸을 때까지 아울러야 성장소설이 된다. 성장소설을 의도했다면 아버지와 재회한 이후의 이야기도 들어가야 한다. 이 작품은 설정 자체가 기이한 소설이다. 1969년 한 해를 고정해서 다루고 있기 때문이다. 그래서 이 작품을 성장소설로 묶을 수는 없다. 차라리 성장거부소설이라 해야 맞다.

출판사 문학동네를 탄생시킨 간판작가

1995년에 《새의 선물》이 문학동네 소설상에 당선되고 바로 베스트셀러가 되면서, 은희경은 1990년대 최고 작가 중 한 명으로 부상한다. 그 이후에 상업적으로는 이 작품보다 더 많이 팔린 작품이 있을지 모르겠지만, 여전히 《새의 선물》의 작가로 자리매김되는 것 같다. 발표된 지 20년이 더 지났는데도 이 작품에는 되짚어봐야 할 여러 가지 의미가 있다.

작가가 여러 인터뷰에서 등단 과정을 밝히고 있다. 1995년 신춘문예를 통해 등단했는데 원고 청탁이 안 들어왔다고 한다. 신춘문예를 통해서 십수 명의 작가들이 한꺼번에 등단하게 되는데, 통상 그 뒤 1~2년 동안 문예지들에서 한두 번의 청탁을 받는다. 여기서 바로 도태되는 작가들이 있기 때문에 등단했다고 곧바로 작가로서의 생활이 시작되는 것은 아니다. 한 해에 스무 명 가까이 등단하면 그중에 10퍼센트쯤이 살아남는 것 같다. 10년 후에도 작품을 쓰는 작가는 그렇게 많지 않다. 그렇게 청탁이 안 오면 포기하기가 쉬운데 이 작가는 다른 방식의 생존을 모색했다는 점에서 예외적이다. 그해에 제1회 문학동네 소설상 공모가 있었는데 여기에 투고해서 수상자가 된다. 두 번 데뷔한 셈이다.

《문학동네》라는 잡지도 살펴볼 필요가 있다. 이 잡지가 초기에 은희경을 대표작가로 내세웠기 때문이다. 《문학동네》는 1993년 겨울에 설립된 같은 이름의 출판사에서 1994년 봄호부터 지금까지 계간으로 나오고 있는 문예지다. 그 이전까지 한국문학을 대표하는 잡지는 1970년대 이래로 《창작과 비평》과 《문학과 지성》으로 양분되어 있었다. 이 두 잡지는 1980년에 강제 폐간된 뒤에 1980년대 후반에서야 복간호가 나오는 우여곡절을 겪기도 했다. 그 외에 민음사에서 정치적인 색깔이 별로 없는 《세계의 문학》을 내기도 했다. 지금은 구도가 조금 바뀌긴 했지만, 당시엔 이 출판사들이 한국문학의 메이저 출판사들이었다. 이 출판사들을 중심으로 문단이 형성되어, 한편에는 《창작과 비평》 진영의 작가들이 있고 다른 한편에는 《문학과 지성》 진영 작가들이 있었다. 그리고 이도저도 아닌 색깔의 작가들이 민음사에 있었다. 민음사의 간판작가는 이문열이었다.

그러다가 1960년대에 출생한 젊은 편집진들로 이루어진 《문학동네》가 후발주자로 만들어진다. 이 잡지가 창간될 무렵에는 편집진의 나이가 모두 30대 초중반이었다. 지금은 메이저 출판사로 성장했다. 한국문학의 발간 종수에서 문학동네가 타의 추종을 불허한다. 창비와 문학과지성사가 그에 뒤처진 지 오래됐다. 이것이 한국문학시장에서 지난 20년간 벌어진 일이다.

'문학동네'라는 이름은 '창작과 비평'이나 '문학과 지성'에 비해 상당히 힘을 뺀 제호다. 1970~1980년대에는 가능하지 않았던 제호이기도 하다. 그 시절에는 《창작과 비평》보다 더 왼쪽에서 좀 더 분명한 정치주의 노선을 취한 잡지들이 있었다. 《실천문학》도 있었고 《노동해방문학》까지 있었다. 거기에 《창작과 비평》과 그 대척점에 있는 《문학과 지성》이 균형을 맞추고 있었다. 그런데 이 잡지들이 이념적으로 너무 편향되어 있다며, 《문학동네》가 돌출적으로 치고 나온 것이다. 그때까지만 해도 문학적 엄숙주의가 있어서, 《창작과 비평》도 《문학과 지성》도 무겁고 진지하고 심각한 태도만큼은 기본적으로 공유하고 있었고 작가들도 마찬가지였다. 여기에 그와는 다른 방향, 다른 색깔의 문학을 모색하고자 했던 것이 《문학동네》였다.

그리고 그 시도는 독자들의 뜨거운 반응을 불러일으킨다. 이것이 1990년대에 일어난 일이고, 또는 1990년대적인 현상이기도 하다. 또한 그것을 뒷받침해준 작품이 은희경의 《새의 선물》이다. 즉 1990년대 문학의 간판주자가 《문학동네》이고, 제1회 소설상 수상자로서 문학동네의 성공에 상당한 기여를 한 작가가 은희경이다. 아무리 분명한 지향을 표방하는 출판사라도 마땅한 작품이 없으면 그 방향성을 실물로 보여줄 수가 없는데, 그 실물에 해당하는 것이 《새의 선물》이었던 것이다. 그래서 이 작품에는 여러 층위의 의미가 있다. 작가에게 이 작품이 갖는 의미와는 별개로 출판사에도 의미가 있으며, 나아가 1990년대의 문학 독자들에게 갖는 의미도 생각해볼 수 있다.

작가는 《새의 선물》에 대해 자기를 만들어준 작품이라며 고마워하지만, 실은 동시에 문학동네라는 출판사를 만들어준 작품이기도 하다. 물론 문학동네가 안착하기까지 기반을 다지는 데 《람세스》 같은 초대형 베스트셀러가 매출 면에서 큰 역할을 하기는 했다. 하지만 그것을 자랑거리로 이야기하지는 않는다. 간판은 따로 있어야 하는데 그것이 《새의 선물》이다. 더불어서 이 잡지와 출판사를 지지한 대중 독자들이 있다. 이것이 《새의 선물》 현상을 낳은 삼각관계다.

1970년대와 1980년대를 지우려는 집단무의식

작가가 써냈고 출판사에서 뽑아 줬고 거기에 독자가 맞장구쳐 줬다. 그래서 《새의 선물》이 탄생한다. 그리고 여기에는 미심쩍은 대목이 있다. 왜 이것이 1990년대적인 현상이고 1990년대적인 사건인가를 한꺼풀 벗겨서 들여다봐야 한다고 생각한다. 시대적인 대표성이나 상징성을 작품 차원에서도 찾을 수 있다면, 그것이 독자들과 어떤 연결고리가 있고 어떤 공모관계를 갖고 있는지 살펴볼 필요가 있다.

1990년대의 한 축은 후일담 문학이다. 1980년대의 후유증 내지는 상흔을 다룬 문학이다. 1987년의 직선제 개헌은 하나의 성공이면서 동시에 결과로만 보자면 속되게 말해서 '죽 쒀서 개 준' 경우이기도 하다. 그러다 보니 당시의 386세대가 각자의 20대 청춘을 바쳐 과연 무엇을 이룬 것인지 막연해진다. 30대가 가정의 일상으로 돌아갔을 때 무엇을 얻었을까. 《무소의 뿔처럼 혼자서 가라》에서 보듯, 특히 여성들의 경우 일상으로 진입했을 때 생각과 현실 사이에 간극이 벌어지게 된다. 그것을 다룬 것이 후일담 문학이고 공지영이 대표적이다. 그것이 한 축이라면, 또 다른 출구가 은희경이다.

은희경은 전북 고창 출신으로, 1959년생이다. 작품에서 주인공 진희의 나이를 열두 살로 설정하고 있는데 작가의 실제 경험은 열 살이나 열한 살쯤에 해당할 것이다. 작가의 분신은 아니지만 작가가 어린 시절에 보고 들은 주변의 이야기를 소재로 삼아 쓴 것이다. 고창에서는 이 작품을 좋아하지 않는다는 이야기도 있다. 작품에 나오는

가게 이름들이 작가의 기억 속에 있는 실제 가게이기 때문이다. 등장 인물이나 에피소드를 가공해내기는 했지만, 실제와 같은 이름의 가게가 등장하는 데다 긍정적인 묘사가 별로 없다 보니 불쾌한 것이다. 작가로서는 안전한 선택이다. 가장 확실한 소재여서 소재에 대한 장악력이 크기 때문이다.

이 작품은 액자소설이어서 1992년 현재 시점의 프레임에서 열두 살이던 1969년 한 해에 겪은 일들을 돌아보는 형식으로 되어 있다. 작품의 결말에서도 화자는 자신이 열두 살이었던 '1960년대와 다를 것 없이 세상은 1990년대가 되어도 똑같이 흘러간다'며 두 시간축을 병치시킨다. 열두 살 이후 자신은 성장할 필요가 없었다며 "무궁화호를 보고 있는" 지금이나 "아폴로 11호를 보고 있는" 그때나 세상이 달라진 것이 아무것도 없다는 것이다. 아폴로 11호가 발사되던 해가 1969년이다. 인간이 달에 착륙했다는 것은 상당한 의미가 있는 인류사적 사건이다. 토끼들이 방아를 찧는다고 여겼던 곳에 인간이 간 것이다. 그러고는 1992년으로 건너뛴다. 배워야 할 것은 열두 살 때 다 배웠고 세상은 그때나 똑같다면서 1969년과 1992년을 등치시킨다. 그리고 그 사이에 1970년대와 1980년대가 있다.

이 작품의 가장 큰 의미는 1970년대부터 1980년대까지 20여 년을 괄호 안에 묶어 생략해 버린 데 있다. 작품에서 다루지 않은 것이 작품의 핵심일 수도 있다. 이 작품의 핵심은 생략된 20여 년에 있다고 생각한다. 열두 살 때 인생에 대해서 알아야 할 것을 다 알았기 때문에 더이상 성장할 것이 없었다는 것은 유치한 위악이다. 그럴 리가 없다. 그 단계에 인생에서 배워야 할 것을 다 배웠다는 것은 과장이다. 이제 막 초경을 하는 나이이니 그럴 만한 나이일 수는 있다. 하지만 실질적으로는 더 성장해야 한다. 20대 시점, 30대 시점에서의 이야기가 있어야 한다. 그런데 그 과정을 다 괄호 쳐서 날려버린 것이다. 작가가 의도한 것은 아니라고 생각한다. 의도하지는 않았겠지만 결과적으로 그런 작품을 쓴 것이다.

특이한 것은 독자도 여기에 반응했다는 점이다. 이런 과감한 생략에 공감한 것이다. 이 두 시대를 부담스러워하는 대중적 무의식이 반영된 결과다. 1970년대와 1980년대를 괄호에 넣고자 하는, 그래서 없어도 되는 것으로 날려 버리는 것이 바로 1990년대적인 현상의 핵심이다. 1990년대 독자들의 무의식이 작가와 공모한 것이다. 1970년대는 박정희 정권으로 1972년부터 1979년 박정희가 암살될 때까지 유신체제 하에 있었다. 이어서 1980년에 전두환 정권이 들어서면서 광주민주화운동이 일어나고, 1987년까지 뜨거운 시대를 보냈다. 이것이 왜 아무 의미가 없는가. 이 시대가 주인공의 성장에 어떠한 영향도 주지 못한 것처럼 처리되고 있지만, 이것은 사실적이지 않다. 그저 편의적으로 그렇게 보고 싶어 한 것뿐인데, 그 점이 독자들의 지지를 받은 것이다.

포스트모던의 흐름과 거대서사에 대한 불신

1990년대 문학은 두 가지 경로로 전개된다. 하나는 1980년대의 후유증을 다룬 후일담 문학이고, 다른 하나는 후유증의 근원까지 모두 괄호 쳐서 지워 버리고 1969년에서 바로 1990년대로 건너뛰는 것이다. 그리고 그것이 《문학동네》의 문학주의다. 문학은 이런 것을 날려 버려도 된다는 것이다. 긍정적으로 보면 아주 과감한 선택이고, 다른 한편으로는 상당히 문제적인 선택이다. 성장소설로서 여타의 성장소설들에 비해 흥미로운 이야기를 다룬 작품이라는 정도가 이 작품이 갖는 정당한 의의라고 생각한다. 그런데 1990년대라는 시대가 이 작품을 선택했고, 큰 화제를 몰고 온다. 1995년의 베스트셀러 가운데 하나가 되었고, 그 뒤로 작가 은희경의 전성시대가 열리며 당대에 가장 인기 있는 작가 가운데 한 명으로 자리 잡는다.

이 작품의 문제성은 작품 안에 없다. 작품이 말하지 않은 것에서 이 작품의 문제성을 찾아야 한다. 1990년대의 시대성은 1960년대에 대해 1970년대가 갖는 의미와 비슷하다. 서유럽이나 일본의 경우에는 1960년대까지가 정치의 시대, 이념의 시대, 투쟁의 시대, 저항의 시대였다. 그러다가 1970년대에 순응주의 쪽으로 넘어간다. 이것이 1960년대에서 1970년대로의 이행이다. 한국은 1980년대까지가 투쟁의 연대여서 이러한 시대 전환에 지연 현상이 나타난다. 박정희 독재에 항거했던 1970년대를 거쳐 광주민주화운동으로 시작된 1980년대가, 1987년 직선제 개헌을 통해 충분하지 않은 타협으로 일단락이 된다. 그리고 1990년대로 넘어온다.

　1990년대에 문학의 대표적인 화두 가운데 하나가 '욕망'이었다는 점도 흥미롭다. 1980년대 문학에서는 욕망이라는 말이 거의 나오지도 않고, 따라서 키워드도 될 수 없었다. 1990년대 중반쯤에 프로이트 전집이 번역되어 나온 것도 이러한 흐름과 맞물려 있다. 집단이나 민족, 사회주의 같은 거창한 이념이 있던 자리를 개인주의가 대신한다. 그래서 개인의 재발견이나 욕망의 재평가 등이 이론적인 차원에서 주목받게 된다. 이러한 변화에 조응해서 문학 쪽에서는 문학동네 같은 출판사가 등장한 것이다. 그리고 마침 은희경의《새의 선물》이 이 출판사의 간판작품으로 떠오른다.

　이렇게 1990년대의 변화하는 풍경 가운데 놓여 있다는 것이 성장소설적인 실제 내용보다 더 중요한 이 작품의 의의다. 1970년대와 1980년대를 괄호 안에 넣자고 하는 것은 더 깊이 보기보다는 아예 덮어두려는 것이다. 공지영 문학의 선택이 현실과 1980년대를 대비하면서 계속 환기시키는 것이었다면, 은희경의 선택지는 그것을 없었던 일로 치는 것이다. 1969년에도 아폴로 11호가 달에 갔고 현재 우리도 무궁화호를 쏘아 올렸다는 것을 바로 등치시키면서 실은 달라진 것이 없다고 말하는 것이다.

　그래서《새의 선물》은 작품의 실질적인 성취와는 무관하게 대표성을 갖는다. 1990년대가 어떤 시대였는가를 정확하게 보여주기 때문이다. 그것이 바로 '포스트모던'이다. 1990년대의 이론 담론에서 가장 크게 유행했던 것이 포스트모더니즘이기도 하다. 위에 언급한 흐름과 비슷하게 연결되는 지점이지만, 포스트모더니즘의 가장 중요한 특징은 그랜드 내러티브(큰 이야기), 즉 거대서사에 대한 회의다.

그 이전까지는 이념의 시대였고 정치의 시대였고 저항의 시대였으며, 변혁이론과 그 실제적 적용을 계속 모색해 가던 시기였다는 점에서 다르게 말하자면 '마르크스주의의 시대'였다고도 할 수 있다. 그것이 1991년에 일단락된다. 이것은 세계사적 진행이기도 하다. 1990년대라는 시점에서 순응주의의 시대로 변화하게 된 것은 한국만이 아니라 전 세계적인 현상이다. 냉전 시대가 종식되면서 '이데올로기의 종언' 같은 말들이 상투적으로 회자되던 시대였다. 이것이 거대서사에 대한 회의와 불신의 배경이다.

이것을 다르게 표현하면 이념이나 정치에 괄호를 치는 것이다. 그 문학적인 상관물이 《새의 선물》이다. 열두 살이라는 나이는 어느 정도 물정을 안다고 해도 이를테면 마르크스주의의 투사가 될 수 있는 나이는 아니다. 열두 살짜리 아이가 계급투쟁을 이야기하기도 어렵고 그런 의식을 갖기도 어렵다. 그러려면 노동을 해보고 착취도 당해보는 경험이 필요한데, 아직 그런 경험에까지 가지 못하는 나이이기 때문이다. 이처럼 열두 살에 알 수 있는 최대치에는 한계가 있는데, 고작 그만큼으로 모든 것을 다 알았다고 하는 것은 치기다.

따지고 보면 서른다섯 살 난 열두 살짜리인 셈이다. 성장을 하지 않았다는 것은 그 나이에 머물러 있다는 뜻이기 때문이다. 이것은 자랑할 일이 아니라 실은 섬뜩한 설정이다. 그 사이에 별다른 일이 없었다면 그대로 통과할 수도 있겠지만, 그래도 될 정도로 세상에 아무 일도 없던 것은 아니었다. 개인의 삶에 큰 영향을 주는 일들이 많이 벌어졌는데, 그것을 다 생략하고 삭제한다는 것은 자연스럽지가 않다. 그래서 문제적이다. 거대서사에 대한 불신이 깔려 있는 것이다.

'아버지들의 전쟁'을 벗어난 '아버지 부재의 서사'

작가는 의도하지 않더라도 뭔가를 쓰게 되고, 자신이 의도하지 않은 기여를 하기도 한다. 이 작품도 마찬가지다. 맨 마지막에 아버지가 등장하는 것은 작가적 선택이지만, 그로 인해 작가가 의도하지 않은 효과가 발생한다.

소설이라는 것은, 이 뒷이야기를 쓸 수도 있다. 아버지와 재회한 다음에 새엄마도 생기고 동생도 새로 생길 것이고 거기서 벌어지는 일들도 이야깃거리가 될 수 있는데 그것을 다루지는 않는다. 아버지가 등장하는 것으로 소설이 마무리된다. 또는 아버지가 등장하기 전에 끝낼 수도 있다. 그런데 아버지가 등장한 다음에 끝낸다. 아버지의 존재는 딱 그만큼만 필요한 것이다. 그것이 이 작품의 또 한 가지 문제성이다. 아버지는 기표만 있다. 어떤 아버지인지는 서술되지 않은 채 그냥 아버지의 위치만 있는 것이다. 할머니랑 이모와 살던 아이가 이른바 정상적인 가정으로 넘어가면서 한 시절이 끝나는 것으로 설정되어 있다.

아버지와 갑작스럽게 대면하는 장면에서 주인공 진희는 상당히 어리둥절해하는 모습으로 묘사된다. 1960년대엔 없던 아버지가 1970년대엔 있다는 것을 놀라워하면서 이것은 "70년대식 농담"이 틀림없다고 믿기지 않아 한다. 즉 아버지란 1970년대적인 존재이다. 1970년대가 곧 보여주게 되겠지만, 이 아버지는 대단히 폭력적이다. 박정희가 아버지이기 때문이다. 북한에 어버이 수령이 있었듯이 남한에는 박정희가 있었고, 1980년대에도 '리틀 박정희' 전두환으로 그 시대가 계속 이어지게 된다. 하지만 소설 속에서 아버지는 "진희야, 아버지다"라고 한 마디밖에 하지 않았다. 이 말만 가지고는 이 사람이 어떤 사람인지 알 수가 없다. 의도적인 설정이라고 생각한다.

거꾸로 말하자면 이 소설이 다루는 것은 아버지 부재의 이야기다. 아버지가 등장하는 까닭은 이 부재를 알리기 위해서다. 등장을 통해 아버지가 없었다는 것을 다시 확인시켜 주는 것이다. 1969년 이야기의 핵심은 아버지가 없는 시절이었다는 데 있다. 그래서 할머니와 이모와 시골에서 살 수밖에 없었고 그런 배경이 이 작품 전체를 특징짓는다. 그런데 아버지가 등장하지 않으면 이런 의미를 갖기가 어렵다. 아버지가 등장함으로써 소설의 전체 이야기가 비로소 아버지 부재의 이야기이고 아버지가 부재했던 시절의 이야기라고 한마디로 특징지어진다.

이 소설에서 괄호 치고 건너뛴 1970년대와 1980년대는 아주 폭력적이고 억압적이고 마초적인 아버지의 시대였다. 그러다가 1990년대로 오면 다시 아버지라는 설정이 없이 그냥 연인과 있는 것으로 그려진다. 그렇게 아버지의 부재가 반복된다. 아버지라는 존재를 특별히 강조하는 것은 그랜드 내러티브가 아버지성과 관련되어 있기 때문이다. 법, 국가, 국가폭력 등과 연결되어 서사에 방향성을 부여하고 중심을 잡아 주는 존재가 바로 아버지 혹은 대타자다. 이 작품은 아버지의 등장으로 집에서 아버지에게 붙들리게 되는 것으로 끝나지만, 동시에 시대 자체가 아버지에게 포박되는 시점이기도 하다. 그랬다가 1990년대에 오게 되면 여기에서 해방되는데, 그 과정은 괄호 안으로 숨기고 다시 아버지 부재의 서사로 간다.

아버지의 부재는 1990년대의 대표적인 특징이다. 1990년대 문학에 대한 평론 중에는 〈편모슬하에서의 시 쓰기〉 같은 것도 있다. 소설뿐 아니라 시에서도 아버지가 부재했던 것이다. 아버지는 부재하면서도 부정당한다. 정치투쟁이라는 것은 아버지를 부정하고 아버지를 교체하려고 하는 운동이다. 1970~1980년대에 계속되었던 정치운동은 박정희라는 아버지 대신에 김대중이나 김영삼 같은 다른 아버지로 교체하려는 성격을 갖기도 했었다.

이념도 마찬가지다. 이념이 아버지와 비슷한 의미를 갖는 까닭은, 정체성 형성 과정에서 아버지라는 제3자가 대타자의 역할을 하기 때문이다. 현실에서 자기의 정체성 또는 위치와 역할을 배당받으려면, 아버지의 보증을 통해서 현실로 진입해야 한다. 이념도 그런 역할을 한다. 그래서 아버지와 이념은 등가적이다. 1990년대에 이념이 몰락하고 부정당하게 되면서 아버지성도 똑같은 추락을 경험한다. 아버지 상도 변화해서 엄마의 대역으로 유모차 끄는 아버지가 등장하기도 하는데, 그것은 사실상 아버지가 부재한다는 뜻이다. 엄마의 대역이기 때문이다. 집에 엄마가 두 사람 있는 셈이다. 본래의 아버지 상은 그리스 신화에서처럼 자식들을 잡아먹는, 자식들에 대한 생사여탈권을 가지고 있는 존재다.

아버지의 시대가 있었지만 거기에서 빠져나온 것이다. 그래서 아버지는 존재감을 잃어버리게 된다. 그것이 1990년대적인 양상이다. 1970년대부터 1980년대까지는 아주 질이 나쁜 아버지도 있었고 그에 대항하는 아버지도 있었다. 군사독재도 있었고 다른 한편에는 이념으로서 마르크스주의도 있었다. 그렇게 서로 맞대응하던 두 아버지가 모두 몰락하고 다시 아버지 없는 시대가 된 것이다. 아버지의 시대에 괄호를 칠 때만 열두 살 때 성장을 멈췄다는 게 말이 된다. 1960년대에서 1990년대로 바로 건너뛰려면 아버지를 괄호 안에 묶어야만 하기 때문이다. 그것이 1990년대라는 시대의 성격이고, 한국에서의 포스트모던이다. 탈이념, 탈정치, 탈역사 등의 구호를 내세우며 모든 거대서사에서 벗어나려고 했다. 탈권위도 제스처로나마 있었다. 노태우 정부 때 '보통사람'을 자처하며 원탁에서 회의를 진행하는 등 권위주의에서 탈피하려는 제스처를 보여주기도 했다.《새의 선물》은 이런 시대의 흐름에 잘 부합하는 작품이다.

작가는 어린 시절의 양면성을 잘 포착하고 있는가

이 작품의 제사로 프레베르의 시가 들어가 있는데 '새의 선물'이라는 제목을 거기에서 가져온다. "아주 늙은 앵무새 한 마리가 / 그에게 해바라기 씨앗을 갖다주자 / 해는 그의 어린 시절 감옥으로 들어가 버렸네" 수수께끼 같은 시다. 보통은 해바라기와 해의 형상을 상동적인 것으로 본다. 어린 시절이 감옥이라는 점이 중요한데, 이 점이 작품에서 잘 부각되지는 않았다고 생각된다.

시의 맥락을 이 소설에 그대로 가져다 쓰자면, 1969년은 진희가 수감되었던 시기다. 감옥에는 상당히 부정적인 의미가 있는데, 주인공은 여기서 알 것은 다 알았다고 이야기한다. 그것이 스스로 생각하기에 긍정적인 면이라면, 감옥의 부정적인 의미를 이 작품이 어떻게 포착하고 있는가가 의문이다. 열두 살 시절의 양면성을 잘 보여 주지 못했다고 생각한다.

적어도 이 제사에서 독자가 갖게 되는 기대를 충분히 충족시켜 주지는 않았다고 생각한다. 그렇지 않고서야 독자들이 이 작품의 주제나 인물에 그렇게까지 정서적으로 동일시한다는 것은 가능하지 않다. 그것은 주인공뿐 아니라 독자들도 모두 감옥에 들어가 버렸다는 뜻이기 때문이다. 혹시 어린 시절의 감옥으로 다시 들어간 것으로 본다면 그 이전에 어린 시절로부터 해방되는 과정의 서사가 빠져 있기도 하다. 조금 더 추궁해 볼 문제이긴 하겠지만, 이 작품은 제목이나 프레베르의 시에 잘 부합하지 않는다. 이 작품 발표 당시에는 이 작품의 문제성에 대한 비판보다는 성취에 초점을 맞춘 비평들이 쏟아졌다. 문제성에 제대로 주목하지 못했다는 생각이 든다.

은희경은 1995년 서른여섯 살에 늦깎이 등단을 해서 첫 장편《새의 선물》로 한국 문단의 스타가 되는데, 문단에서는 1990년대 이후 일종의 성공모델 가운데 하나로 여겨진다. 30대 중반 이후에 작품을 써도 한 작품으로 이렇게 성공할 수 있다는 것을 보여준 가장 대표적인 사례다. 20대 중반 정도에 등단해서 가까스로 인정받는 듯하다가 주춤하는 일반적인 경우와 대비되는 예외적인 사례다.

그 뒤 은희경은 공지영, 신경숙과 함께 '여성작가 트로이카'로 불리면서 1990년대를 풍미하게 된다.《새의 선물》이후에 단편집과 장편들을 연달아 발표하며 여러 문학상을 수상한다. 신경숙과 은희경은 거의 문학상 컬렉터처럼 보일 만큼이나 온갖 상을 휩쓸었다. 다만 평단과의 불화 때문에 상당히 오랫동안 평가절하됐던 공지영만 예외적이다. 대중적으로 트로이카로 묶이긴 했지만, 세 작가 가운데 공지영이 가장 늦게 이상문학상을 받았고 은희경이나 신경숙은 그보다 훨씬 빨리 받았다.

2005년에 발표한 장편《비밀과 거짓말》은 작가 스스로도 가장 힘들게 썼다고 이야기한다. 가장 자전적인 내용을 많이 포함하고 있는 작품이다. 은희경은 1995년《새의 선물》부터 2005년《비밀과 거짓말》까지 10년 동안 왕성하게 활동한다. 그 이후에도 작품이 더 있지만 중요한 작품으로는 이 두 편을 꼽을 수 있다. 작가도 두 작품이 짝이 된다고 이야기한다. 따라서《새의 선물》을 공정하게 다루자면《비밀과 거짓말》까지 맞춰서 봐야 한다.

작가는 데뷔한 지 15년쯤 됐을 무렵, 좀 가벼운 것을 쓰고 싶다고 인터뷰에서 말한 적이 있다.《비밀과 거짓말》이 가장 무거운 작품인데 반해,《새의 선물》은 분량이 두툼할 뿐이지 무거운 작품은 전혀 아니다. 제대로 된 소설을 쓰려고 했다면 서울법대생인 삼촌의 시점에서 썼어야 한다. 삼촌은 대학생이기 때문에, 열두 살의 진희가 알지 못하는 그 시대의 문제가 꽤 많이 작품에 들어올 수 있었다. 그런데 그것을 차단하고, 다루지 않은 것이다. 1980년대 소설이라면 그것을 다뤘을 것이고, 진희는 주인공이 될 수 없었을 것이다. 뒤집어 말해 그것을 괄호에 넣기 위해서 진희가 주인공이 된 것이다. 문제적인 선택이다. 여성작가니까 여성 인물로 주인공을 설정할 수밖에 없었고 그것이 작가가 더 잘 쓸 수 있는 부분이어서 그랬을 텐데 이 작품이 시대의 문제를 다루고자 했다면 다른 선택을 했어야 한다.

문학사전의 설명에 따르면,《새의 선물》은 액자소설이고 초등학교 시절을 회상하는 내용이다. 이 설정이 갖는 효과는 1969년과 1992년을 등치시킨다는 것말고도 하나가 더 있다. 그것은 현재 시점이 없다면 서술이 제한을 받는다는 것이다. 일단 어휘에서 제한을 받는다. 열두 살짜리의 어휘로 묘사해야 하기 때문이다. 그것은 여러 면에서 부자연스럽고 쓰기도 더 어렵다. 실제 작품을 쓰는 입장에서는 그 점을 더 중요하게 고려한 것으로 보인다. 서른다섯 살이 돼도 열두 살에서 성장하지 않았다고는 하지만, 성장을 하지 않았을 리가 없다. 일단 어휘력이 달라졌기 때문에 열두 살의 시점을 보완해서 소설을 써내려갈 수 있는 것이다.

만약 액자의 프레임이 없이 열두 살의 시점으로만 보게 했다면, 이 작품은 현저하게 리얼리티가 떨어졌을 것이다. 열두 살의 진희는 아직 사전을 찾을 나이여서, 이 소설에서와 같은 서술이 가능하지 않다. 전지적 시점에서라면 가능하겠지만, 1인칭 시점을 쓸 때는 제약을 받을 수밖에 없는 것이다. 그래서 액자식 구성을 아주 중요한 장치로 가져온다. 그럼으로써 열두 살짜리에게는 어울리지 않는 어휘와 서술 방식이 정당화된다.

오히려 1969년과 1992년을 등치시킨 것은 작품을 쓰는 과정에서 부수적으로 고안된 게 아닐까 싶다. 어차피 이런 장치가 필요하지만 그 기능을 곧이곧대로 드러낼 수는 없기 때문에 두 시점을 등치시킨 것이 아닌가 싶다는 것이다. 다만 그 결과 1970년대와 1980년대에 괄호를 치는 효과가 생겨난 것이다.

'보여지는 나'와 '바라보는 나'의 분리

《새의 선물》은 남도 지방 소읍의 감나무집에서 벌어지는 이야기다. 그런데 이런 배경에서는 근대소설이 안 나온다. 진희가 도시로 와야 한다. 도시에서 새로운 것을 경험하고 최소한 대학은 들어가거나 공장에라도 가야 한다. 그래야 근대소설이 시작된다. 대학에도 안 가고 공장에도 안 가니까 이야기가 남편한테 얻어맞는 아내나 남편의 외도 상대에게 행패를 부리는 등의 치정 문제만 맴돈다. 시골에서는 그런 사건밖에 없기 때문이다. 이것은 근대소설에 미달한다.

한국소설이 전통적으로 이런 서사에 강점이 있기는 하다. 한국

드라마와 소설이 가장 잘 묘사하는 것이 여자들끼리 드잡이하는 것이다. 드라마에서는 여전히 이런 내용들이 통쾌하다는 반응도 얻고 시청률도 높게 나온다. 하지만 근대소설로 나아가려면 그 정도는 극복해줘야 한다. 물론 서구 소설의 전통을 무시하고 우리끼리 쓰고 즐기자고 한다면 꼭 근대소설이어야 할 필요는 없다. 다만 근대소설과는 거리가 멀다는 것이다. 이런 내용들을 보면서 인생이 뭔지 깨닫는다는 게 가능할지 의심스럽다. 깨달을 것이 없다는 것을 깨달을지는 모르겠다. 작품에는 '팔자소관'이라는 이야기도 나오는데, 이것도 전근대적 운명론이고 작품의 주제가 될 수 없다.

작품에 대한 평 중에는 그런 점에 주목해서 쓴 글도 있는데 이해가 가지 않는다. 감나무집 주변에서 살아가는 사람들의 일상 속에 펼쳐지는 애증의 실체를 보거나 허위를 들춰낸다는 것인데, 단순하게 보면 그렇긴 하다. 엄마가 자살하고 아빠로부터 버림받았다는 것이 기본적인 설정이고, 그래서 외할머니와 이모 슬하에서 자란다. 이것은 트라우마적인 상황이다. 하지만 진희는 이 트라우마에 빠지지 않으려 하는 예외적인 인물로 설정되어 있다. 또 진희 자신도 이 점을 잘 의식하고 있다. 진희가 트라우마에 빠지지 않기 위해 찾아낸 방책은 오래 관찰하는 습관과 더 중요하게는 자신을 '보여지는 나'와 '바라보는 나'로 분리시키는 것이다.

그런데 이런 자기분열은 근대적 개인의 가장 두드러진 요건이기도 하다. 진희만 그런 것이 아니라 대개의 주인공들이 다 그렇다. 다만 진희는 조금은 어린 나이에 편하게 이것을 의식하고 있을 뿐이다.

정확히 똑같은 내용이 러시아작가 미하일 레르몬토프의 1840년 소설《우리 시대의 영웅》에도 나온다. 남자 주인공이 "내 안에 두 명의 나가 있다. 보여지는 나가 있고 그것을 바라보는 나가 있다"라고 말하는데, 그것이 불행한 의식을 갖게 한다. 이것이 근대적 개인이다. 러시아문학에서 처음 탄생한 근대적 개인이 이 소설을 통해서였다. 프랑스문학에서는 그보다 조금 앞서 그런 주인공이 등장한다. 스탕달의 1830년 작품《적과 흑》에 나오는 쥘리앵 소렐이 그런 모습을 보여준다. 내가 행동하고 있는데 그것을 의식하고 있는 '나'가 있다. 이것이 근대적 주인공의 기본형이다.

진희가 예외적이라는 것은 한국적인 상황에서 예외인 것이다. 진희의 주변 인물들은 그렇지 않기 때문이다. 다른 한편으로는 이 트라우마로부터 자기를 방어하기 위한 일종의 방어기제이기도 하다. 한 비평가는 이 점에 주목해서, 이것이 초자아는 아니라고 설명하기도 했다. 보통은 행동하는 자아와 그것을 감시하는 초자아로 분리되는데, 이 작품에서는 초자아의 형상이 나오지 않는다. 왜냐하면 초자아는 아버지 같은 대타자이기 때문이다. 진희에게는 이것이 결핍되어 있기 때문에 '바라보는 나'는 초자아와는 다른 성격을 갖고 다른 기능을 한다.

초자아와 비슷한 것으로는 자아이상도 있고 이상적 자아도 있다. 자아이상은 상징계에서, 이상적 자아는 상상계에서 작동하는 것이다. 자아이상은 '사람들이 나에게 기대하는 나'이고 내가 일치시키려고 하는 것이다. 반면에 이상적 자아는 '내가 되고 싶은 나'이다.

가장 단순하게 아이들에게 뭐가 되고 싶냐고 물을 때 대답은 '엄마는 뭐가 되라고 하는데 나는 뭐가 되고 싶다'는 식으로 두 가지 측면을 나눠볼 수 있다. 전자가 자아이상이고 후자가 이상적 자아다. 대개는 그것을 일치시키려고 하는데, 이 작품에서는 이런 기제가 작동하지 않는다. 자아이상은 상징계에서 작동하는 것인데, 진희의 분열은 자기만의 상상계에서의 내부 분열이기 때문이다.

트라우마로부터 방어하기 위해 이런 분열이 필요한 것뿐이다. '보여지는 나'는 트라우마의 영향권 하에 있다. 그래서 상처를 받는다. 이때 나를 분리시켜서 이로부터 거리를 두게 되면 그 충격을 덜 받는다. 이것은 불가피하다. 만약 이런 자기분열이 일어나지 않았다면, '보여지는 나'는 치료를 받아야 한다. 엄마가 자살하고 아빠에게 버림받았다면 자기 정체성이 완전히 붕괴되므로, 당연히 트라우마 치료를 받아야 하는 것이다. 그렇다면 이 분열은 자가치료인 셈이다. 하지만 어느 정도 버틸 수는 있어도 어디까지나 임시방편이지 절대적인 대응책은 될 수가 없다.

그래서 마지막에 아버지가 등장하게 된다. 아버지가 등장하게 되면 이런 분리를 더이상 유지할 필요가 없다. 아버지가 나를 감시하고 야단칠 테니까 내가 따로 1인 2역을 할 필요가 없기 때문이다. 달리 말해 아버지의 부재에 대응하기 위해 초자아의 대역으로서 '바라보는 나'가 필요했던 것이다. 이것이 주인공과 관련한 기본 설정이다.

원래는 '바라보는 나'가 아버지적인 초자아의 역할을 해야 한다.

그것은 초등학생들도 트레이닝을 받는다. 일기를 쓰게 되면, 다소 시차는 있지만 '낮에 있던 나'와 '밤의 나' 사이에 분열이 일어나 '밤의 나'가 아침에 일어나서 뭘 했는지부터 '낮에 있던 나'를 관찰하고 검토한다. 그런데 진희는 이것을 동시적으로 한다. 그래서 항상 연기를 하게 된다. 연기이기 때문에 한편으로는 부자연스럽기도 하지만 한편으로는 현실로부터, 직접적인 충격으로부터 완충지대를 갖게 되는 것이다. 흔히 은희경 문학의 특징으로 지목되는 위악적이고 냉소적이라는 이미지는 이 작품 때문이기도 하다. 열두 살 진희의 조숙한 시선이 트레이드마크처럼 대중에게 각인된 것이다.

유례없는 '점핑'으로 성장을 거부하다

이러한 설정이 독자들에게 의미하는 바는, 독자들 또한 열두 살짜리로 만든다는 것이다. 독자들도 외부의 충격으로부터 자신을 보호하고 싶어 하기 때문이다. 좀 더 구체적으로 말하자면, 소설에서 괄호 친 1980년대의 충격으로부터 거리를 두려고 하는 것이다. 그것은 이념 자체가 준 충격이기도 하고 이념의 몰락이 가져온 사회주의 붕괴의 후유증 같은 것이기도 하다. 이 문제에 대해 숙고하는 것을 회피하면서 자기를 방어하고자 하는 것이다. 열두 살짜리 진희는 충분히 그럴 수 있지만, 1990년대의 다 큰 성인 독자들까지도 자신을 진희와 동일시해서 유아로 돌아간다는 것은 문제적이다.

1990년대 이후의 현상과 관련해서 프랑스 철학자 파스칼 브뤼크네르는 '자아의 유아화와 희생양화'라는 용어로 설명한다. 자신을 유아나 피해자로 간주하는 경향이 있다는 것이다. 그 결과 책임으로부터 면제되는 효과가 생겨난다. 아직 어리다는, 나는 피해자라는 알리바이가 책임으로부터 빠져나가는 핑계거리가 되는 것이다.

　　여기에서 '소설이란 성숙한 어른의 형식'이라는 명제를 다시 상기해볼 필요가 있다. 이런 관점에 서면, 이 작품은 소설이라고 할 수 없다. 열두 살짜리는 성숙한 어른이 아니기 때문이다. 조숙한 열두 살짜리의 경험을 담고 있는 작품이라는 점에서 근대소설의 범주에 들어올 수가 없다. 특이한 작품으로서 의미는 있지만,《새의 선물》현상 또는 은희경 현상까지 낳았다는 것은 문제적이다. 집단적인 공모 현상이라고 생각한다.

　　이 현상의 이면에는 깊은 상처의 실체가 있다. 어머니와 아버지의 부재가 그것이다. 이 작품에서 진희가 건드리지 않는 주제가 바로 이 상처다. 그에 대해서는 아주 쿨한 척한다. 진희는 '엄마가 미쳤다'는 말을 해도 된다고 허용하거나 자신 앞에서는 엄마 이야기를 해도 아무렇지도 않다고 말한다. 이 부재라는 설정은 작품 안에서 적게 말해지고 있지만, 중요한 부분이다.

　　개정판에 실린 해설에서는 이 소설의 구성이 전형적인 성장소설의 관습에 충실하다고 평가한다. 하지만 형식적인 틀만 그렇다. 주인공 자신이 성장을 거부하기 때문에 성장소설이 아니라 실은 성장소설에 대한 패러디이거나 반성장소설이다. 성장에서 중요한 내용이

빠진 채 열두 살에서 서른다섯 살로 건너뛴다는 점에서 그렇게 말할 수 있다. 이것은 유례없는 점핑이다.

성장소설이라면 시기가 있어야 한다. 열두 살 시절을 다룬다면, 그보다 더 어렸을 때와 그보다 좀 컸을 때까지 아울러야 성장소설이 된다. 성장소설을 의도했다면 아버지와 재회한 이후의 이야기도 들어가야 한다. 이 작품은 설정 자체가 기이한 소설이다. 1969년 한 해를 고정해서 다루고 있기 때문이다. 작가의 말로는 자신이 상당히 비상한 기억력을 가지고 있다는데, 그 기억력은 1969년 한 해에만 한정된 것인지 의아스럽다. 그러고서는 서른다섯 살로 건너뛴다는 것은 성장소설로서도 규칙 위반이다. 그래서 이 작품을 성장소설로 묶을 수는 없다. 차라리 성장거부소설이라 해야 맞다.

흔히 성장소설이라고 뭉뚱그려서 이야기하지만 좀 더 정밀하게는 독일에 뿌리를 둔 교양소설(빌둥스 로만)이다. 아들의 아버지 되기가 성장소설의 기본형이다. 아버지가 되기 위해서는 자격요건이 필요하기 때문에 도전 과제를 수행하는 내용이 담긴다. 그래서 교양소설은 피카레스크 소설의 영향을 많이 받는다.

교양소설은 독일에서 18세기 후반에 성립된다. 피카레스크 소설은 16~17세기 스페인의 악당소설, 편력소설이다. 편력의 모티브는 여기에서 그대로 가져오되 교양소설에는 일정한 목표가 있다. 과정은 피카레스크 소설에서 가져오지만, 최종적인 목표는 '아버지 되기'인 것이다. 사위 되기나 남편 되기일 수도 있는데 교양소설은 주로 아버지 되기를 다룬다. 그에 비해 성장소설이라고 하면 너무 막연해서 그저 성장기를 다룬 소설을 뜻한다. 형식적인 범주일 뿐 내용적인 규정으로서는 의미가 없다. 그런 점에서 성장소설과 교양소설은 차이가 있다. 교양소설이 원형이라는 점에서 기준이 되는데, 그렇게 보면 이 작품은 턱없이 모자란 소설이다. 교양소설과는 아무 관계가 없다.

진희는 이모와 함께 사랑과 이별을 경험하고 성과 죽음에 대한 공포를 극복한다. 아버지를 대면하기 전에 나오는 작가적 설정인데 결말에 뭐가 와야 하는가에 대한 작가의 감각이기도 하다. 화재 사건이 일어나고 진희는 죽음의 공포를 처음 경험하게 된다. 진희가 다 아는 것은 아니라는 것을 여기에서도 알 수 있다. 이미 다 안다면 죽음도 별거 아니라는 식이어야 한다. 그런데 공포감을 느끼는 것이다. 그러고 나서 아버지가 등장한다. 아직 배워야 할 것이 많고 아직도 많이 성장해야 하는 것이다. 하지만 그것을 인정하지 않는 것이 진희의 특징이다.

그 밖에 여러 인물 군상들을 묘사하는 에피소드들도 있다. 진희의 첫사랑은 삼촌의 친구인 허석인데, 허석을 처음 본 순간 제방에서 염소에게 하모니카를 불어주던 남자의 실루엣이 겹쳐진다. 실제를 사랑하는 것이 아니라 자기가 덮어씌운 이미지를 사랑하게 되는 것이다. 진희가 사랑하는 것은 실제 대상인 허석이 아니라 허석과 하모니카 남자가 뭉뚱그려진 어디에도 없는 남자다. 진희만 그렇게 착각하는 것이 아니라 이것이 사랑의 일반 공식이다.

'연기하는 자아가 최후까지 욕망하는 대상은 자신의 연기를 실제로 믿어주는 한 명의 관객'이라며 '진희의 연기에 완벽하게 동화하는 유일한 관객이 허석'이라고 평가하는 경우도 있는데, 허석이라는 인물에 대해서 평자가 과장하고 있다고 생각한다. 그렇게 핵심적인 인물이라고 생각되지 않는다.

1990년대의 감각이 투사된 1960년대의 풍경

이 소설에서 모든 인물들은 너무나 통속적인 연기의 틀을 벗어나지 못한다. 그리고 그 모든 연기들이 진희의 냉소적인 시선에 의해 까발려진다. 이것이 특별한 것은 아니다. 전지적 시점에서의 세태 풍속소설을 쓴다 해도 이와 비슷하게 된다. 다 아니까 거리두기가 되고, 그래서 냉소적이거나 풍자적인 성격을 자연스럽게 갖게 된다. 누구나 겉으로 하는 행동과는 다른 속내가 있고 그런 점에서 연기를 하는 것인데, 작가는 이 둘을 다 보기 때문에 냉소적일 수도 있고 풍자적일 수도 있다. 하지만 특정 인물의 시점에서는 사실 그것이 가능하지 않다. 다만 마치 전지적 작가가 관찰하고 기술하는 것처럼 설정되어 있는 주인공 진희가 예외적인 관찰력으로 꿰뚫어보는 것이다.

　이 소설은 상당히 여성편파적인 작품으로 생각된다. 남자 대학생이 이 작품을 열독하는 것을 상상하기 어렵다. 여성 독자라면 정서적인 감정이입이 잘 될 것이다. 주로 다뤄지는 것도 여성의 운명이다. 진희의 초경에 대해 묘사하며 "우리 집에서도 삼대가 다 달거리를 하게 됐"다며 여성이 지니는 팔자를 탄식하는 대목도 나온다. 반면에 남성 독자가 흥미롭게 읽을 만한 내용은 없다.

1970년대의 대표적인 성장소설이 《유년의 뜰》이었듯 《새의 선물》은 1990년대 여성 성장소설을 대표하는 작품으로 많이 읽혔고, 그것이 이 작품이 가장 흔하게 읽히는 방식이다. 하지만 이 작품은 성장소설로서보다는 세태소설로서 더 의미가 있다. 부분적이기는 하지만 1969년 전북 고창의 풍경을 보여준다는 데 의미가 있는 것이다. 여기에는 작가의 세밀한 기억도 한몫 했지만 당시 사건들에 대한 자료 조사의 결과이기도 하다. 그 시대의 분위기나 일상을 재현한다는 것이 일반적인 세태소설이 갖는 의의이고, 그것은 주인공과는 관계가 없다. 즉 진희가 빠져도 성립하는 것이 세태소설이다.

이 작품에서는 영화도 많이 언급된다. 가령 대중들이 〈응답하라…〉 시리즈에 반응했던 것은 그때 들었던 노래, 먹었던 음식, 분위기 등에 반응한 것이다. 그런 것을 환기시켜 주는 것이 세태소설이다. 이 작품도 1969년의 풍속을 그대로 보여주고 있기 때문에 그 기록으로서의 의미가 있다. 성장소설적인 구성만을 취했다면 이렇게 분량이 길어질 필요도 없었고, 아버지가 등장하지 않았다면 끝날 수가 없는 소설이기도 하다. 아버지가 등장해서 끝나게 되는 소설이다.

흥미로운 것은 1990년대와 1960년대라는 시간의 틈새다. 거대담론의 붕괴로 인해 환멸의 정서가 짙게 드리워지면서 탄생한 1990년대는 냉소주의의 시대이기도 하다. 냉소주의라는 새로운 이데올로기가 이데올로기의 종말을 대체하는 시대라고도 할 수 있다. 그 냉소주의는 1960년대로 돌아가 풍자와 웃음과 함께 증폭된다.

왜 하필 1969년으로 돌아가는지에 대해서는 자세히 다루고 있지 않다. 당시의 시대상을 보여주는 사건으로는 삼선개헌 찬반투표 정도가 고작이다. 중요한 역사적 사건이 얼마나 가벼워져서 일상 속에 매몰될 수 있는가를 포착하는 이런 시선은 정확하게 1990년대적인 것이다. 1990년대에 서른다섯 살이 된 진희의 시점을 1969년 열두 살의 진희 시점에 투사해서 그리고 있는 것이다. 그래서 두 가지 시간대를 동시에 드러낸다. 세태소설로서는 1969년의 시대상을 보여주지만, 이 작품의 밑바탕에 깔려 있는 세계관이나 정서는 1990년대스러움을 그대로 보여준다. 그래서 배경은 1960년대이지만, 1990년대의 감각이 투사된 1990년대 간판소설이 될 수 있었다.

또한 1970~1980년대에 괄호를 치는 기본 전략을 통해, 1980년대의 문제를 해결하지 않고 덮어 버리는 소설이다. 하지만 덮어 버린다고 덮이는 것이 아니다. 결국 다시 삐져나오게 된다. 우리가 해결하거나 관통해 가야 하는 시대적 과제로 계속 남아 있기 때문이다. 이 소설은 그렇게 1960년대 후반의 불안과 1990년대의 환멸을 겹쳐 놓으면서 성장 불가능성을 현시하지만, 이것이 면죄부가 되어서는 곤란하다. 성장 불가능한 시대를 산 것이 아니라 책임을 떠안지 않으려고 성장을 거부하는 것이기 때문이다.

다만 이것은 한국만이 아니라 1990년대 이후의 일반적인 경향이며, 2010년대 독자들에게도 동시대성을 지닌 감각이다. 이런 태도가 여전히 지속되고 있다는 것은 우려스러운 일이다. 위악적이고 냉소적인 제스처로 어떤 책임을 회피하는 것이기 때문이다.

9장

| 2000년대 |

신경숙
《엄마를 부탁해》

한국문학과 사회가 반복하는
'신파'와 '먹고사니즘'의 문제성

신경숙

· 1985년 – 중편 《겨울우화》 발표 및 등단
· 1993년 – 작품집 《풍금이 있던 자리》 발표
· 1994년 – 장편 《깊은 슬픔》 발표
· 1995년 – 장편 《외딴 방》 발표
· 2008년 – 장편 《엄마를 부탁해》 발표

《엄마를 부탁해》는 또 다른 어머니 신화를 재탕하고 있다. 대단히 헌신적인 어머니상을 묘사하면서 한국인의 기본적인 이데올로기라고 할 수 있는 '생존제일주의'를 정당화한다. 1950년에 전쟁이 있었고 두 세대가 지났지만 한국 사회는 아직 그 영점에 서 있고, 그 포획망에서 벗어나지 못하고 있다는 것을 2008년에 나온 이 작품이 한 번 더 확인해준 셈이다.

2000년대 이후 최고의 베스트셀러

《엄마를 부탁해》는 2008년 베스트셀러에 오르며 화제가 되었던 작품으로, 200만 부 이상의 판매를 기록하며 2000년대 이후에 발표된 소설 가운데 가장 많이 읽힌 작품이다. 신경숙은 1990년대에 작품을 낸 '63년생 작가군'에 속하는 대표적인 작가다. 1993년에 두 번째 단편집《풍금이 있던 자리》가 주목을 받았다. 첫 작품집은 1991년에 출간된《겨울우화》인데, 잊힐 만한 작품들이었다. 이 작품집을 통해 대중들에게 알려진 것보다 더 밋밋한 신경숙을 만날 수 있다.

신경숙의 소설은 잔잔하고 밋밋하고 뭔가 중언부언하는 듯한 이야기로 되어 있어, 이른바 '선이 굵은' 남성적인 서사와 대척점에 서 있다. 이런 작가가 1990년대 초반에 주목을 받았다는 것도 시대적 배경과 연관이 있다. 1990년대라는 변화한 시대적 조건에 잘 부응했던 작품들이었기 때문이다. 만일 1980년대에 출간됐다면 이렇게 주목받지도, 환영받지도 못했을 것이다.

단편의 성공에 힘입어 장편《깊은 슬픔》을 1994년에 발표한다. 이런 작품들은 대개 습작기에 썼던 작품들을 손 봐서 내는 경우가 많다. 1985년 스물두 살 때 문예중앙 신인문학상으로 등단한 신경숙도 이른 나이에 데뷔한 셈이라 습작기가 그리 길지는 않았다. 하지만 짧은 습작기에 비해 많은 습작을 쓴다. 그런 것들이 잘 걸러지지 않은 채 데뷔 이후 발표가 된다. 첫 번째 창작집도, 첫 번째 장편도 그렇게 쓰인 것으로 보인다.

돌이켜보건대,《깊은 슬픔》은 난감한 작품이었다. 신경숙은 플롯이 상당히 약한 작가다. 이야기를 어디서 시작해서 어디서 끝내야 하는지에 대한 감각이 부족해서《깊은 슬픔》도 계속 중언부언한다. 그래서 단편은 봐줄 만하지만, 같은 이야기를 장편 분량으로 길이만 늘려 놓게 된다. 장편에 걸맞은 이야기의 규모와 중량감을 갖고 있지 않은 것이 이 작가의 최대 약점으로 보인다. 장편 분량을 감당할 수 있으려면 자기체험에서 우러나온 좀 더 확실한 이야기여야 한다. 하지만 가공의 이야기를 길게 쓰기는 어려운 작가다.

영등포여자고등학교 야간부를 다녔고 서울예술대학에서 창작 수업을 받는다. 습작기에 필사를 많이 했다. 처음에 할 때는 그대로 베낀다. 그다음에 또 필사할 때는 조금씩 첨삭을 한다. 원래 문장들 사이에 자기 문장을 더 집어넣기도 하고 빼기도 하면서 작품을 만든다. 2015년에 불거진 표절 파문도 그런 작업 방식에서 비롯됐다고 생각된다. 으레 그렇게 작업을 해왔기 때문에 작가 자신은 기억하지 못할 수도 있다. 그렇게 쓴 작품이 많아서 특정해서는 기억이 잘 안 나는 게 아닌가 싶다.

미시마 유키오의 작품 〈우국〉을 표절했다고 해서 문제가 됐는데, 문장만 보면 똑같기 때문에 읽지 않았을 리가 없다. 그 문장은 사실 미시마 유키오를 표절한 것이라고 보기도 어렵다. 〈우국〉은 번역본이 하나가 아니어서 원문은 같아도 번역본에 따라 문장이 다르다. 같은 표현이 나오는 것은 김후란이 번역한 〈우국〉이다. 김후란의 번역문을 표절한 것이다. 작가가 읽은 기억이 없다고 하는 것은 자신의 기억력 문제일 뿐, 객관적으로 설득력을 갖기는 어렵다고 생각한다. 습작할 때 그런 식으로 작업을 하면 문장 트레이닝은 되겠지만, 무엇을 쓸 것인가에 대한 해답을 주지는 않는다.

《엄마를 부탁해》의 해설자는 "이 작가는 평생 한 작품을 쓰는 작가"라고 표현하며 경의를 표하기도 했는데, 다른 한편으로는 그것이 신경숙의 한계이기도 하다. 다른 이야기로 더 확장시키면 완성도가 떨어지게 된다는 것이다. 그렇다고 단편에서 강점을 갖는 작가도 아니다. 임팩트가 약하기 때문이다. 이례적이라고 생각된다. 이 작가의 가장 높은 성취를 보여준다고 평가되는 《외딴 방》도 실은 소설인지 수기인지 모호한 작품이다. 거의 자기 이야기를 썼지만, 그것이 밀도가 있어서 좋은 평을 받았다. 《엄마를 부탁해》도 그 연장선에 있는 작품이다. 이 작품도 자기 가족, 자기 엄마 이야기다. 작중 어머니에게는 작가 자신의 어머니의 모습이 많이 투영되어 있고, 작가 시점의 화자는 큰딸로 설정되어 있다. 작가가 어머니를 생각하면서 쓴 작품으로, 이렇듯 경험과 회상을 바탕으로 할 때 신경숙의 작가로서의 장점이 잘 발휘되지만, 이것이 그렇게 긍정적인 것은 아니라고 생각한다.

그런데 일반 독자들이나 평단의 생각은 달라서 국내에서는 더 받을 상이 없을 만큼 많은 문학상을 받았다. 맨아시아문학상을 받은 영어판은 원작과 차이가 있다. 영역판의 분량이 좀 더 적다. 영미권 출판사에서는 편집자가 상품 기획자로서 막강한 권한을 가지고 시장에 맞춰 작품의 내용을 조정하기도 하는데, 미국 독자들에게 이해가 안 될 것 같은 낯선 부분은 덜어내고 통할 만한 부분만 정리한 결과다. 한국문학번역 사례 중에 최고의 성공을 거둔 작품으로, 아마존 베스트셀러 순위에도 올라가 있었다. 그렇게까지 화제가 된 한국 작품이 이제껏 없었다는 점에서, 한국문학이 비로소 존재하기 시작했다고 할 수 있다. 영어권 시장에서 한국문학의 간판이자 브랜드가 될 수 있었던 작가인데, 안타깝게도 표절 파문으로 기세가 꺾였다.

비판의 브레이크가 없었던 성공의 그늘

신경숙은 일곱 편의 장편을 발표했지만, 그 가운데 두 편을 고르라면 《외딴 방》과 《엄마를 부탁해》를 꼽을 수 있다. 《외딴 방》까지는 직접적인 경험을 소재로 하고 있어서 잘 쓸 수 있는 작품이다. 그러나 바로 다음 작품 《기차는 7시에 떠나네》부터는 삐걱거리기 시작해서 그다지 평이 좋지 않고 표절 시비에 휘말리기도 했다.

신경숙은 책은 많이 읽었겠지만 고등학교를 졸업한 뒤 서울예대 문창과에서 2년간 수련하고 바로 등단했기 때문에 내공을 쌓을 시간이 없었다. 그런데 여기저기에서 청탁을 받으니까 습작 원고를 바로 발표한다. 첫 번째 작품집이 별로 주목받지 못한 것도 그래서다. 그러다가 두 번째 작품집으로 주목을 받는데, 한국에서는 단편 작가가 주목을 받으면 장편을 쓰도록 요구받는다. 단편으로는 생계가 되지 않기 때문이다. 그렇게 장편으로 넘어가서 《깊은 슬픔》을 펴내는데,

이 작품이 화제작이 된다. 단편의 연장선에서 읽힌 것이다.

비교적 성공작이라 할《외딴 방》이 그 다음에 나왔다. 자기 경험에 밀착돼 있기 때문에 밀도가 있는 작품이 나올 수밖에 없다. 서사의 완성도에서 비판할 수는 있지만, 실제 경험이기 때문에 감동을 준다. 공장 노동자의 수기가 주는 감동과 비슷하다.

이 작품이 성공하게 되면서 계속 작품을 쓰는데, 그만한 준비가 되어 있지 않았던 것으로 보인다. 만일 이 작가가 10년쯤 패배의 경험을 가졌더라면, 그래서 30대 초반쯤에 등단했더라면 훨씬 더 중요한 작품을 썼을 것이라고 생각한다.

한편으로는 한국 문단의 시스템이 착취한 작가이기도 하다. 재료가 없는 상태에서 계속 주문을 받고 물건을 내놔야 하니 함량 미달의 작품을 쓴 사례가 아닐까 싶다. 실패할 만한 작품은 실패하는 것이 장기적으로 보면 작가에게 도움이 된다. 실패할 만한 작품이 성공하게 되면 손을 쓰기 어렵다.

〈전설〉의 표절 파문 이전에도 계속 표절 시비에 휘말렸었다. 주로 일본 작가를 베꼈다는 비판을 받았다. 당시는 무라카미 하루키를 비롯해 일본문학이 한국 시장을 강타할 때였다. 한국작가들도 무라카미 하루키나 마루야마 겐지 같은 작가들을 좋아했다. 그런데 그런 작가들의 작품을 표절했다는 의혹이 일 때마다 다 무마되고 넘어갔다. '창비 책임론'이 제기된 것도 그래서이다. 이미 2000년부터 표절이 지적되어 문단에서는 다 알고 있었는데, 문제가 되지 않고 그냥 넘어가는 바람에 더 크게 문제가 불거진 것이기 때문이다. 2000년에 이 문제를 제대로 짚고 넘어갔더라면 신경숙에게도 조금 더 나았을 것이라 생각한다.

경제위기와 가족 해체의 시대에 조응한 작품

신경숙은 현재까지 30년간 장편 7편, 중단편 48편을 썼다. 이 자체로는 많다고도 적다고도 할 수 있지만, 작가가 보여주는 것에 비해서는 많다는 생각이 든다. 한 가지 이야기만 계속 반복적으로 쓰고 있는 작가이고 거기에 장기가 있는 작가라면, 한 작품을 공들여서 쓰는 것이 이 작가에게서 기대할 수 있는 최대치가 아닌가 싶다.

신경숙은 공지영, 은희경과 함께 1990년대 한국문학의 간판이 되는 여성작가인데 당시의 독서 시장을 이 세 작가가 거의 장악했다. 작가적인 역량 면에서 견줄 만한 작가가 없는 것은 아니지만 대중 독자에게 주목받는다는 것은 평론가들에게만 인정받는 것과는 다른 의미를 갖는다. 하지만 이 작가가《엄마를 부탁해》를 뛰어넘는 작품 또는 이 작품의 판매 부수를 넘어서는 베스트셀러를 더 써낼 수 있는 가능성은 별로 없는 것 같다. 그래서 이 작품의 작가로 남게 되지 않을까 싶다. 은희경이《새의 선물》이후에도 여러 작품을 썼지만 아직은 그 작품으로만 기억되고 있는 것과 마찬가지다. 그 작품을 넘어서는 작품을 쓸 수 있을지는 만만치 않아 보인다. 공지영은 조금씩 변화하고 있기 때문에 모르겠다. 공지영도《우리들의 행복한 시간》이 밀리언셀러다. 여성작가들 가운데 밀리언셀러 작가가 몇 명 안 되는데 공지영이 가장 꾸준한 것으로 보인다. 어떤 작품을 더 쓸지 가늠이 되지는 않지만 신경숙보다는 조금 더 오래가지 않을까 생각된다.

《엄마를 부탁해》는 지난 10년을 통틀어 최대의 베스트셀러였다. 베스트셀러는 사회사적 자료가 된다. 2000년대 이후의 베스트셀러 목록을 보면 《누가 내 치즈를 옮겼을까》 등 자기계발서 유형이 대부분이다. 문학작품으로는 무라카미 하루키의 《1Q84》를 비롯해, 히가시노 게이고, 더글라스 케네디 등의 작품이 베스트셀러 목록에 들어가 있다. 밀리언셀러는 2000년대에 들어오면서 상당히 줄어들었는데, 그 이전까지 최대의 베스트셀러는 김정현의 《아버지》였다. 1996년에 출간되었는데, IMF 구제금융 사태가 터지면서 300만 부 이상 팔렸다.

《아버지》와 《엄마를 부탁해》는 가족 서사라는 공통점이 있다. 가족관계에서 중심적인 두 인물인 아버지와 엄마의 존재감을 다시 확인하게끔 해주는 작품이다. 《아버지》는 《엄마를 부탁해》보다 조금 더 통속적이어서 읽기 쉽다. 시점을 여러 가지로 바꾼다든가 하는 기교는 사용하지 않는다. 아버지가 췌장암에 걸려서 죽어가는 과정을 비밀로 하는 바람에 가족들에게 무능한 가장으로 오해받지만 나중에 진실이 밝혀진다는 내용이다.

하지만 가족 해체 시대에 아버지상과 어머니상을 제시한다는 점에서는 공통적인데, 왜 12년 정도의 터울이 필요했을까. 이것은 경제위기와 관계가 있다. 《아버지》의 배경은 한국발 경제위기였고, 《엄마를 부탁해》가 출간된 2008년에는 미국발 국제금융위기가 한국에도 여파를 미쳤다. 그런 상황이 전반적인 사회적 분위기를 만들어내고 독자들의 무의식을 자극하게 된다. 베스트셀러라는 것은 철저하게 사회적인 현상이기 때문에 문학적인 성취와는 별개의 문제다. 그래서 저주받은 걸작이 생겨나기도 한다. 2000년대 이후 최대의 베스트셀러라는 것은 이 작품을 판단할 때의 참고사항이긴 하지만 오히려 작품 이해에 장애가 되는 면이기도 하다. 반면에 그런 사회적 배경을 제쳐 놓고 이 작품의 의미를 제대로 짚을 수 있을까 의구심이 들기도 한다.

김정현 작가의 《아버지》는 아버지 부재의 문제를 다룬다. 1970년대와 1980년대에 통하던 전통적인 기부장적 아버지상이 1990년대에 들어와서 바뀌게 된다. 정치권력과도 연관성이 있는데 1970년대와 1980년대는 박정희와 전두환의 시대였고 그 뒤에 이어지는 노태우 시대는 그 이전과 연속적이면서 단절의 측면도 있었다. 정신분석학의 개념을 쓰자면, 박정희와 전두환은 주인들이다. 주인이자 아버지의 형상이다. 강압적이고 권위적인 힘을 가지고 있으며 국가나 공권력, 법의 이미지와도 조응한다. 하지만 1987년 직선제 개헌으로 대통령이 된 노태우는 5·16군사정변을 일으킨 박정희나 12·12 군사반란으로 권력을 강탈한 전두환과는 이미지가 좀 다르다. 그런 점에서 노태우 시대는 그 뒤에 김영삼과 김대중 시대로 이어지는 전환점이 된다. 그것이 1990년대다.

한국인의 무의식에는 힘에 대한 숭배가 있다고 생각한다. 우리도 핵무장을 해야 한다는 이야기가 요즘까지 계속되는 것도 그래서다. 강한 아버지를 요구하는 것이다. 그 아버지는 대개 권력이나 군사력의 모습으로 나타난다. 이것이 문화적·역사적으로 오래된 무의식이라고 생각한다. 조선은 고려 때와 달리 무武를 철저하게 부정하고 배제했기 때문에 왜란·호란도 겪고 일본에 강제병합까지 당하게 되었다는 인식이 있다. 너무나 무력한 국가 또는 아버지의 상인 것이다. 그러한 결핍에 대한 갈망을 채워준 인물들이 박정희와 전두환이다. 그리고 곳곳에 작은 박정희들이 있다. 회사에 가도 갑질하는 상사들이 있다. 이것이 한국 사회를 움직이다가 1990년대에 와서 조금씩 달라진다.

결정적으로 1997년에 부도나는 회사가 속출하면서 이들이 다 나가떨어지게 된다. 아버지 힘의 원천은 돈을 벌어다 주는 것인데, 실직했다는 말도 못하고 출근한다고 나가서는 공원에서 시간을 보내다 들어오게 된 것이다. 이제 아버지는 보호자가 아니라 딱한 사람이다. 가부장적 권위가 실추된 것이다. 그러한 사회 현상을 징후적으로 포착해서 다룬 작품이 《아버지》다. 아버지성의 결핍 혹은 추락을 기본 모티브로 하고 있다.

《엄마를 부탁해》는 이에 대한 일종의 균형 맞추기라고 생각한다. 《아버지》를 300만 부나 팔아준 독자들의 무의식 속에 어머니에게 빚진 마음이 있었던 것 같다. 그러다가 2008년에 이 작품이 나오고 마침 금융위기가 터지니까 여기에 열광적인 반응을 보인 것이 아닌가 싶다. 이 작품은 중년 남성들이 읽을 만한 소설이 아니라고 생각하는

데, 200만 부 이상 팔리려면 너나없이 읽어야 한다. 밀리언셀러라는 사회 현상은 특정 연령대 또는 여성 독자들만으로는 만들어질 수 없다. 중년 남자들까지 움직였던 것이다.

근대를 회피하는 신파 작품의 문제성

은희경의 《새의 선물》의 문제성이 1970년대와 1980년대가 결락된 데 있다면, 《엄마를 부탁해》는 또 다른 방식으로 그 문제를 다루지 않는다. 사회를 다루지 않고 가족관계에만 초점을 맞춘 것이다. 그 기반은 농경이다. 도시도 공장도 빠져 있다. 자녀들이 도시에서 직장을 다니는데도 그런 배경이 중심으로 다뤄지지 않으면서 시야에서 사라져 버린다. 일종의 전근대소설이다.

한국문학에서 근대 사회가 제대로 다뤄지지 않고 있다는 것은 불만이다. 여성작가들의 경우 대부분 그렇다. 소설이라는 장르가 갖는 발생사적인 의의는 근대를 정면으로 다룬다는 데 있다. 그것이 근대소설의 본질이다. 한국에서는 소설이라는 이름을 달고 나오기는 해도 근대와 정면 대결하는 작품이 희소하다. 그렇게 근대를 거부하거나 회피하는 경향을 '신파'라고 하는데, 그 원조는 일본이다. 일본에서 19세기 말부터 20세기 초에 나오는 가정소설들이 여기에 해당한다. 농경이 기반이었던 일본은 메이지유신을 통해 근대화와 산업화가 급속도로 진행된다. 그로 인해 많은 사람들이 적응장애를 겪으면서 거부감을 가지게 된다. 그런 사람들을 독자로 유인해낸 것이 신파소설과 신파극이다.

신파적인 신문 연재소설을 희곡으로 각색해 무대에 올리면 신파극이 된다. 한국에 신파라는 말이 들어오게 된 과정도 마찬가지다. 《장한몽》같은 번안소설이 대표적인 신파다. 1913년에 신문에 연재되는데 이광수의 《무정》으로 나아가기 바로 직전 단계다. 일본과는 10여 년쯤 터울이 있다. 일본의 신파와 공유되는 정서는 근대에 대한 일종의 불안과 거부다. 이때의 근대는 자본주의 근대이다. 큰 변화가 일어나는데, 여기에 적응한 사람들은 유학도 갔다 오고 교회의 장로도 되고 출세도 하게 된다. 그런 세태에 거부감을 갖고 있는 사람들에게 인기를 끌었던 것이 이런 신파극이다. 그래서 신파적 서사는 근대에 대한 거부나 회피를 핵심적인 특징으로 갖는다.

《엄마를 부탁해》에도 그런 면이 있다. 설정 자체에 정치적·경제적 현실에 대한 관심이 다 빠져 있다. 인간의 사회적인 삶에서 가장 중요한 부분이자 사회가 작동하는 메커니즘을 보여주지 않는다면 핵심을 빼먹은 채 변죽만 건드리는 것이 된다. 이 문제를 정면으로 보기를 꺼려하는 것은, 그에 대한 여러 가지 책임을 떠안는 것이 상당히 부담스럽기 때문이다. 그 책임으로부터 빠져나오고 싶어하는 어린아이 같은 심리인 것이다. 《엄마를 부탁해》는 그런 심리를 잘 다독거려 주는 작품이다. 다 큰 성인들도 이 작품을 읽으면서 모두 아들, 딸로 소환된다.

감동적인 이야기로서는 의미가 있겠지만, 소설로서 제몫을 하고 있는가를 기준으로 본다면 문제가 있는 작품이다. IMF 구제금융 사태 때도 그랬지만, 2008년 금융위기 때도 현실은 아주 복잡하고 골치 아파서 어떻게 살아야 하는지 보이지도 않으니까 그저 내게도 엄마가 있었다는 것을 상기하며 엄마에게로 다 도망가 버린 것이다. 중요한 문제는 그대로 둔 채 어릴 때의 기억으로 돌아가 엄마에게 잘해 드리지 못한 것만 죄송하다는 것, 그것이 문제다. 이 작품 자체에 크게 문제가 있다고 생각하지는 않는다. 미담으로는 얼마든지 괜찮다. 어머니에 대한 부담감이나 죄책감을 상기시켜 주는 작품도 의미가 없는 것은 아니다. 하지만 문제는 그로 인해 중요한 것이 가려지고 있다는 데 있다.

너무나 예상 가능한 판에 박힌 에피소드

이 작품은 어머니의 상실과 회복에 관한 이야기다. 어머니를 되찾지는 못한다. 다만 누구를 잃어버렸는지를 안다는 것이 중요하다. 엄마를 잃어버린 지 일주일째에서 시작된 이야기가 나중에 에필로그에서는 9개월째인 것으로 마무리된다. 엄마는 돌아오지 않았는데, 그렇다면 무엇을 회복한 것일까. 잃어버렸다는 사실을 알았다는 것이 중요하다. 그 이전에는 뭔가를 잃어버렸지만 무엇을 잃어버렸는지도 몰랐던 것이다. 알고 보니 엄마를 잃어버렸더라는 것이 이 작품의 포인트다.

엄마는 부부 합동 생일잔치를 위해 상경했다가 지하철 서울역에서 남편의 손을 놓치면서 실종된다. 문맹인 데다 치매까지 겹친 엄마는 기다리는 식구들에게 돌아가지 못하고 거리를 떠돈다. 자식들은 전단지를 붙이고 배포하면서 엄마의 행방을 추적한다. 목격자들이 몇 사람 나서기는 하지만 끝내 행방을 찾지 못한다.

작가는 후기에서 이 소설을 구상하고 써나가는 데 계속 진척이 없어서 '어머니'를 엄마로 바꿨더니 확 달라지고 잘 써졌다고 이야기한다. 한국의 가족관계에서 '엄마'가 갖는 의미는 '어머니'와 다르다. 영어판에도 'mother'가 아니라 'mom'으로 번역되어 있다. 알베르 카뮈의 사례도 떠올리게 하는데,《이방인》의 첫 문장 "오늘 엄마가 죽었다"에도 마망maman이라는 단어가 쓰였다. 이 작품에서도 뫼르소의 시점이 유아적이라는 점이 인물의 성격을 드러내는 중요한 특징이다. 그것은《엄마를 부탁해》에서도 마찬가지다. '엄마'라고 호명하는 순간 자식들은 나이를 아무리 먹었어도 모두 어린아이로 소환되는 효과가 있다.

네 개의 장과 에필로그로 구성되어 있는데, 1장과 에필로그는 맏딸의 시점, 2장은 장남의 시점, 3장은 남편의 시점, 4장은 엄마 자신의 시점으로 되어 있다. 엄마 자신의 시점은 소설기법상으로 보면 상당히 특이한 선택이다. 1장에서 에필로그까지 이런 구성을 한 추상적 작가가 통합해줄 수 있는 시점이 있어야 하는데, 그것이 따로 설정되어 있지 않은 상태에서 이런 구성을 하고 있기 때문이다. 작가의 시점에서 4장이 어떻게 가능한 것인지 의아스럽다. 1장에서 3장까지는 가능한 시점이다. 그런데 4장은 현실적인 설정이 아니다. 아직 죽지는 않은 채 잠시 떠도는 것으로 설정되어 있지만, 실은 죽은 뒤에 고향집을 혼이 둘러보는 시점으로 되어 있는 것이다. 리얼리즘 소설에서라면 가능하지 않은 시점이다. 작품을 더 자세히 들여다봤을 때 흥미로운 부분이다.

실제 어머니가 모델이긴 하지만, 소설이기 때문에 이야기를 더 추가해야 한다. 어머니의 다른 남자 이야기를 집어넣기는 했는데 사실적으로 보이지는 않는다. 서구 독자에게는 잘 이해될지 모르겠지만, 우리 농촌에서도 이것이 가능한지 의구심이 든다. 전체적으로 엄마 박소녀 여사의 인생을 재구성하면서 작가가 의욕을 가지고 여러 메시지를 넣으려고 하다가 무리수를 둔 것이라고 생각한다.

또한 예기치 않은 에피소드가 별로 없고 너무 판에 박힌 설정이라는 점이 아쉽다. 그 세대 어머니의 삶을 재구성한다고 할 때 들어갈 법한 에피소드들로만 채워져 있다는 것이다. 그것이 이러한 작품들이 보여주는 서사의 보편성일지도 모르겠다. 하지만 '엄마를 부탁한다'고 하면서도, 과연 엄마만의 고유한 무엇을 이 작품이 보여주고 있는지 물어볼 필요가 있다.

이 작품은 어머니를 너무 이상화했다는 비판을 받기도 하는데, 그런 비판을 비껴가려면 에피소드에서 좀 더 구체적인 디테일이 필요하다. 그런데 삶의 고유한 부분 또는 비밀이라고 할 만한 것이 정부도 아닌 고작 다른 남자 하나 있었다는 것만으로는 상당히 약하다. 물론 딸이나 주변 인물들이 그것을 포착하지 못했다면 어쩔 수 없지만, 결국 엄마 자신이 나서서 딴 남자 이야기를 하는데 너무 리얼리티가 떨어지는 것이다.

무언가를 알아가는 일의 첫 순서는 자신이 무엇을 모르는지를 아는 것이다. 가족들은 엄마를 잃고 나서야 자기들이 엄마에 대해 너무 무관심했었다는 것을 알게 된다. 그리고 뒤늦게 서로 비난도 하고 자책도 한다. 너무나 예상 가능한 설정이다. 엄마를 잃어버린 뒤에 가족들이 새삼 알게 된 엄마의 모습이 구체적으로 어떤 것인가는 그다지 중요하지 않고 그저 전형적인 엄마의 모습이 그려진다. 어쩌면 은근히 비판하는 것으로도 읽힌다. 이것이 '집구석소설'의 한계다. '집안소설'이라면 이야기가 다르게 전개될 것이다. 부르주아소설에서는 유산 문제 등 복잡한 관계가 얽혀 있기 때문에 하다못해 법적으로라도 깔끔하게 처리해야 한다. 하지만 이 작품에서는 엄마의 실종으로 불거진 별다른 문제도 없고, 엄마를 못 찾았는데도 흐지부지 끝난다.

쿤데라도 이야기했듯, 소설의 미덕은 인생의 본질에 대해, 실존의 비밀에 대해 뭔가 더 알게 해주는 것이다. 이 작품이 무엇을 더 알게 해주는가. 이미 아는 것을 다시 확인하게 해줄지는 몰라도 더 알게 해주는 것은 없어 보인다. 엄마가 이런 존재라는 것은 이 소설을 읽기 전에도 다들 알고 있다. 그저 이 소설을 통해서 한 번 더 확인할 뿐이다. 작가가 초점을 두고 이야기하는 엄마의 비밀이라는 것도 싱겁다. 쿤데라에 따르면 이런 소설은 부도덕하다.

낡은 모성 신화의 반성 없는 소환

이 작품은 또다른 어머니 신화를 재탕하고 있다. 이것은 독자들이 기대하는 어머니상으로 대단히 헌신적인 어머니상이다. 예컨대 "양식이 떨어질까봐 노심초사하던 시절" 그래서 "먹고사는 일이 젤 중했" 던 시절에, "큰솥 가득 밥을 짓고 그 옆의 작은 솥 가득 국 끓일 수 있음 그거 하느라 힘들단 생각보다는 이거 내 새끼들 입속으로 다 들어가겠구나 싶어 든든했다"는 묘사가 전형적으로 보여준다.

작가가 긍정적으로 묘사하는 이러한 대목이 경제위기라는 시대적 배경과 딱 맞아떨어지는 것이다. 한국인의 마인드를 떠받치고 있는 기본 이데올로기라고 할 수 있는 생존제일주의, 시쳇말로 '먹고사니즘'이다. 이 작품이 감동적인 서사로 포장해서 정당화한 것이 바로 이것이다. 먹고사는 게 제일 중요하고 다른 것은 부차적이라는 것이다. 이런 마인드를 전쟁세대는 가질 수 있다. 그런데 여전히 이런 것을 내세우고 거기에 반응한다는 것이 놀랍다. 답보상태나 다를 바가 없는 것이다. 1950년에 전쟁이 있었고 두 세대가 지났지만 한국사회는 아직 그 영점에 서 있고, 그 포획망에서 벗어나지 못하고 있다는 것을 2008년에 한 번 더 확인해준 셈이다.

이것은 감동적인 것이 아니라 섬뜩한 것이다. 인간적인 가치, 존엄성 이런 것은 중요하지 않은 나중 문제이고 먹고사는 게 제일 중요하다는 것은, 동물의 생존본능 차원에 머물러 있다는 것이기 때문이다. 여기서 아직 벗어나지 못했다는 것을 충격으로 받아들여야 한다.

어머니 세대는 그럴 수 있지만, 2008년의 현실에서 독자들에게도 어필했다는 것이 문제적이라는 것이다.

이것은 한국 사회의 문제다. 해방 이후에도, 1960년대 박정희 정권 이후에도 이런 태도가 아주 많은 것을 숨기고 한편으로는 정당화했다. 살기 위해서는 어쩔 수 없었다는 것, 생존을 위해서는 또는 가족을 위해서는 어쩔 수 없었다는 것이 만능의 변명거리였다. 특히 모성 서사가 이런 덫을 깔아놓기가 쉽다. 아버지의 역할이나 존재감이 약화되면서 모성 서사로 가게 되고 그 결과 어머니의 존재감을 확인하는 서사가 밀리언셀러가 되는 현상이 나타난다. 이것은 위험한 징후다. 그런데도 평론가들이 신경숙 문학뿐 아니라 한국문학에서도 대단한 성취라고 추켜세우는 것에 동의하기 어렵다. 그저 살아계실 때 어머니에게 잘하자는 반성문 정도로나 남을 만하다. 그것이 시대의 중요한 장면을 채우는 것은 곤란하다.

한나 아렌트에 따르면, 공적 영역 혹은 공론의 영역이 따로 있다. 하지만 이 작품이 다루는 것은 사적인 세계다. 왜 한국소설이 언제나 이 세계에 매몰되는지 의문스럽다. 공적 영역을 공백으로 비워 두고 사적 영역을 그리로 옮겨 놓곤 한다. 《엄마를 부탁해》가 마치 중요한 서사인 것처럼 전 국민의 독서거리가 되었지만, 그건 중요한 것이 없어서가 아니라 중요한 것을 비워 놓았기 때문이다.

전형적인 어머니 세대의 한계 가운데 하나는, 장남에 대한 온갖 기대가 어머니 자신의 꿈이기도 하다는 것이다. 가령 검사가 되겠다던 아들이 결국 포기했는데, 나중에 그 일로 엄마가 실망했다는 것을 알게 된다는 에피소드도 상당히 미화되어 있다. 엄마는 엄마의 꿈을 따로 꾸고 아들은 아들의 꿈을 따로 꾸는 것인데, 우리는 이런 동일시를 관습적으로 용납해왔다. 따지고 보면 대단히 폭력적인 일이기도 한데, 그런 문제의식까지 가지는 않는다. '착한' 소설이기 때문이다. 게다가 왜 아들이 검사가 되기를 바라는지, 검사에게 억울하게 당한 기억이든 뭐든 구체적인 계기가 제시되어야 설득력이 있을 텐데 그런 내용은 전혀 없다. 학교 교육을 받지 못한 어머니 세대의 한계인지도 모르겠다.

일찌감치 혼자 몸이 된 외할머니의 선택으로 학교를 다니지 못하게 된 엄마는 열일곱 살에 얼굴도 본 적이 없던 남자와 결혼하게 된다. 자식들이 다 공부를 잘해서 엄마가 미처 생각하지 못했던 삶들을 살게 되는데, 그 바탕이 되어준 것이 어머니다.

어머니의 삶과 관련된 모든 것이 다 긍정적인 의미를 가질 수 있는가에 대해서도 반성이 필요하다고 생각하는데 그런 내용은 없이 너무나 헌신적인 어머니들만 등장한다. 전단지를 인쇄하러 갔는데 무명옷을 입은 사람이 있어서 사연을 물어보는 장면이 있다. 알레르기 때문에 무명옷이 아니면 입을 수가 없는데, 어머니가 살아 계실 때 손수 바느질로 만들어 평생 입을 수 있도록 쌓아놓았다는 것이다. "요즘 여자들과는 다른 분"이라고 자랑하는데, 라디오의 청취자 사연으로나 나올 법한 이야기다. 자식과 한몸인 어머니상을 제시하는 것이다.

물론 불가피한 면도 있었다. 자식들에게 이렇게 헌신하게 된 것은, 자기실현이라는 것이 가능하지 않았던 시대를 살았기 때문이다. 자신의 꿈을 가질 수 있는 여건이 되지 않으니 자식을 통해서 대리만 족했던 것이다. 하지만 이것은 이미 지나가 버린 과거다. 지금 이런 여성상을 제시해서 뭘 어떻게 하자는 것인가. 어머니에 대해 뭔가 더 깊이 질문해야 한다고 생각한다. 그러다 보면 좀 더 사변적인 내용이 들어갈 수도 있을 텐데, 그런 내용은 전혀 없이 어머니에 대한 정서 로만 채워져 있다. 그래서 읽기가 쉬운 작품이 아니다. 난해해서 읽 기 어려운 것이 아니라 놀라게 한다거나 의미 있는 반전이라거나 뭔 가 기대할 수 있는 게 없기 때문이다. 그 대신 전형적인 어머니상만 재구성해 놓고 있다.

한국문학의 성숙도를 가늠하는 잣대가 되는 소설

소설가 딸과 문맹 어머니라는 설정이나 그래서 어머니가 딸을 자랑 스러워했다는 설정 등은 작가 자신과 어머니의 실제 상황과 일치한 다. 몇몇 장면에서는 실제 대화를 옮겨놓기도 했을 것이다. 다른 산 문에서 어머니의 독특한 표현을 소개한 적이 있는데, 글을 쓴다는 개 념이 없어서 딸이 글씨를 쓰는 것으로 안다는 것이다. 이런 에피소드 를 소설에서도 그대로 갖다 쓰고 있다. 그런 점에서 작가의 중요한 밑천이 드러난 작품이다. 어머니와의 관계는 자신의 문학에서 중요 한 밑천이자 자산인데 이것을 이 소설에서 제대로 활용한 것이다. 그래서 작가 개인에게는 의미가 있는 작품이다.

작가는 이 작품 출간 직후에 가진 기자간담회에서 이 작품의 메시지가 "엄마가 곁에 존재하고 있을 때 사랑할 수 있는 시간을 충분히 누리세요. 아직 늦지 않았다는 말을 하고 싶었습니다"라고 밝히기도 했다. 감동적인 말이지만 하나마나한 말이다. 누구나 알고 있는 내용을 작가가 군이 반복할 필요가 있는가. 새로운 정보를 줘야 하는데 정보로서의 가치가 없는 발언이다.

실은 한갓 다른 남자 이야기가 아니라 엄마 세대에 대한 좀 더 예리한 문제의식을 보여줄 필요가 있었다. 가령 작품에서도 나오지만 '엄마'라고만 불릴 뿐, '박소녀'라고 이름을 불러주는 사람도 없다. '나는 누구인가'라는 자기 정체성의 문제를 어머니 시점이나 딸 시점에서 따져볼 수도 있었다. 바로 이런 것을 빠뜨렸다는 것이다. 변화된 시대상 속에서 어머니의 삶이나 전통적인 어머니의 역할이 어떤 의미가 있는가를 반추해보는 내용이라도 더 들어가야 하는데, 그런 질문을 다 회피한다. 주변 인물과 어머니 목소리로 재구성된 어머니상이 과연 2008년의 작품으로 합당한가에 의구심이 있다. 근대나 현대성에 대한 문제의식이 전부 빠져 있다는 점에서 '무시간적인 작품'이기 때문이다.

엄마를 되찾지 못했기 때문에 마지막으로 떠올리는 말이 "엄마를 부탁해"다. 하지만 엄마의 삶을 그대로 다시 반복할 수도 없고 그것이 이상적인 삶도 아니다. 그렇다면 연속적인 차원에서 엄마의 삶을 조금 더 객관화하고 여성으로서 어떤 삶을 살아야 할 것인가에 대한 성찰로 갔더라면 좀 더 문제적인 작품이 되었을 것이다.

영어판에 대해 한 미국인 교수가 "김치냄새 나는 크리넥스 소설"이며 "한국인들에게 문학 장르가 있다면 그것은 교묘하게 눈물을 짜내는 언니 취향의 멜로드라마"라는 혹평을 해서 화제가 된 적이 있다. 정확하다고 생각한다. 한국인을 비하하는 표현만 없었다면 진지하게 되돌아볼 만한 지점을 짚어낸 평이다. 멜로드라마가 바로 신파다. 신파의 특징은 근대성이나 사회적인 문제, 공적 영역의 문제를 괄호 치는 대신 그것을 가족의 문제로 바꿔치기하고 모든 문제를 생존의 문제로 환원하는 것이다.

이런 소설이 한국에서 계속 통한다는 것은 유감스러운 일이다. 《아버지》나 《엄마를 부탁해》 같은 소설에서 얼마나 벗어난 소설을 갖게 되는가가 한국문학이 얼마나 성숙해졌는가에 대한 잣대가 될 수 있다. 아직은 미성숙한 단계라고 생각한다.

10장

| 2010년대 |

황정은
《계속해보겠습니다》

자폐적 세계에서 사회로 나아가려는
작가의 출사표

황정은

소라에서 시작해 나나와 나기의 1인칭 진술로 진행한 소설은 마지막에 나나의 짧은 에필로그로 마무리된다. 그래서 이 소설의 제목이 '계속해보겠습니다'가 된다. 세 인물이 합체되어 있는 상태에서 나나가 빠져나오면서, 나나가 주인공이 되어 전진하게 된 것이다. 미분화 상태에서 빠져나온 다음 단계의 이야기가 다음 소설에 담겨야 한다. 황정은이 그것을 쓸 수 있을 것인가를 지켜볼 필요가 있다.

소설이 아닌 무언가를 향한 새로운 모색

공지영, 은희경, 신경숙 등 1990년대의 트로이카 작가들 이후에 가장 주목받은 여성작가로는 김애란, 편혜영 등이 있는데 황정은도 1976년생으로 비슷한 세대다. 2005년 서른 즈음에 신춘문예를 통해 등단한 이후로 활발한 작품 활동을 하고 있다. 여러 문학상 수상 경력이 말해주듯 문단에서는 확실하게 인정받고 있다. 이 세대의 작가들 가운데는 김애란이 첫 장편《두근두근 내 인생》을 통해 수십만 부 이상의 판매실적을 기록하며 문학 독자들에게 확실하게 눈도장을 찍었다. 그에 비해 황정은은 대형 베스트셀러 작가가 될 수 있을지에 대한 의구심이 있지만 수상 경력에서만큼은 그에 뒤지지 않는 작가다. 2017년 김유정문학상을 수상한 데 이어 2019년 만해문학상도 수상했다.

한국에는 문학상이 너무 많다. 가장 많은 나라일지도 모르겠는데, 그 이유를 짚어볼 필요가 있다. 미국에도 여러 문학상이 있기는 하지만, 일반적으로 권위를 인정받는 문학상은 손꼽을 정도다. 문학상이 많더라도 프랑스의 콩쿠르상이나 미국의 전미도서상처럼 가장 권위 있는 문학상이 있어야 할 텐데, 한국문학을 대표하는 문학상이 뭐냐고 한다면 서로 대표를 자처하며 싸움이 날 것 같다. 영국도 부커상이 확실하게 권위를 인정받고 있다. 영어권은 확실하게 대상 장르가 정해져 있어서, 소설집이나 장편소설을 대상으로 한다. 한국에서는 분야를 한정하기도 하고 열어놓기도 한다. 동인문학상만 장편을 대상으로 한다. 단편을 대상으로 하는 이상문학상이 오랜 전통을 가지고 있다고는 하지만 단편이라는 장르의 고유한 특성상 대표성을 가질 수 있을지는 의구심이 있다.

장편이라고 부르기에는 애매한 분량이긴 하지만,《계속해보겠습니다》는《백의 그림자》와《야만적인 앨리스씨》에 이은 황정은의 세 번째 장편이다. 이 작가도 계속 한 작품만 쓰고 있다고 생각한다. 황정은은 기존의 관행적인 소설과는 다른 자기만의 소설을, 자기 소설을 발명하고자 한다. 기존의 소설이 불만스러워서든 또는 자신이 쓸 수 없어서든 그런 소설을 쓰려고 하지 않는 것이다. 그렇다면 다른 무언가를 써야 할 텐데, 아직은 그 틀이 없다. 아직 없기 때문에 계속 모색하고 있는 중이다. 이 작품은 그 세 번째 모색인 셈이다.

문단의 평가는 상당히 호의적인 편이다. 첫 장편부터 한국일보문학상을 수상했고《계속해보겠습니다》도 대산문학상 수상작이다. 자기만의 뭔가를 보여줬다기보다는 보여주기 위한 시도로 보이지만 계속 격려해주고 있는 것이다. 아직 확실한 뭔가가 나오지는 않았다. 황정은 문학은 작가적 세계관이나 작가가 가지고 있는 특수성, 문학에 대한 태도에 비춰본다면 장편보다는 중단편까지가 더 적합해 보인다. 더 쓰려면 전혀 다른 돌파구를 찾아야 한다.

엄밀히 말하면 장편은 아직 한 편도 쓰지 않았다고도 생각한다. 작가 자신도 그렇게 이야기한다. 그래서 '경장편'이라고 표현하기도 한다. 분량이 절대적인 척도는 아니지만, 이야기의 규모에 따라 일정한 분량으로는 다룰 수 없고 더 많은 분량이 필요할 수도 있기 때문에 분량으로 얼마간 가늠해볼 수는 있다. 200자 원고지를 기준으로, 통상 단편은 100매 이하이고, 중편이 400매 내외에 해당한다. 장편이라면 1,000매를 넘게 되는데, 황정은의 작품은 600매 정도의 분량이라 경장편이라고 하는 것이다.

이 작품이 잡지에 연재될 때의 원제는 '소라나나나기'다. 등장인물 세 사람의 이름을 연달아 붙여 놓은 것이다. 이 제목에는 이 작가의 고유한 발상법이 드러난다. 그런데 이 발상에서는 소설이 나오기 어렵다. '근대적 개인의 서사'가 소설의 기본적 정의이기 때문이다. 근대적 개인이라는 문제적 주인공이 자기 영혼을 찾아가는 이야기라는 것이 소설을 설명하는 전형적인 이론적 규정이다. 따라서 '소라나나나기'라고 붙여 놓는다는 것은 세 인물이 아직 개인으로 분리되지 않은 상태의 이야기라는 뜻이기에, 소설에 미치지 못한 작품인 것이다. 말하자면 아직 알에서 밖으로 나오지도 않은 상태에서의 세계인식이나 정서 등을 보여주지만, 그것들은 소설과 아무 관계가 없는 것들이다. 그렇다면 다른 무엇인가를 쓴 것일 텐데, 그것이 무엇인지는 아직도 무정형이라 더 지켜봐야 한다.

소설보다 시에 가까운 주관적 상상세계

이런 모색의 과정이 작가 자신에게도 그렇게 편하지는 않을 것이라고 생각된다. 이 작품을 일단 읽어 보면 대화도 이야기 전개도 독특하다는 느낌을 바로 받게 된다. 우리가 흔하게 읽을 수 있는 소설들과는 많이 다르다. 그것이 이 작가의 개성이다. 이런 개성은 단편이나 중편까지는 어느 정도 의미 있는 작업으로 표출된다.

하지만 첫 장편《백의 그림자》는 과도한 호평을 받았다고 생각한다. 한 편을 더 쓰고 또 써서《계속해보겠습니다》까지 나왔지만, 더 진전된 모습을 보여주고 있는지에 대한 의구심이 있다. 새로운 시도라는 점에서는 인정할 만하지만,《백의 그림자》는 한마디로 시적인 소설이다. 달리 말해 소설이 아니다. 시는 주관적인 세계다. 이 작가의 작품 속에는 객관적인 현실이 들어오지 않는다.

《백의 그림자》는 세 작품 가운데 그나마 리얼리티가 조금은 살아 있다고 생각되는 작품으로, 세운상가를 배경으로 하고 있다. 아버지가 세운상가의 기술자였기 때문에 작가에게는 친숙한 공간이다. 아버지 가게가 있으니까 어릴 때부터 계속 드나들었을 것이다. 작가가 공간적으로 가장 잘 아는 세계인 것이다. 하지만 세운상가를 배경으로 하고 있다는 것을 짐작할 수 있는 디테일한 묘사를 해 놓고도 세운상가라는 말은 한 번도 쓰지 않는다. 결국 이 소설에는 세운상가라는 말이 나오지 않는다. 세운상가라는 말을 거부하는 것이다. 그것이 이 소설의 특징이다. 또한 징후적이기도 하다. 세운상가는 실제 현실의 공간이기 때문에 세운상가라는 말을 쓰게 되면 현실을 다뤄야 하기 때문이다.

아버지는 오디오 기사였다. 어머니에 대해서는 말을 아끼는데 소설에서는 오래 병석에 누워 있는 것으로 설정되어 있다. 주인공이

3녀 중 장녀다. 자세히 이야기하지는 않지만, 초기 인터뷰에서 집안에는 웃을 일이 별로 없었다는 말을 언뜻 내비친 적이 있다. 이 가족에게는 자신의 인터뷰 기사를 서로 웃으면서 돌려보는 게 가장 즐거운 일이라고 한다. 다른 웃을 일이 전혀 없다는 뜻이다. 인터뷰를 좋아할 만한 작가로 보이지는 않는데, 가족들이 보고 즐거워하기 때문에 가끔 인터뷰를 했다. 왜 이런 작품을 쓰는지 이해가 되기도 한다. 통상적인 가정과는 조금 다른 경험과 조건을 가지고 있는 것으로 보인다.

소설은 부르주아계급의 서사이면서 중산층 서사다. 하지만 황정은의 작품은 종류가 좀 다르다. 여기에서 계급적으로 더 내려가면 노동자대중, 인민의 서사일 수도 있는데 여기에도 확실한 현실적 토대가 있다. 중산층 부르주아계급의 세계관과 구별되는 노동자계급의 세계관이 있기 때문에, 거기에 확실하게 터를 잡을 수도 있다. 그런데 여기에서도 빠져나가는 경우가 있다. 카프카 문학을 일컫는 표현이기도 한데 일종의 '소수자문학'이 그것이다. 황정은 문학도 굳이 분류하자면 소수문학 또는 소수자문학의 갈래에 속한다. 중산층 계급의 작가가 자기 계급에 혐오감을 갖게 되면 미학적 모더니즘으로 방향을 잡게 된다. 보들레르나 플로베르가 대표적이다. 또한 그렇다고 노동자계급의 세계관을 완전하게 내면화한 것은 아니어서 그에 대한 회의든 거부감이든 거리를 두게 되면 특이한 '환상문학' 같은 것이 탄생하게 된다. 이런 요소들이 황정은 문학의 토대다.

황정은의 초기 단편집 《일곱시 삼십이분 코끼리열차》가 환상성으로 주목을 받으면서 화제가 되기도 했다. 아버지가 모자가 됐다는 단편도 있는데, 요즘은 그 정도 설정으로는 아무도 놀라지 않는다. 카프카를 통해 벌레가 됐다는 것까지 이미 겪어봤기 때문이다. 다만 그런 시도가 그동안의 한국문학에서 별로 없었던 탓에 조금 신선하다는 인상을 주었던 것이다. 그 뒤로 조금씩 더 단련되어 가는 것으로 보인다.

이 작가도 습작을 처음 시작할 때부터 데뷔하기까지 걸린 기간이 짧다. 인터넷상에서 이순원 작가로부터 2년도 채 되지 않는 기간 동안 창작 수업을 받았다고 한다. 인터넷에 작품을 올리면 서로 평하고 교정을 해 주기도 하면서 오프라인에서도 가끔 만났다고 한다. 처음 오프라인 자리에서 만났을 때 "너는 작가 되는 게 문제가 아니고 사람 되는 게 문제"라는 이야기를 들었다고 한다.

그런 인상이 작품에 다 드러난다. 사교성이 없어서, 학교 다닐 때 별명이 '넋녀'였다고 한다. 이런 집안 환경, 이런 성격이라면 왜 이런 소설을 쓰는지 미루어 이해가 된다. 비사교적이라는 것은 소설에서도 대번에 알 수 있다. 누군가를 만나지 않기 때문이다. 외부가 없는 소설인 셈인데, 이것은 소설이 아니다. 주관적인 상상세계로 시적인 세계에 더 가깝다.《백의 그림자》도 기본적으로는 그런 세계이긴 하지만, 그나마 어떤 성취가 있다면 그 절반은 세운상가에서 나온 것이다.

작가 자신으로부터 분리되지 않은 인물들

황정은이 표현해 내는 독특한 정서와 감응은 서사성이나 스토리와는 무관하다. 작가 자신도 소설이라는 것이 이야기가 전부가 아니며 뭔가 다른 것이 이야기를 대신할 수 있다고 말한다. 전혀 다른 소설을 쓰고자 하는 것이다. 물론 서구에 몇 가지 전범이 있긴 하지만, 한국에서는 그와 유사한 것이 희소하기 때문에 이 작가가 자기만의 소설을 만들어내고자 시도하는 것으로 볼 수 있다. 하지만 그것을 충분히 만들어낸 것인지는 의심스럽다. 그것이 무엇일지는 미래형으로만 남아 있다. 이 작품의 제목도 그런 태도의 표명으로 읽힌다.

작가가 인물들의 이름을 소라, 나나, 나기라는 특이한 이름으로 고른 것은, 인물들이 확실한 존재감과 개성을 갖고 있다는 것을 표현하려는 것으로 보인다. 하지만 그 점은 작가에게 동의하기 어렵다. 확실하게 개성화된 현실감을 갖고 있는 인물들로 생각되지 않기 때문이다. 인물들이 모두 작가로부터 아직 온전히 분리되지 않았다고 생각한다. 그래서 실제로는 황정은만 있다. 소라 황정은, 나나 황정은, 나기 황정은일 뿐이다. 이렇게 작가 자신뿐, 그 바깥이 없다.

소설은 기본적으로 대화적인 장르이고 다성적인 장르이다. 타자가 들어와야 하고, 내가 아닌 타인의 목소리가 들어와야 된다. 특히 1인칭 소설이 아니라 3인칭 소설이라면 혼자 존재할 수 없다. 인간이 복수적으로 존재한다는 것이 소설의 전제다. 반면에 시는 그렇지 않다. 시에서는 유일하게 나만 존재한다. 시는 나의 느낌, 나의 정서, 나의 생각이 중심이 되는 주관적 세계인식을 표현한다. 세계가 나보다 더 큰 장르가 소설이지만, 시에서는 주관적 자아가 세계보다 더 우위에 있다.

그런 관점에서 볼 때, 황정은 소설에서는 아직 작가 황정은이 세계보다 더 우위에 있는 것으로 보인다. 소설로 아직 나아가지 않은 단계다. 이 작품에서 주인공 중 한 사람인 나나가 임신하는 것이 어쩌면 출구가 될 수도 있을 것 같다. 작품에서 출산까지 가지는 않는데, 출산을 하게 되면 조금 달라질 것이라고 생각된다. 만일 이 작품이 황정은 문학의 탄생이 임박했다는 것을 보여주고 있다면, 이 다음부터가 진짜 작품이어야 하는 것이다. 아이가 태어난다면 그 아이는 말 그대로 타자다. 다른 생각을 하고, 다른 느낌을 갖고, 다른 경험을 갖고 있는 그런 아이를 묘사하려면, 지금까지의 작법과는 다른 방식을 취해야 한다. 그런 의미에서 임신은 주관성의 끝이다.

제목이 바뀌었다는 것도 의미가 있는데, 특이하게도 이 작품 자체가 《소라나나나기》에서 《계속해보겠습니다》로 진화하고 있다. '소라나나나기'는 그 자체로 미숙한 미분화 상태라는 뜻이다. 이런 상태로는 소설이 되지 않는다. 이것이 각자로 분리되어야 소설이 된다. 제목이 바뀐 계기 중 하나가 4·16 세월호 참사라고 한다.

소라, 나나, 나기는 반지하 집에서 현관과 화장실을 함께 쓰고 있는 확대가족이다. 소라와 나나는 자매 사이고 나기는 반지하 이웃에 사는 또래 소년으로 남매와 비슷한 관계다. 엄마의 이름은 애자이고, 옆집 엄마 이름은 순자다. 여기에서 진짜 그런 이름이냐 아니냐는 중요하지 않다. 굳이 어려운 한자를 써서 소라, 나나, 나기라고 짓는다. 실제로 이런 한자는 이름에 잘 쓰지 않지만, 이 작가에게는 그런 것이 중요하지 않다. 그냥 그런 이름이 있다는 것이다. 그래서 인물들이 각자 자기 이름에 대해 꽤 길게 이야기를 한다. 이런 한자는 이름으로 등록되지도 않으니, 현실에 대한 감각도 전혀 없는 셈이다. 그리고 각자의 이야기들이 각기 다른 장으로 나뉘져 있긴 하지만, 분화되지 않은 상태까지 보여준다. 분화의 계기는 나나의 임신이다.

소라는 엄마가 갖고 있는 염세주의적 세계관에 물들어서 절대 자기 아이를 낳지 않겠다고 생각한다. 나나는 덜컥 모세라는 남자의 아이를 갖게 되지만, 모세의 집에 가 본 뒤에 결혼하지 않겠다고 이야기한다. 그런데 그 계기가 특이하게도 요강 때문이다. 아버지가 사용한 요강을 어머니가 비우는 것을 어떻게 생각는지를 묻자, 모세가 부부 사이에 자연스러운 것 아니냐고 대답한 것이다. 상당히 독특하지만, 일단 리얼리티가 별로 없어 보인다. 두 사람의 대화로 묘사되어 있지만, 말하는 투는 같은 사람이다. 모든 인물들이 황정은 식으로 이야기하는 황정은의 복제판이다.

여기에서 어떻게 빠져나오는가가 이 작가의 과제라고 생각한다. 단편소설에서는 이런 약점이 잘 드러나지 않지만, 일정한 분량 이상을 쓰다 보면 문제를 노출시킨다. 이 작품은 소설로 변장되어 있을 뿐, 실은 작가의 정신적인 상황이 그대로 반영된 것이라고 생각한다. 외부 현실을 그리는 것이 아니기 때문이다. 소라라는, 나나라는, 나기라는 작가 바깥의 독립적인 인물들이 있어서 그들의 이야기를 하는 것이 아니라, 작가가 자기 이야기만 한다는 것이다. 그런 점에서 '소설 이전'이다.

사회적 관계가 빠진 자폐적 세계

제목으로 쓴 "계속해보겠습니다"는 작품 속 나나의 말이다. 나나가 자신의 이야기를 하는 장에서 장면이 바뀔 때마다 일종의 반복구로 "계속해보겠습니다"라고 한다. 이야기를 계속해보겠다는 뜻이다. 이 말을 제목으로 삼았다는 것은 '소라나나나기'에서 나나가 빠져나온 것이다. 나나의 문체만 소라나 나기와 다르다. "계속해보겠습니다" 는 나나의 반복적인 문형인데, '포뮬라'라고도 한다. 들뢰즈가 멜빌의 〈바틀비〉를 평하면서, 버틀비가 "안 하고 싶습니다"라는 문형을 반복하는 것이 멜빌의 포뮬라라고 언급하기도 했다. "계속해보겠습니다"를 버틀비의 "안 하고 싶습니다"에 해당한다고 보는 평자도 있는데, 말은 된다고 생각한다.

소라에서 시작해 나나와 나기의 1인칭 진술로 진행한 소설은 마지막에 나나의 짧은 에필로그로 마무리된다. 그래서 이 소설의 제목이 《계속해보겠습니다》가 된다. 세 인물이 합체되어 있는 상태에서 나나가 빠져나오면서, 나나가 주인공이 되어 전진하게 된 것이다. 결말은 나나의 후기인데, "인간이란 덧없고 하찮지만, 그 때문에 사랑스럽다"면서 "그 하찮음으로 어떻게든 살아가고 있다"는 데서 의미를 찾는다. 이것이 "계속해보겠습니다"를 가능하게 하는 명분이기도 하다. 하찮고 무의미하지만 그걸로 살아간다는 것이 나나적인 태도다. 작가 앞에 놓인 세 장의 카드 가운데 나나의 카드를 뽑은 것이다. 그렇다면 미분화 상태에서 드디어 빠져나온 다음 단계의 이야기가 다음 소설에 담겨야 한다. 황정은이 그것을 쓸 수 있을 것인가를 지켜볼 필요가 있다. 세 번의 시도가 있었고 아직 한 편도 못 썼으니, 이제 비로소 쓰게 되는 것이다. 만약 그것을 못 쓴다면 장편으로서는 끝이라고 생각한다. 더 쓸 게 없기 때문이다. 문턱까지는 왔다. 나나의 출산과 함께 새로운 소설이 시작될 것이다.

가족 서사는 오이디푸스 서사라고도 하는데, 아버지와 어머니에 나까지 세 사람이 있어야 한다. 다만 아버지가 존재할뿐더러 충분히 강해야 한다는 조건이 덧붙는다. '나'의 모델이 되어야 되기 때문이다. 어머니는 욕망의 대상이 된다. 어머니에 대한 욕망의 라이벌이 아버지가 되면서 삼각 구도가 만들어진다. 기본 모형은 부르주아 가정에서 가져온다. 그보다 상층으로 가면 왕가가 될 텐데, 왕가는 어머니도 많고 아이들도 많아서 이런 문제가 발생하지 않는다. 요컨대 이 서사는 핵가족의 모델이다. 노동자의 가계에서도 이 문제가 발생하지 않는다. 서로 행방을 모르기 때문이다. 그래서 부르주아 가정이 가장 안정적인 가정이고, 거기에서 탄생하는 것이 소설이다. 소설은 이런 가계 구도 안에서의 '나'가 세상을 발견하고 인식하게 되는 여정을 다룬다. 그런 점에서 교육적이고 계몽적이다. 독일에서 탄생한 교양소설이 표준적이다. 루카치가 인용했듯 "나의 영혼을 입증하기 위해서 나는 떠난다"는 것이다. 이것이 소설 주인공의 여정이다.

문제는 이런 구도가 없을 경우다. 아버지가 사고로 죽었다거나 어머니가 정신이상자가 되었다거나 하면 곤란한 것이다. 그래서 황정은의 경우 소설이 되지 않는 것은 자연스럽다. 이런 조건에서는 소설이 나오지 않기 때문에, 소설이 아닌 뭔가를 쓰거나 뭔가를 만들어내야 한다. 주인공들이 처한 조건에서 아버지 혹은 엄마가 될 수 있는가가 과제가 되는 상황이다. 엄마의 모델대로라면, 다 부질없고 허무하기 때문에 가족을 만드는 것이 의미가 없다. 그렇다면 이 모델과 단절해야 한다. 그러려면 남의 집 모델을 갖다 써야 하는데, 모세네 집도 아니다. 여기에서 포기할 수도 있는데, 나나는 낳겠다고 한다. 여기까지가 이 작품이 도달한 지점이다.

나기가 새로운 모델을 제안하기도 하는데, 우리 각자가 하나의 부족이라는 것이다. 부족민이 없어도 족장이고 부족장인 나 하나만으로도 부족이 될 수 있고 세상엔 그런 부족도 있다고 말한다. 말 자체로는 난센스다. 소라, 나나, 나기가 있는데 각각이 소라족, 나나족, 나기족일 수 있다는 것은 상상적 세계에서만 가능한 것이다. 자기만의 세상이라면 몰라도 전혀 현실적이지 않다.

'나는 무엇이다'라고 자기 정체성을 언명할 때 "나는 나이니까 나다"라고 말하는 사람이 있다면, 신이거나 정신병자다. 여기에서 빠져 있는 것은 사회적 인정이다. 나아가 "나는 대통령이다"라고 하면 헛소리가 된다. 사회적 관계가 빠져 있기 때문이다. 정신병원에는 왕들도 많다. 사회적 관계가 빠져 있을 뿐이다. 요컨대 나만 그렇게 생각하는 게 아니라 다른 사람들도 그렇게 생각하는 '나'여야 하는 것이다. 주관적이면서 객관적인, 상호주관적인 세계가 현실세계다.

그런데 그 현실로 나아가지 않는 것이다. 그래서 각자가 하나씩의 부족이라고 자기들끼리 멋대로 지어내는 것이다. 이것은 일종의 장난이다. 그러나 장난과 현실을 구분하지 못한다면 미성숙한 것이다. 부족이란 가족의 확장된 형태이므로, 외부로 더 확장되어야 한다. 복수의 사람들이 있어야 부족이다. 더 나아가면 사회가 있다. 밖에 나가서 사람들을 만나고 관계를 맺어야 부족이 되는 것이다.

가령 회사에 가면 조직인간이 되어, 삼성맨이나 현대맨으로서 부족을 이룬다. 그런데 그런 현실로 나아가려 하지 않는다. 이 작품 속의 인물들은 사회적으로 고립된 자폐적인 세계 안에 있다. 거기에서 고안해낸 방책 중에 하나가 각자가 각자의 부족이라는 것이다. 하지만 그것은 그냥 주관적인 느낌일 뿐이다. 밖에서 남들도 그렇게 봐주는 것이 아니기 때문이다. 그것도 하나의 방책일 수는 있겠지만, 지속 가능하지는 않은 방책이다.

사회계층의 문제를 괄호 치고 환상으로 대체하는 실험

이 세 인물을 결속시켜 주는 것은 반지하라는 삶의 조건이다. 사회계층적으로는 도시빈민 또는 빈곤층이다. 제대로 된 소설이라면 그에 따른 사회적인 계층의식을 가져야 한다. 타자와 만났을 때 저들은 잘

사는데 왜 우리는 못사는가에 대해 부당하다는 느낌을 받아야 하는 것이다. 그러면 이야기가 발전해 나갈 수 있다. 그것이 성장하는 것이기 때문이다. 그런데 이 작품에서는 자기만의 주관적인 세계 안에서 벗어나지 못하고 있다. 회사 생활을 하는 게 신기할 정도다. 대화를 보면 직장의 상사도 황정은식 말투에 전염되어 있다.

《백의 그림자》에서도 마찬가지였다. 타자가 없다. 형식적으로만 배치해 놓은 것으로 여겨진다. 바깥이 없다는 것은 황정은 소설 일반의 문제다. 외부가 없는 소설 또는 사회가 없는 소설, 타자가 없는 소설이다. 타자가 없으면 어떠한 충돌도 없고 성장도 없으므로, 소설적 서사가 구성되지 않는다. 통상적이라면 충돌을 통한 성장의 방향으로 가야 한다. 그런 소설은 1970년대와 1980년대에 걸쳐 아주 많이 나왔기 때문에 우리에게 친숙하다. 그러던 것이 1990년대에 와서 조금 뜸해지게 된다. 1990년대를 다시 복기해봐야 하는 이유이기도 하다. 신경숙의 《외딴 방》이 그 시대적 징후를 대표하는 작품이다.

《외딴 방》은 구로공단에서의 체험을 수기 형식으로 쓴 작품인데, 작가로서의 자의식을 그와 결합시키고 있다. 이 작품의 특이한 점은, 이 둘을 결합시키면서도 동시에 이 둘을 분리시킨다는 데 있다. 달리 말해 구로공단적인 상상력은 1970년대와 1980년대의 문학인데, 이 작품 안에서 1970~1980년대 문학과 1990년대 문학의 분리가 일어난다. 그러한 전환의 표지가 작품 안에서 드러난다.

이 작품이 평단에서 화제가 된 것은 백낙청이 걸작으로 치켜세웠기 때문이다. 창비는 민중문학에 부채 내지는 연대감이 있다. 그것이

이 작품을 노동문학의 걸작이라고 높이 평가한 배경이다. 그런데 이 작품에는 이면적인 주제가 있다. 노동문학 전통으로부터의 분리다. 현실에서 자기 자신을 분리시키는 것이다. 창비도 백낙청이 이 작품을 치켜세움으로써 민중문학에 대한 부채에서 벗어나기 시작한다. 그 이전까지 창비의 비평은 '지도비평'이라고 해서, 앞장서서 작가들을 훈계하고 독자들을 훈도하려 했다. 그러다가 이때부터는 대중성에 대해 재평가를 하게 된다. 그 중요한 전환점이 되는 작품이 《외딴 방》이다.

황정은도 자신의 성장환경이나 자신이 속한 사회적 계층 또는 그 계층의 사회적 분노에 대해 사실적으로 묘사할 수 있었을 것이다. 그런데 그것을 직접적으로 다루지 않는다. 그것을 숨긴 채 다른 것으로 가장하고 변형시켜서는 환상으로 처리한다. 이것이 황정은 문학의 특수성이다. 현실에 탄탄한 지반을 가지고 있지 않다. 그래서 실험적이다. 중편 분량으로 세 번 시도하는데 암중모색이라고 생각한다.

미분화 상태에서 분리가 이루어지는 계기

작품에서 세 주인공의 목소리는 작가가 첫 장면에서 구사한 나직하고 조심스러운 목소리로, 자신이 무슨 말을 한다는 것 자체가 마치 세상에 폐가 되지 않을까 매우 염려하는 듯한 목소리다. 최소한으로 말하고 최소한으로 행동하겠다는 태도를 통해 최소한으로 존재하고 싶어 하는 성향을 드러낸다.《백의 그림자》에는 너무 착한 사람들만 묘사되어 있는데, 그에 대한 평들을 의식했는지 그다음에 쓴《야만적인 앨리스씨》에서는 오히려 위악적인 폭력을 묘사한다.

젊은 작가들에게 불만스러운 점이 있는데, 욕하거나 찌르거나 하는 것을 폭력적이라고 생각한다는 것이다. 이를테면 동창을 찾아가서 대뜸 칼로 푹 찌르고는 피가 났다고 묘사한다. 이것은 폭력과 아무 관계가 없다. 리얼리티가 뒷받침되지 않으면 조금도 폭력적이지 않고 끔찍하지도 않기 때문이다. 폭력성이 한창 많이 다뤄진 주제여서, 평론에서도 이런 폭력적 양상이 징후적이라면서 주목하고 여러 해석을 제시하기도 했다. 하지만 이것이 정말 폭력인가, 폭력으로 묘사되고 있는가부터가 의문스러운지라 이런 평론에 공감하기 어려웠다. 묘사가 뒷받침되지 않아 가짜 물감을 뿌려 놓은 것 같기만 한 이런 장면에서 폭력이라는 문제를 끄집어내는 것은 난센스라고 생각한다.

황정은도 묘사가 빈약하다. 이 작품에서 묘사는 만두 빚어서 먹는 장면 정도인데, 그 정도로는 설득되지 않는 독자들도 있다. 리얼리티의 뒷받침이 없으면 객관적인 현실이 구축되지 않는다. 그에 대한 요구를 구시대적인 요구라고 일축하는 의견에는 동의하기 어렵다.

나직하고 조심스러운 목소리, 결국 이것은 모두 황정은의 목소리다. 인물들이 고유한 개별성으로 제시되지 않고 있다. 세 인물이 각자 자신의 이야기라고는 했지만 실은 세 사람을 모두 한데 묶은 '소라나나나기'의 이야기이고, 미분화된 서사다. 자매 사이에 의견 차이가 있는 것처럼 전개되다가 모세와 싸우는 장면에서는 곧바로 한 팀이 되고 아예 일심동체가 돼 버린다.

엄마를 '애자'라고 부르고 아버지를 '금주씨'라고 부르는데, 통상 그렇게 부르지 않는다. 신경숙의《엄마를 부탁해》와 대비가 된다. 1963년생 작가와 1976년생 작가 사이에는 13년의 터울이 있는데, 얼마나 큰 세대 차이가 있는지《엄마를 부탁해》의 엄마와《계속해보겠습니다》의 엄마 애자는 너무 다르다. 이 작품에서는 '엄마'라고 불리지 않는다. 친절하고 아름답지만 무기력한 애자씨는 남편이 갑작스러운 사고로 죽은 뒤에 아이들이 무엇을 먹는지에도 관심이 없고, 보상금도 친척들한테 다 뜯겨 제대로 받지 못한다. 남편이 죽고 정신을 놓아버린 것이다.

애자씨의 세계에 갇혀 지내는 자매는 금주씨의 제사를 지내는 것을 소꿉놀이로 삼으며 산다. 이것이 정확하기는 하다. 아버지와 어머니가 있어야 할 자리에 없는 것이다. 그 자리에 아버지와 어머니가 아닌 금주씨와 애자씨가 있는 것이다. "애자는 애자라고 불러야 애자답다"는 서술은 이미 오래 전에 어머니의 역할을 상실했음을 드러낸다. 어머니가 아니라 그냥 애자인 것이다. 그렇게 가족의 붕괴가 전제되어 있다. 자매는 옆집 순자씨에게 발견되어 보살핌을 받는다. 순자씨는 아들 나기와 비슷한 또래인 자매의 도시락까지 더 싼다. 말하자면 대체엄마를 갖게 되면서 유사가족을 경험하는 것이다. 한 가족이 붕괴되었을 때 이웃들이 부모 역할을 대신해 주면, 대체가족 또는 확대가족이 된다.

여기에서 빠져나와야 사회로 가는 것이다. 이 안에서는 리얼리티가 나오지 않기 때문이다. 하지만 그렇게 되려면 분리부터 일어나야 한다. '소라나나나기'는 이들이 사회로 나가는 것을 피하기 위해 마치 서로를 묶어놓은 것 같다. 하나의 운명체처럼 합체된 이들이 서로 분리되어 사회로 나갈 때 비로소 리얼리티가 생겨날 수 있다. 하지만 이 작품에서는 나나만 빠져나오는 것으로 보인다.

현실감 있게 묘사된 장면이 한 군데 나온다. 이것도 임신으로 인해 의식하게 되는 것이다. 결혼하지 않고 아이를 낳게 되면 미혼모가 될 것을 걱정하며 나누는 대화에서, 비로소 남들이 편모 가정을 어떻게 생각하는지를 화제로 삼는다. 회사에서 결혼한 언니들이 모여 새로 당첨된 아파트의 옆 단지가 "주로 가난한 사람들이 사니까 험악한 일도 자주 벌어질 테고 새터민도 많이 살고 무엇보다도 편부모 가정이 많은" 영구임대주택이라 꺼려진다는 이야기를 하더라는 것이다. "편부모 가정에서 자란 아이들은 부모의 돌봄이 아무래도 부족할 수밖에 없고, 그래서 발달에 격차가 생기고, 정서적으로도 불안하고 말도 어눌하고 학습도 별로, 여러 모로 부족한 경우가 많다"는 이야기를 들으면서 "이제 내가 편부모가 될 예정"이라는 데 생각이 미친 것이다. 이것이 리얼리티다. 세상의 시선이 이렇다는 것은 우리가 다 아는 것이다. 이 작품에서 유일하게 들어가 있는 리얼리티다.

나나는 소라와만 지낼 게 아니라 이 언니들을 사귀어야 하고 그들의 이야기를 더 들어봐야 한다. 집구석에만 있지 말고 나가서 사회적인 학습을 받아야 한다. 그 언니들의 이야기를 들으니까 내가 미혼모가 되면 편부모 가정이 될 텐데 어쩌나 하는 생각이 들어 뜨끔해한다. 이 정도가 돼야 조금은 숨을 쉴 수 있다. 이것이 아주 실제적인 리얼리티이기 때문이다. 유일하게 나나만 이런 문제의식에 도달한다. 이것이 현실의 전면이기에, 나나만 현실로 빠져나올 수 있다. 소라나 나기는 다르다. 소라는 "신경쓰지 말라"고 한다. 나아가 그런 게 건강한 거라면 자신도 나나도 "건강하지 않아도 좋다"고까지 한다. 하지만 나나는 생각이 다르다. "나는 건강한 게 좋아"라고 말할 때, 나나와 소라가 나눠진다.

존재하되 존재하는 것으로 간주되지 않는 인물들

소라는 바깥을 거부한다. 현실을 거부하는 것이다. 그래서 결혼할 생각도 없고 아이를 낳을 생각도 없다. 나나는 우연치 않게 임신하게 됐지만 아이를 낳고 싶어한다. 그리고 아이를 낳으려면 현실로 나아가야 한다. 상상으로 아이를 낳을 수는 없기 때문이다. 그런데 이런 차이를 드러내는 대목의 서술자인 나기는 자매가 점점 닮아가고 있다고 이야기한다. 그것은 나기도 사태 파악을 못하고 있다는 뜻이다. 나기에게 현실 감각이 없다는 것은 앞서 언급한 부족 이야기에서도, 또 나비나 나방에도 이름을 붙이자고 하는 데서도 드러난다.

'소라나나나기'와 '계속해보겠습니다'가 얼마나 다른지 알 수 있다. 다른 수정 사항이 없더라도 제목을 고친 것 하나만으로도 진전이라고 생각한다. 이 소설이 '소라나나나기'라는 제목으로 출간됐을 것을 생각하면 끔찍하다. 그런 제목을 달고 장편소설이라고 하는 것은 형용모순이다. 제목 자체로 반소설이기 때문이다. 그래도 다른 가능성이 하나 남기는 한다. 멸종 또는 멸망의 서사가 그것이다. 각자가 한 부족이 된다면, 그 부족의 마지막 사람이 되면서 끝나는 것이다.

그런데 임신과 출산은 그와는 정반대 방향에 있는 탄생의 서사다. 소라와 나기에게서는 이것이 나올 수가 없다고 생각한다. 여기에서 장애가 되는 것은, "세상에 좋은 것들이 별로 없고 그런 것들을 기대하면서 살아서는 안 된다"는 애자의 비관적 세계관이다. 그래서 엄마로부터 벗어나는 것이 자매들에게는 과제가 된다. 물론 애자의 길을 따를 수도 있다. 하지만 인생에서 아무것도 기대할 것이 없다면 남는 것은 죽음밖에 없다. 그러니 멸종이다. 그 대신 나나는 임신을 선택한다. 나나가 임신하게 되면서 애자를 요양원으로 보낸다. 애자적인 세계와 단절하고자 하는 것이다. 소라는 여전히 거기에 묶여 있다. 애자에게 동정을 가지고 있다. 나나는 그보다 냉정해서, 보내야 한다고 생각한다.

나나가 엄마를 요양원에 보내려는 이유는, 임신했기 때문에 또는 임신하기 위해서다. 임신했기 때문에 애자와 동행할 수 없다고 생각한다. 그래서 애자를 요양원에 보냄으로써 분리하고자 하는 것이다. 마찬가지로 나나는 소라와도 분리돼야 할 것이다.

나나의 임신은 이 작품에서 가장 중요한 사건이다. 이 작품에서 유일하게 서사의 진행을 가늠하게 해주는 사건이기도 하다. 임신한 상태에서 태아의 월령이 늘어나는 것이 서사의 진행 과정이다. 그 외에 다른 방법으로는 시간적 경과를 알 수가 없다. 서정적이고 주관적인 세계는 시간이 축소된 세계이기 때문에 시간의 경과가 별 의미가 없는 탓이다. 반면에 아이는 그렇지 않다. 태아는 시간에 따라 성장한다. 3개월 된 태아와 9개월 된 태아가 같을 수는 없다. 이것이 시간의 경과가 갖는 의미다. 그래서 일단 임신을 하게 되면 시간의 의미가 무효화될 수 없다. 임신한 인물이 등장함으로써 뭔가 변화가 가능해진 것이다.

이 세계는 '황정은 월드'다. 바깥에 있는 언니들 목소리가 잠깐 나오는 장면을 제외하고는 모두 '황정은 월드'다. 황정은 월드에는 황정은 소설 특유의 사람들이 산다. 일종의 서브휴먼이다. 임신을 계기로 결혼을 서두르는 남자친구 모세가 있지만, 모세도 다른 인물들과 비슷한 인물이다. 이름에서부터 리얼리티가 떨어진다. 모세의 부모를 만난 뒤 나나는 결혼에 회의를 느낀다.

이런 서브휴먼의 형상은 카프카 소설에도 나온다. 또 무라카미 하루키의 단편집《여자 없는 남자들》에 실린 작품 중에 카프카의《변신》을 패러디한 〈사랑하는 잠자〉가 있는데 거기에 나오는 꼽추 인물이 전형적인 서브휴먼이다. 이 인물들의 특징은 현실성을 갖지 않는 환상적인 인물이라는 것이다. 이때 환상은 비현실을 뜻하는 것이 아니라 현실과 비현실 사이의 경계에 있다는 뜻이다. 존재감에서도 마찬가지다. 이들은 존재하기는 하지만 존재하는 것으로 간주되지 않기 때문에 보이지 않는 사람들이다. 그래서 사회적인 성격도 갖는다.

미국 소설에서 '보이지 않는 인간'이라고 하면 흑인을 가리키는 말이었다. 흑인은 존재하되 존재한다고 여겨지지 않는 인간이라는 점에서 그런 사회적인 규정이 가능하다.

이런 변형을 사회적인 서브휴먼이라고 할 수 있는데, 존재하지만 사회적으로 정당한 대우를 받지 못하는 사람들, 사회적으로 보이지 않거나 보이지 않는 것으로 간주되는 사람들을 가리킨다. 인물들을 더 진화시킨다면 황정은 문학은 그쪽으로 나아갈 수도 있다. 하지만 그러려면 일단 현실을 알아야 한다. 아직은 인물들이 마치 배양기에 있는 것 같다. 인물들이 소설에 제대로 등장하기 위해서 배양되고 있다는 느낌이 든다. 나나만 소설에서 역할을 할 수 있는 인물이고, 다른 인물들이나 설정은 그 전단계라고 생각한다.

자폐적인 세계에서 벗어나려는 작가의 출사표

《백의 그림자》에서 세운상가라는 언급되지 않는 기표 자체가 중요하다고 했는데, 그렇게 모호하게 처리할 것이 아니라 세운상가로 빠져나와야 한다. 이 상태로는 상상공간이다. 상상공간이 있고 상징계의 세운상가도 있다. 그런 소설을 쓸 수 있는가가 관건이라고 생각한다. 여기에서 빠져나오지 못한다면 소설 이전단계에 계속 머물 수밖에 없다.

단편에서는 그래도 된다. 단편에서 황정은 소설의 인물들은 모두 소문자로 나온다. 《디디의 우산》에는 d라는 인물이 나오는데, 여자친구는 dd다. 아직 확실한 자기 주체성을 갖고 있지 못하기 때문에 대문자가 될 수 없는 인물들이다. 영어로는 그런 표시가 가능하기 때문에, 영어 소설에서는 곧잘 '나'를 대문자 'I' 대신 소문자 'i'로 쓰기도 한다. 이것은 상상적인 '나'이다. 또한 사회학적인 '나'이기도 하다. 흑인들은 대문자 '나'라고 할 수 없고 소문자로밖에 쓸 수 없다는 것도 같은 맥락의 이야기다.

이 작품에서 소라, 나나, 나기도 '나'라는 표현을 잘 쓰지 않는다. 자신을 가리킬 때조차 "나나는", "소라는"이라고 말한다. 확실한 자기 주체성이 정립되지 않았기 때문이다. '나'라는 1인칭 대명사는 그냥 갖다 쓰면 되는 것이 아니다. 그 안에 어떤 실질이 충족돼야 한다. 아무나 '나'가 되는 것이 아니라 자격을 필요로 한다. '나'라는 것은 책임성 혹은 주체성의 자리고, 그런 역할을 떠맡는 것이다. 그런 점에서 1인칭은 대단한 인칭이다. 3인칭은 이런 역할을 피해갈 수 있다. 그래서 이름으로 자신을 가리키는 것은 면피하는 것이다.

이 점은 언어발달에서도 드러난다. 1인칭은 상당히 뒤늦게 습득한다. 그 이전까지 아이들은 자기 이름으로 이야기하는 것이 보통이다. 철수라는 이름의 아이가 "철수가 오늘 학교에서 뭐 했어" 하는 식이다. "내가 뭐 했어"라고 말하는 것은 머리가 좀 큰 다음에라야 가능하다. 어릴 때는 고유명사적 세계에 산다. 모든 것이 다 고유명사여서 아빠, 엄마도 고유명사로 생각한다. 이것이 유아적 세계다. 그러다가 대명사의 세계로 나아가게 되는데, 그 과정은 자연스럽게 일어나는 것이 아니라 도약하는 것이다. 또 대명사적 세계에서는 스위치가 일어난다. 내가 "나는 말이야"라고 이야기하면 상대방도 "나는 말이야"라고 대꾸한다. 두 '나'의 지시대상이 다르기 때문에 이런 커뮤니케이션 상황을 이해하려면 상당한 지력이 필요하다.

나나가 모세네 집에 다녀온 뒤에 결혼에 회의를 느끼게 되는데 이 대목도 성의가 없다고 느껴졌다. 고작 요강 때문일까. 사람을 알려면 테스트는 해봐야 하는데 너무 성급하고 쉽게 판단하고 대번에 실격 판정을 내린다. 리얼리티가 없기 때문에 황정은의 주관적 판단으로 여겨진다. 부모를 옹호하는 모세에게 실망한 나나는 미혼모의 길을 가기로 마음먹는다. 어미 노릇을 내팽개친 애자의 기억 때문에 어머니가 된다는 것 자체에 회의적인 소라는 임신한 나나와 소원한 사이가 되지만, 모세와의 갈등 과정에서 자매는 같은 편이 된다. 그래도 출산을 하게 되면 또 다른 길을 가게 될 것이라 생각한다.

나나는 스스로는 미혼모이자 뱃속 아기의 처지에서는 편모라는 불리한 상황을 감수하고라도 출산과 양육을 하겠다고 고집한다. 이런 결심이 가능하려면 롤 모델이 있어야 한다. 그런데 주변에 모델이 없는데도 의지를 표명한다. 애자의 비관론에 맞서는 것이기 때문에 선언적인 느낌도 준다. 이것이 인류사적인 울림까지는 아니겠지만 작가 황정은의 출사표쯤으로는 보인다. 출사하게 되면 비로소 황정은 소설이 탄생하는 것이라고 생각된다.

전작 《야만적인 앨리스씨》의 형제와 《계속해보겠습니다》에서의 자매는 압도적인 폭력에 놓여 있다는 점에서 비슷하다. 작가는 인터뷰에서 《야만적인 앨리스씨》에서는 실패, 《계속해보겠습니다》에서는 일말의 가능성, 폭력에 관한 또 다른 이야기가 될 다음 소설에서는 다시 실패를 그릴 거라고 생각했어요. 그런데 지난 봄 이후로 그렇게 쓰기가 싫어졌어요. 너무나 손쉽더라고요, 실패하고 마는 화자 이야기를 쓴다는 게, 세월호 참사 이후로 내가 너무나 많은 걸 단념하고 살았구나, 그런 생각이 들었어요. 단념하고 싶지 않아서, 조금 더 고민해볼 생각입니다"라고 말한다.

황정은에게 3부작의 '단념소설'들 다음의 과제가 장편소설 또는 최소한 중편 이상의 소설을 쓰는 것이라면, 이 단념이나 실패담을 넘어선 이야기여야 한다. 제목만 달라졌을 뿐 작품 자체는 달라지지 않았기 때문이다. 그때 비로소 달라진 황정은을 만날 수 있는 것이 아닌가 생각한다. 제목에 쓰인 "계속해보겠습니다"가 나나의 테마라는 것을 다시 확인할 필요가 있는데, 비유하자면 태아의 초음파 검사 때 듣는 심장 박동에 해당하는 탄생의 준비를 알리는 소리다. 과연 이 작품이 탄생의 울음소리로 이어질지 기대해볼 수 있다.

이 작품은 딱 그 문턱에 있다. 좀 더 구체적으로는 자폐적인 세계인 황정은 세계에서 그 밖으로 빠져나올 수 있을 것인가를 가늠해주는 중요한 경계면에 있는 소설이다. 또한 그 경계면은 사회적인 경계면이기도 하다. 세월호 사건이 겹쳐 있기 때문이다. 작가 스스로 뭔가 다른 생각을 갖게 됐다고 밝혔으니, 다른 것을 기대해볼 수 있지 않을까 생각한다.

사실 황정은이기 때문에 기대가 되는 것이지, 다른 사람들은 이미 다 이렇게 하고 있다. 학생들조차도 매일 "열심히 해보겠습니다", "계속해보겠습니다"를 연신 입에 올린다. 남들은 다들 그러고 있지만 황정은은 그동안 열외였다. 새삼스럽게 그렇게 하겠다고 하니까 기대가 간다. 계속 기다려보는 것이다.

참고문헌

국내작품

강경애, 최원식 엮음,《인간 문제》, 문학과지성사, 2006.

강석경,《가까운 골짜기》, 민음사, 1992.

강석경,《숲속의 방》, 민음사, 2009.

강석경,《신성한 봄》, 민음사, 2012.

강신재, 김미현 엮음,《젊은 느티나무》, 문학과지성사, 2007.

공지영,《더 이상 아름다운 방황은 없다》, 해냄, 2018.

공지영,《무소의 뿔처럼 혼자서 가라》, 해냄, 2016.

김동리,《김동리 문학전집 10: 역마》, 계간문예, 2013.

김정현,《아버지》, 황금물고기, 2013.

박경리,《김약국의 딸들》, 마로니에북스, 2013.

박경리,《토지》, 마로니에북스, 2012.

박완서,《나목》, 세계사, 2012.

박완서,《엄마의 말뚝》, 세계사, 2012.

신경숙,《엄마를 부탁해》, 창비, 2008.

신경숙,《외딴 방》, 문학동네, 1999.

염상섭, 정호웅 엮음,《삼대》, 문학과지성사, 2004.

오정희,《불의 강》, 문학과지성사, 2017.

오정희,《유년의 뜰》, 문학과지성사, 2017.

은희경,《비밀과 거짓말》, 문학동네, 2005.

은희경,《새의 선물》, 문학동네, 2010.

이덕희,《전혜린》, 나비꿈, 2012.

전혜린,《그리고 아무 말도 하지 않았다》, 민서출판사, 2004.

전혜린,《이 모든 괴로움을 또 다시》, 민서출판사, 2002.

최인훈,《광장 / 구운몽》, 문학과지성사, 2008.

황정은,《계속해보겠습니다》, 창비, 2014.

황정은,《백의 그림자》, 민음사, 2010.

황정은,《야만적인 앨리스씨》, 문학동네, 2013.

해외작품

루이제 린저, 전혜린 옮김,《생의 한가운데》, 문예출판사, 1998.

마르탱 뒤 가르, 정지영 옮김,《티보 가의 사람들》, 민음사, 2008.

막심 고리키, 최윤락 옮김,《어머니》, 열린책들, 2009.

무라카미 하루키, 양윤옥 옮김,《여자 없는 남자들》, 문학동네, 2014.

미하일 레르몬토프, 오정미 옮김,《우리 시대의 영웅》, 민음사, 2009.

밀란 쿤데라, 방미경 옮김,《농담》, 민음사, 2011.

브루스 커밍스, 조행복 옮김,《브루스 커밍스의 한국전쟁》, 현실문화, 2017.

안톤 체호프, 동완 옮김,《귀여운 여인 / 약혼녀 / 골짜기》, 동서문화사, 2017.

알베르 카뮈, 김화영 옮김,《이방인》, 민음사, 2011.

에리히 캐스트너, 전혜린 옮김,《파비안》, 문예출판사, 1999.

요한 볼프강 폰 괴테, 박찬기 옮김,《젊은 베르테르의 슬픔》, 민음사, 1999.

윌리엄 셰익스피어, 최종철 옮김,《햄릿》, 민음사, 1998.

죄르지 루카치, 김경식 옮김,《소설의 이론》, 문예출판사, 2007.

토마스 만, 안삼환 옮김,《토니오 크뢰거 / 트리스탄 / 베니스에서의 죽음》, 민음사, 1998.

표도르 도스토옙스키, 김연경 옮김,《카라마조프 가의 형제들》, 민음사, 2007.

프란츠 카프카, 전영애 옮김,《변신·시골의사》, 민음사, 1998.

헤르만 헤세, 박병덕 옮김,《싯다르타》, 민음사, 2002.

헤르만 헤세, 이영임 옮김,《유리알 유희》, 민음사, 2011.

헤르만 헤세, 전혜린 옮김,《데미안》, 북하우스, 2013.

로쟈의 한국문학 수업

세계문학의 흐름으로 읽는 한국소설 10_여성작가 편

1판 1쇄 인쇄 2021년 1월 21일
1판 1쇄 발행 2021년 1월 28일

지은이 이현우
펴낸이 고병욱

책임편집 김경수 **기획편집** 허태영
마케팅 이일권, 한동우, 김윤성, 김재욱, 이애주, 오정민
디자인 공희, 진미나, 백은주 **외서기획** 이슬
제작 김기창 **관리** 주동은, 조재언 **총무** 문준기, 노재경, 송민진

펴낸곳 청림출판(주)
등록 제1989-000026호

본사 06048 서울시 강남구 도산대로 38길 11 청림출판(주)
제2사옥 10881 경기도 파주시 회동길 173 청림아트스페이스
전화 02-546-4341 **팩스** 02-546-8053

홈페이지 www.chungrim.com
이메일 cr2@chungrim.com
페이스북 https://www.facebook.com/chusubat

ⓒ 이현우, 2021

ISBN 979-11-5540-179-8 03800